新装版

銀行支店長

江波戸哲夫

講談社

目次

『新装版　銀行支店長』——おもな登場人物

片岡史郎（かたおかしろう）　三友銀行飯田橋（いいだばし）支店（旧大昭和（だいしょうわ）信用金庫本店）の新支店長。

真山　徹（まやまとおる）　飯田橋支店次長。大昭和信用金庫系の中心人物。

大城太郎（おおしろたろう）　片岡の元部下。大らかな性格。得意先第二課長。

港　達也（みなとたつや）　片岡の後輩。新人時代から行動力は抜群。得意先第一課の主任。

木田美恵子（きだみえこ）　テラー主任の女子行員。派手好み。

平　正樹（たいらまさき）　得意先第一課長。

横溝厚男（よこみぞあつお）　貸付課長。

三宅庄司（みやけしょうじ）　預金課長。

武田吾一（たけだごいち）　ベテランの庶務課長。

千葉（ちば）　若手の行員。

田口(たぐち)るみ　「田口るみビューティサロン」の経営者。

田口孝一(こういち)　妻の田口るみをサポートする共同経営者。

三嶋和生(みしまかずお)　輸入食品卸業の三嶋食品取締役社長。エネルギッシュ。

太田(おおた)こうじ　太田ビルディング副社長。


片岡かおり　片岡の妻。

片岡大介(だいすけ)　片岡の息子。高二。

片岡ひろみ　片岡の娘。中二だが不登校になっている。

片岡悟郎(ごろう)　片岡の弟。新聞社を辞めフリーのカメラマンに転身した。

五十嵐隆一(いがらしりゅういち)　三友銀行副頭取。大昭和信用金庫との合併を進めた。

住田栄一(すみだえいいち)　三友銀行会長。

新装版　銀行支店長

社命

昼下がりの大手町（おおてまち）。ビルの間をやわらかな南風が吹きわたり、まだ四月になったばかりだというのに、汗ばむほど暖かかった。

そびえ立つオフィスビルの輪郭で切りとられた、ささやかな青空の下を、私は三友（みつとも）銀行の本部を目指して大股で歩いていた。

行き交う若いサラリーマンの中にはスーツの上着を脱ぎ、ワイシャツ姿になっている者もいた。私ももう五歳でも若かったら同じ姿になっていただろう。しかし、今ではちょっと暑かっただけで、サラリーマンの制服であるスーツを脱いでしまうような気にはなれなくなっている。

私の耳に、私の靴が舗装道路を叩（たた）く規則的な音が、かすかに聞こえていた。その音に、

「すぐ私のところにきてくれないか」

と、電話を掛けてきた五十嵐隆一副頭取の野太い声が、時どき重なるようによみがえった。

副頭取の声にはいつになく緊張したものがあった。しかし、その電話を受けながら、私は不安より期待の方をより強く感じた。

これまでも、五十嵐が直接に声をかけてきたときは、たいてい、私にとってプラスになることだった。今度もそうではないかという気がした。

二〇年前に私が三友銀行に入行してから二店目に配属された都心の支店で、五十嵐は得意先課長だった。私は五十嵐の部下となり厳しくしごかれた。五十嵐は年中、部下たちを怒鳴りまくっていた。同僚たちはそれが耐えられず、敬して遠ざかり、陰で五十嵐のやりかたを批判した。私はそれほど不満に思わずついていき、いつの間にか五十嵐のお気にいりになっていた。私の親父も五十嵐と似たタイプだったので、私にはその種のワンマンに免疫があったのだろう。

本部は本店と同じ三友ビルディングに入っている。地上二三階、地下三階の堂々たる建物である。

お客に派手で豪壮に化粧をした顔を見せている本店の裏側に、ひっそりした本部への入口があるが、私は本店の営業フロアを通りぬけて、裏に回ることにした。

だだっ広いフロアだった。ちょっとした劇場なみである。この中に二〇〇〇人の観客を詰めこめるだろう。

三友銀行の国内店舗三五六のうち、随一のズバ抜けた広さを誇っている。それが隅から隅まで大理石が貼られてキラキラと輝いている。就職試験のときに初めてこれを見て、何かとてつもなく贅沢な気がしたが、いまではすっかり慣れてしまった。

副頭取三人と頭取、会長の部屋は最上階にある。

私は役員室専用のエレベータに乗りこんだ。守衛がこちらを油断なく見たが、スーツの胸のバッジに気がついたのか、咎めようとはしなかった。

エレベータを降りると、受付の女性が立ってきて、

「片岡支店長ですか」

と愛想笑いを浮かべながら言った。

「ああ」

「副頭取がお部屋でお待ちになっています。すぐにいらして下さい」

分厚い絨毯の感触を、靴の裏でたしかめるように私はゆっくりした足取りで歩いた。どうかした拍子に熱で溶けたアスファルトの上を歩いているような抵抗感を感じた。

部屋の前で一度両足をそろえて立ち止まり、ネクタイの結び目をきちんとなおし、小さな深呼吸をしてから、ドアをノックした。

「はい」

中から声がしたかと思うと、次の瞬間ドアが開けられ、その前に五十嵐が立っているのが目に入った。

「やあ、君にしては遅かったな。待ちくたびれたよ」

私を迎えた五十嵐の最初の一言がそれだった。電話があってから一〇分後には店を出たのだから遅いはずはない。私は少しムッとしたが、それを顔にださずに、「すみません」と謝った。

なに別に悪気があるわけではない。五十嵐はいつもせかせかしていると仕事をした気になるのだ。自分だけでなく人もそのペースに嵌めこもうとする。つやつやと禿げ上がった頭といい、お供え餅のように二段に突き出した腹といい、いかにもせっかちな高血圧体質を現している。

「さあこっちにきてくれ」

私は部屋の中央に置かれた来客用のソファに座らされた。

「どうだ新川支店は？」

五十嵐は単刀直入に言った。笑みを浮かべてはいるが、黒ぶちの眼鏡の奥からきつい視線が私の顔を貫いているのが分かる。

「ウチに限らず、バブルが弾けてからは大変ですよ。今までのお客さんが皆どっかに消えてしまったのですから」

「皆はオーバーだろう。大げさな奴だ」

「このくらい申し上げないと、我々の状況がよく分かっていただけないかと思いまして」

「えーえ、よく分かっていますよ。諸君にはいろいろご苦労をかけてます」

五十嵐は茶化したように言った。私への親近感を演技しているのだ。それが見えてしまっても、悪い気はしない。私にももう少しこの芝居気があったほうがいい、と気づいているのだがどうもうまくいかない。支店で私が冗談を言ってみせると、しばしば部下たちが無理に笑っているのが分かる。

ノックがあり秘書がお茶を持ってきた。コーヒーでもなく紅茶でもなく緑茶である。私もいつの間にか、この日本の伝統的飲みものの方が体に合うようになってきていた。

「しばらく電話も来客もとりつがんでくれ」

と、五十嵐に言われた秘書の姿がドアの外に消え、ドアが完全に閉まるときのカチリという音が鳴ったとたん、五十嵐がテーブルの上に前屈みになって言った。

「新川は心残りかもしれんが、よき後継者にまかせて、君は別の戦線に回ってほしいんだ」

「えっ」

私は自分でも驚くほどの大きな声をだした。

東京都中央区の新川支店は二年半前に新規に開設された支店で、私は支店長という肩書のつく以前、開設準備室長のときからその誕生に全力を傾けてきた。

開設半年後のノルマが預金貸金合わせて八〇〇億円に設定されてしまった。私と五十嵐の冗談から飛びだした数字なのだが、誰もがそんな無茶な、と驚くようなものであった。ところが私はそれをやってのけた。半年後ではなく八ヵ月後であったけれど。

なにも特別なことをやったわけではない。他人の二割増していどの予定を立て、それを着実に実行しただけである。幸か不幸か、私は大風呂敷も広げられない代わりに、堅実に立てた目標はたいてい実現することができた。

しかし、バブルの弾けた今、数字はやや下がり加減になっている。私は不動産屋や地上げ屋、財テク企業以外の得意先を拡大しようと、いま新しい作戦を立てて走り始めたところなのだ。

「いま新川を離れるわけにはいきません」

「分かっているよ、君の新川に対する気持ちは。しかし、どうしても新しい所に行ってもらわなくてはならない」

「…………」

「大昭和信用金庫系だ、しかも本丸だ」

「飯田橋支店ですか」

「ああ、須崎が辞表をかいてきた」

「本当ですか」

それを聞いた時、私の内心に生じた気持ちをうまく説明することはできない。須崎は私と同期である。新入行員のとき、二人とも関西地区の支店に配属され、独身寮で同じ釜の飯を食うことになった。

一流私大のサッカー部にいたという須崎栄作は体も心も大きくて、私はすぐに彼に好感を抱くようになった。我々は帰りに待ち合わせて飲み歩くような親しい友となった。しかし、心に一点の曇りもなくそう思えたのは、ほんの五、六年だったろう。やがてそんな我々も出世競争の渦の中に巻き込まれるようになり、晴ればれとした友情を保ちつづけていることは、難しくなってしまった。

しだいに私の成功は須崎の不幸で、須崎の成功は私の不幸になってきた。須崎の気持ちを確かめたわけではないが、そうに決まっている。そんな感情に縁遠いと思っていた私が、いつのまにかそう思うようになってきたのだから。

須崎はいつも余裕のある雰囲気をもっていた。余力をたっぷり残しながら、いい仕事をしているように思っていた。私より仕事の力があるかもしれないと焦燥感を覚えることもあった。

私も須崎も同期の出世争いのトップグループの真ん中あたりに位置していた。もうとうに振り落とされた仲間の数の方が多くなっていた。これからはいっそう振り落とされる人の数がふえる。須崎が辞表を書いたとすれば、彼がその一番手となってしまったことになる。

「須崎にお手上げとなると、君しかいない」

「しかし……」

「君にいまさら言うまでもないと思うが、飯田橋支店がちゃんと治められないと、今度の合併が成功だったと総括するわけにはいかなくなる」

「…………」

「そうなると合併を強力に推進してきた私も住田(すみだ)会長も、頭取たちにたいして肩身が狭いというわけだ」

こんなこと君だから言うんだぜ、と五十嵐はテーブル越しに両腕を伸ばし、私の肩を軽く叩いた。

「君にまた難題を持ちかけることになるが、君ならできる。須崎は張り切りすぎたんだ。肩に力を入れすぎた。あそこは難民、いや大昭和信用金庫系の中でも最も面倒な奴らがいるんだ。彼らを相手にあまり力ずくでもうまくあるまい」

五十嵐はいま三友銀行系の行員の間で、大昭和信用金庫系の行員を難民と呼び、その支店を難民キャンプと呼んでいることを知っているようだ。

「おい、頼んだぞ」

五十嵐は命令と哀願とが入り混じった、芝居がかった口調で言った。

副頭取にそう言われて、それを断る意志も権利も私にはなかった。やるしかない。それにこれにうまく応えれば、私はこれまでよりずっと住田派で有力な位置を占めることになるだろう。同期のトップグループの真ん中あたりから前の方まで出てくるに違いない。将来、平取締役ぐらいにはなれるかもしれない。

三友銀行の取締役――これまではほとんど可能性のないものと思っていたが、なれるものならなってみたい。出世を求めてガリガリと仕事をしてきた覚えはない。しかし、いま出世すること以外に私という人間を計る物差しはないのだ。

新川支店の開設より難しい仕事になるだろう。あの須崎でさえ辞表を書かなくてはならなかったのだから。

新川支店には大昭和信用金庫系の部下はいなかった。しかし、彼らを使っている同僚の支店長の噂(うわさ)は、いくつも耳にしている。みな四苦八苦しているようだ。

「分かりました、やらせていただきます」

「そうか、やってくれるか。何か希望はないか、できるだけ君のやりやすいようにしてやるぞ」

「飯田橋支店の人数は何人でしたか？」

「三三、四名といったところか」

「三友銀行から人は出したのでしょう」

「ああ五人ほど」

「そいつらは全部、三友銀行に戻して下さい」

「いいのか、君だけで」

「その代わり、私に腹心を連れていかせて下さい」

「それは構わんが、どのくらいいるのだ？」

「二人、お願いします」

「そんなんでいいのか？」

「それ以上連れていくと、きっと反発を買います。二人いれば十分です」


「あらっ、早かったのね」

その夜、私は久しぶりに九時前に家に着いた。

かおりが嬉しそうな声でそう言うのを聞き、私はちょっと違和感を覚えた。結婚して二〇年が経つ。もう何年も前から、かおりは、私が早く帰ろうが遅かろうが、気にならない心境にあるに違いないと思っていた。それが時どきそうではない顔を見せる。

「お食事は？」

「済ませたよ。すぐ風呂にしてくれ」

私はその夜、新川支店の次長を誘って軽く一杯飲んだ。一週間後に新川を離れるということを、それとなく伝えておく必要があった。次長は好奇心を顕にして、私がどこに転勤になるのかを知りたがったが、そこまでは言わなかった。

手桶で体中に湯をかけてから、湯船に飛び込んだ。熱めの湯に入ると思わずうめき声が出た。私は風呂が好きだ。体の疲労だけでなく心の疲労まで、熱い湯に溶け出していくような気がした。

気がつくと体に長い髪が絡みついている。ひろみのものに違いない。よく見ると湯の中に二本、三本と浮いている。不快な気分になった。

（おーい、ひろみの髪がいっぱい浮いているぞ）

と、外に向かい大きな声を上げようとして思い止まった。なんだか自分が口うるさい年寄りになったような気がしてしまう。

家の中のことはすべてかおりに任せてある。家庭にしろ職場にしろ、担当者でない者が中途半端に口を出すのはいいことではないだろう。

「あなた」

外から声がした。かおりだ。

「悟郎さんからお電話ですよ」

「こっちから掛けなおすと言ってくれないか」

私はそう言いながら、頭にシャワーの湯を浴びた。そう言えば昼間、本部に行っている間に悟郎から電話があったという伝言が、デスクの上に残されていた。

すぐにかおりが戻ってきた。

「あなた、公衆電話からなんですって」

「それなら一〇分後に掛けなおしてもらってよ」

風呂から出て着替えを済ませたとたんに、玄関で電話の呼び鈴がなり始めた。かおりが奥の部屋から出てこようとしたが、「オレが出るよ」と、自分で受話器をとった。

「はい」

「ああ、兄さんか」

「…………」

「けっこう早い時もあるのだな」

「まあな……」

「このところ銀行、大変だってな」

「何か用事なんだろう?」

「ちょっと近くまできたんだけれど、寄ってもいいかな」

声に少し気弱げなものがある。

「いいけど、何だよ?」

「それは会ってからということで……」

「そう長くは困るぜ」

ダイニングルームに行くと、大介とひろみがソファに並んで座っていた。テレビがつけてあり、私でも名前ぐらいは知っている漫才コンビが馬鹿騒ぎをやっている。大介が高二、ひろみが中二だというのに、二人とも私には信じがたいほど幼稚だ。

「お前たち、風呂に入ったのか」

「ああ」と大介は言ったが、ひろみはテレビに目を向けたままである。髪が濡れている。湯船の中の長い髪を思いだした。

小言を言おうかと思ったとき、かおりがキッチンから顔を出した。

「すぐにお茶を入れますから」

「いや、悟郎がくるって言うんだ。水割りの用意をしてもらおうか」

「あら、こんなに遅く? どうしたのかしら」

かおりの声につられて、本棚の中ほどに置いてあるデジタル時計に目をやった。九時半をわずかに回っている。この時間に尋ねてくるなんて、何の用事があるのだろう。見当がつかなかった。

間もなく玄関でチャイムが鳴った。先程の電話から一〇分とたっていない。かおりの後からダイニングルームに姿を現わした悟郎は、珍しくスーツを着ていた。

「なんだ、いつもの若者スタイルじゃないな」

私が冷やかすと、

「ちょっとね」

と、悟郎は照れ臭そうな顔をした。ジーンズとジャケット姿を見なれている私には、フォーマルなその格好が不似合いに見えた。

悟郎は一〇年ほど前に新聞社をやめ、フリーのカメラマンになった。弟とは言いながら悟郎は私より二回りもがっしりしていて、近ごろは、いかにも自由業らしい雰囲気が、その風貌から漂うようになっている。

誰もが悟郎と私が似ているというが、本人たちはそうも思っていない。そう言われるのは共通している広い額のせいか、それとも角ばった顎(あご)のせいかもしれない。目は私の方が大きいし、鼻は悟郎の方が高くて筋が通っている。

「お前の商売道具は？」

最近、悟郎と会うときは、いつも撮影器材を入れた重そうなバッグをかついでいる。

「今日は仕事じゃなかったんだ」

「ふーむ。水割りでいいか」

「ああ、なんでもいいや」

私は二つのグラスに水割りを作った。一つは濃いめに、もう一つはやや薄めに。濃い方を悟郎の前に置いた。

「仕事はうまくいっているのか」

「まあね。この間、ヨーロッパの古城めぐりっていう雑誌の企画で、イギリスとドイツとフランスにいってきたよ」

「そりゃうまいことしたな」

三友銀行でも海外支店をいくつも経験している男もいるが、私は国内ばかりだ。五年ほど前に夏休みをやりくりして、ハワイにいったのが唯一の海外体験である。この分だと定年まで海外旅行など楽しむことはできまい。

「まったくヨーロッパときたら、何世紀も前の町並みの中に現在の暮らしがあるのだから、驚いてしまう」

「そんなものか」

「ああ、一七、八世紀のお城があっちこっちにある」

「江戸時代の城下町に暮らしているようなものか」

「うまいこと言うな。あれを見ると、日本人ていうのはなんて軽薄な新しもの好きなんだろうと思ってしまう」

「まあな、でもそれが経済成長を支えた」

「なにが成長なんだか……」

「そのおかげで、ヨーロッパの古城めぐりなんて、ぜいたくな企画がやれるんじゃないか」

悟郎はなにか反論しかけて唇を突き出したが、話題を少し転じた。

「ヨーロッパもいいが、今のオレはオーストラリアの手つかずの自然に魅かれているんだ」

ふーん、と我ながら気のない声になった。城下町の暮らしも手つかずの自然も見たことがないのだ。

「オーストラリアの自然をライフワークにしたいと思っている」

水割りを一口含んでから私は言った。

「今日の用事ってのは何だよ？」

悟郎と視線が合った。幼いころから見なれているはずの五歳年下の弟の目だ。その目を悟郎はタバコの煙が滲(し)みたかのようにしばたいた。遠い昔に同じような目を見たことがある気がした。

「実は、家を買いたいと思って」

心持ち口ごもったようだ。

「ちびたちが三人とも勉強机がいるようになってな。今のところじゃ入り切れなくなったんだ」

「そりゃそうだろう」

悟郎は西武池袋線で三〇分下った町の三ＤＫのマンションに家族五人で暮らしている。たまに遊びにいくと、そのたびに子供が大きくなり、家が窮屈(きゅうくつ)になっているのを感じた。

「それでローンを組みたいんだ」

「分かった。三友銀行で住宅ローンを組みたいというわけだ」

「ああ」

「なんだ、お客さんじゃないか。スーツなんて着こんで畏(かしこ)まった面(つら)しているから、どんな難題を持ち込まれるかと思ったよ」

毎度ありがとうございます、私は冗談めかしてそう言った。

かおりが、酒のつまみを持って姿を現わした。

「なあ、悟郎のところで家を買うんだってさ」

「あらっ、素敵。新進カメラマンは景気いいのね」

「ああ、世界中旅行したり、家を買ったりだ」

そんなんじゃないよ、兄さん。悟郎はあわてたように言った。

「フリーなんてローンも借りられないんだぜ」

「そんなことはないよ」

「本当に？」

「いくらの家を買うつもりなんだ？」

「今考えているのは、もう一〇分ほど遠くになるけど、四〇〇〇万円で五ＤＫのマンションなんだ」

「それでいくら借りたいんだ」

「いまのマンションが二五〇〇万円で売れるとして、一五〇〇万円だよ」

「なんだ。全額借りるつもりか。自己資金はないのか」

「フリーになってからは、仕事場の家賃とマンションのローンを払うので精一杯だった。自己資金がなきゃダメかい」

「ダメってことはないよ。フリーだってなんだって、住宅ローンなら所得の三倍まで貸せる」

「所得って、収入じゃないよな」

「課税対象になる数字だ」

「それじゃ、ダメだ。一五〇〇万円も貸してもらえない」

「いくらだよ？」

私が聞くと、悟郎は返事をためらった。

「言いたくないならそれでもいいが、ローンが組めなくなるぞ」

「一〇五〇万円しか貸してもらえない」

それを聞いて私は二の句が継げなくなってしまった。それでは所得は三五〇万円でしかないのだ。今年、四四歳になる私の所得はおよそ一五〇〇万円、三九歳になる悟郎のそれは私の四分の一でしかないのだ。

フリーになって、都心に仕事場を持って、雑誌に名前が出た、海外に取材に行った、有名人のポートレートを撮ったと大騒ぎして、かおりやウチの子供たちを羨ましがらせながら、私の四分の一の所得しかないのだ。

悟郎は呆然としたような顔で、水割りのグラスを見つめている。

「それじゃ、三五〇〇万円の物件を見つければいいじゃないか」

私はしかたなくそう言った。

悟郎はグラスをつかみ一口あおった。

「なんとかならないかな、兄さん」

「…………」

「ねえ、支店長なら何とかなるんじゃないの」

「…………」

「三倍を五倍にするとかさ」

悟郎の口調に露骨に甘えたものがあった。その声を聞いているうちに、私の心の中のある感情が一つの限界を超えてしまったようだ。

「できるかもしれないが、今まで一度も何とかしたことなんてないぜ」

「…………」

「あんなところに仕事場もって、オーストラリアの自然をライフワークにしようって男が、兄弟のコネを使わなきゃ、住宅ローンも借りられないのか」

あなたっ、キッチンと居間の間をいったりきたりしていたかおりが、私をたしなめるように言った。私も口に出した途端から後悔する気持ちが起きたが、もう止まらなくなっていた。ひろみがテレビから視線を外しチラリと私の横顔を盗み見た。大介が咳払(せきばら)いをして部屋から出ていった。

「オレなんか、海外っていったら三泊四日のハワイだけなんだぜ。可哀想だろう。だけどお前に支店長を代わってもらって休暇をとるわけにはいくまい。そんなつもりもないがね」

　あなた酔ったのね、かおりが言った。

「悟郎さん、ごめんなさい。史郎(しろう)さんこの頃ずっと忙しいものだから、ちょっと疲れているのよ」

「いや」

　と言いながら、悟郎が立ち上がった。

「オレが悪かったよ。兄さんの言うとおりだ。甘えすぎたオレが悪い」

「貸さないと言うんじゃないぞ。所得の三倍までだったらいつでも貸してやる」

　とにかく今日は帰る、悟郎はそう言って、私の方を見た。あの片方だけをしかめるような目だ。じゃあなんとかしてやるよ、そう言って呼び止めたい気がしたが、口には出さなかった。

　かおりが玄関まで悟郎を送りに出、間もなく戻ってきた。

「あなた、いいの。悟郎さん辛そうだったわよ」

いいわけはない。子供のころからあいつが困ったときには、近所のがき大将にやられてきたときも、夏休みの宿題を大半やり残したまま二学期を迎えようとしたときも、いつも助けたのは私なのだ。

「仕方ないだろう。オレのコネを使うつもりなら、あのくらいのこと言われても平気な顔をしていなくては」

「せっかく仲の良い兄弟なのに、こんなことで絶交にでもなったら……」

「そんなことにはならないよ。またなんとか言ってくるだろう。それよりまた五十嵐さんんだ」

かおりは私が五十嵐の引きでいろんな支店を体験させられたことを知っている。かおりも五十嵐に数度会ったことがあり、そのたびにその強烈さに驚嘆させられていた。

「今度は何？　遠くへいくことになるの」

「いや、都内だよ。難民キャンプにいくことになった」

「どこなの？」

「飯田橋支店だ。大昭和信用金庫系の最大の店さ。難民の猛者(もさ)たちがゴロゴロしているんだとさ」

「まあ大変だこと」

と、それほど大変とも思っていない口調で言った。女房が亭主の仕事にあまり関心をもっていないというのは、亭主にとってありがたいことである。

進軍

その日、私は朝七時半に飯田橋支店についた。霧のように細かい雨が降っていた。ようやく人通りの多くなり始めている支店の前の舗道に立って、私は新しく自分の城となるべき建物の全容を眺めやった。

間口一五メートルほどの鉄筋四階だて。大昭和信用金庫の本店だったというのに、すっかり古色蒼然としており、三友銀行の店としては見劣りのするものだった。ただし、そのくすんだ壁面いっぱいに濃い緑色の蔦がはっていて、どことなく風格が感じられもした。

眺めているうちに、私はふっと寒気のようなものを感じた。この古ぼけた四階だての建物が、私に対する恨みか敵意を抱いているような気がしたのだ。この建物は私にとってたしかに敵陣であり、妖怪屋敷であるにちがいない。

一階の舗道側は、これはかなり新しいシャッターがしっかりと閉ざされていた。

私は裏の通用口に回ったが、守衛の庶務行員もまだきていなかった。あらかじめ本部から受けとっていた鍵を使い、扉をあけた。

扉の中はすっかり暗くなっている。壁を手さぐりして、照明のスイッチを片端からつけながら、私は守衛詰め所の前の通路を通りぬけ、一階の営業フロアに出た。

二階の半ばまでが吹きぬけになっていてけっこう広いが、いかにもガランとしたさびれた雰囲気がある。私は新川支店でもよく、まだ誰も出勤してこない早朝の店に出たことがあるが、もっと活気があった。人がいなくても椅子や机が、それを使っている人の気配をたっぷり浸みこませているものなのだ。

フロアの中ほどにカウンターがあり、その内側の行員たちのオフィスにあたるスペースには、二〇ほどのデスクがあった。窓口のテラーの席は五つ。三友銀行の支店として中規模と言って良かろう。

ロビーにはお客用の長いソファが数脚置かれている。革張りのソファの色は濃いグレイ。センスは悪くないが、もっと明るい色を使ってこの店のイメージをカラフルにした方がいいだろう。ロビーを取り巻くように人の背丈ほどの観葉植物が置いてある。これも少し色艶が悪くなっている。

カウンターから最も遠い位置にひときわ大きなデスクがあった。たぶん預金課長のものであろう。私はそこに腰をかけて、新しい部下たちが出勤してくるのを待つことにした。

私が人事と掛けあってこの支店にスカウトした二人の部下には、八時半にくるように言ってある。今日は彼らにそう早くこられて、進駐軍の三友銀行系の三人が、大昭和信用金庫系の行員たちの出勤を待ちうける形になってはうまくない。

（その二人より早くくるものが難民の、いや大昭和信用金庫系の行員にいるだろうか）

おっと。私もこれまで時々彼らを難民と呼ぶことがあった。彼らの前でついポロリと口にしたら、とんでもないことになる。気をつけなくてはいけない。

私は預金課長の席に座った。

椅子に、小さなおそらくは手製の座布団が敷いてある。少しくたびれて綿が偏って（かたよ）いるので、座り心地がよくない。

いくつかは柱の陰になっているが、ここから行員たちのデスクのほとんどが見渡せる。

テラーの席の上には右から当座預金、普通預金、定期預金、為替などと書かれたパネルがつるしてある。普通預金のパネルがわずかに右下がりになっている。店の隅々にまで神経のゆき届いていない証拠のような気がした。これは誰かにすぐに直させよう。

テラーの椅子の一つに華やかな色彩のハンカチが結んである。まだキャリアの浅い若いテラーの席だろう。活気のないフロアでそこだけがポッと明るく見える。

通用口につながる通路の方で扉の開く音がした。すぐに足音がつづいた。小走りになっている。

「誰だ」

大きな声が一階のフロアを響かせた。足音の主が怒鳴ったのだ。

私はデスクから立ち上がった。私の姿をその声の主が見た。声の主はスーツを着た初老の男であった。

「誰だね、君は」

男は油断なく私に問いただした。私の顔にたぶん笑いが浮かんだろう。この男が驚いている様が、なんだか滑稽（こっけい）に見えたのだ。

「おはよう」

私はゆっくりと言った。

「お客様ですか……そんなことは……」

男は不思議そうな表情をした。それからその表情が和らいだ。

「あなたは、今度の、支店長ですね。片岡支店長ですね」

「そうです。おはようございます」

その短いやりとりの中で、私は男に好感を持った。男の対応には率直さがにじみだしていた。

「あなたは？」

キミと呼びかけようかと、一瞬迷ったが、あなたと呼ぶことにした。男は明らかに私より年長だった。頭髪は半ば以上白く、額や頬のシワも深く、分厚い眼鏡の奥の視線は落ち着いていた。

「ああ、どうも申し遅れました。庶務課長の武田、武田吾一といいます」

武田は一度、背筋を伸ばしそれからまっすぐに頭を下げた。

「いつもこのくらいの時間ですか」

私の腕時計は八時三分前を指している。

「ええ、八時から裏の受付に座るようにしているのです」

「それで間に合うのですか」

「…………」

「この支店の諸君は八時前には、やってこないのですね」

「ええ、定時は八時五〇分ということですから」

「しかし、あなたはこの時間にきているじゃないですか」

私の言葉を聞いて、武田は人の良さそうな笑顔を浮かべた。

「あたしは年ですから、朝の早いのは苦にならんのですが、若い人には無理ですよ。それに三友の人と大昭和の人とでは時間の感覚がちがいますから……」

「年ってまだそれほどでもないでしょう」

「六〇歳です」

いやそれにしては若いですね、と私はお世辞でなくそう言った。体つきや身のこなしが敏捷(びんしょう)そうで、五〇歳代半ばで通る。

「武田さんは、大昭和の人だったのでしょう」

「大昔にはそうでした。しかし、その後、辞めましてよその会社に行きまして、三年ほど前に舞い戻ったのです」

「舞い戻ってすぐに、合併ですか」

「ええ」

「あてが外れたわけか」

「いや、われわれ庶務行員にはあまり関係はないですよ」

と、武田は苦笑した。

「通りのいい名前になって、給料がふえた分得したとも言える……支店長、あたし受付の仕事に入らなくていいですか」

武田は腕時計を見ながら言った。八時一〇分になっている。

私はもう少し武田の話を聞いて情報を得たかったが、中断することにした。新任の支店長が時間にルーズだという印象をもたれてはなるまい。

「ああ、そうして下さい。あとで改めて顔合わせをしますから」

武田が通路の方に歩きかけたとき、その足音と重なるように通路の向う側から、もう一つの足音が聞こえてきた。

「おはようございます」

その足音の主にそう言って、武田はもう一度こちらに向き直った。

「支店長、次長が見えました、真山次長です」

私は立上り、そちらに歩み寄った。心の底にかすかに闘志のようなものが湧くのを感じた。

真山徹、飯田橋支店の大昭和信用金庫系の中心人物である。須崎が辞表を書かざるをえなかったのはこの男のせいだと、五十嵐から聞かされている。仕事の力量はあるが、けっして三友銀行流のリーダーシップには馴染もうとしないのだと。

「片岡支店長ですか」

「ええ、真山くんですか」

真山は私より二歳年長と聞かされていたが、くんづけで呼ぼうと決めていた。

「はい……早いんですね。前の支店長もそうでした。三友銀行の人は皆早いんですね」

ゆっくりした口調で言った。私はその言葉に皮肉っぽいものを感じた。

真山はがっしりとした体つきをしていた。学生時代に柔道をやっていて、大昭和信用金庫に入ってからも、四〇歳になるまでは野球部で鳴らしたという。

その広い肩幅と私のことをまっすぐに見詰める物怖じしない視線とに、かすかな威圧感を覚えた。銀行員というより建設会社の現場監督のほうが似合いそうだ。

(この男、こんな風に強がって見せて、左遷させられたりクビになったりすることが恐くはないのだろうか)

「まあ厳しい折りだからね。こっちも厳しく当たらないと」

「前支店長はこないのですか」

「きたいとは言っていたのだが、私が遠慮してもらったんです。聞くところ、諸君らと行き違いがあったらしいじゃないですか。もう一度出直そうという日に、そのことを思い出させることもないと思ってね」

真山は思わず笑ってから言った。

「それはそうですね」

「ここでは皆何時に店に入ることにしているのですか」

「男子は定時の一〇分前、女子は五分前というところですか」

「ふーん」

私は何と言おうか、迷った。他の支店ではありえないことであった。新川では男は八時、女は八時半には全員が出勤していた。

「前支店長はそれが気に入らなくて、やきもきされていましたが、思うようには……なにしろ定時前にきているのですから」

「真山君は早いじゃないか、定時の四〇分も前だったよ」

「今日は特別です」

「………」

「新任の支店長が見えると分かっていましたから、きっと早いだろうと思って、私も今日だけおつき合いする気になったのです」

「今日だけかい。明日からもつき合って……」

と言いかけたとき、通路の方から軽快な足音がした。目をやると、私がスカウトした二人が前後して姿を現わした。彼らは私を見つけると、

「おはようございます」

と、少し元気すぎるぐらいに言った。私はほっとした。私が三友銀行でこれまでいつも聞きなれている口調だった。明るく意欲に満ちていて、支店長の私に敬意を払っているのが感じられた。

やや細身でのっぽの方が、大城太郎(おおしろたろう)。

かつて私が都内の支店で次長をやっていたときの部下である。営業力もあるが、それ以上に他人に嫌われない大らかな性格を買って、ここに連れてくることにした。嫌われないというより、人と人の間に生ずる葛藤(かっとう)をふわっと包みこんで、柔らかいものにしてしまう。そんな天性を大城は持ち合わせていた。その天性が大昭和信用金庫系の人たちとの緊張をほぐすのに、役に立つことがあるだろう。

中肉中背で色の黒いのが、港達也(みなとたつや)。

これもまた私が名古屋の支店に次長で二年いたときの若手だが、抜群の行動力を持

っていた。百周年記念の預金獲得の際には新人にもかなりのノルマが課されたが、港は中堅行員に負けないくらいの成績を上げた。若いうちからそれほど仕事熱心というのも、将来性という点ではどうかとも思うが、このエネルギーを使わない手はない。まだ二八歳の独身。こいつには切込み隊長をやらせようと思っている。

「おはよう。どうだい、燃えているか」

私にしては芝居がかった台詞(せりふ)が口からでた。すこし昂揚(こうよう)しているのかもしれない。

「ええ、まあ」

港が照れたように言った。

「私の席はどこになるのですか」

大城がとぼけた口調で言った。

「そんなこと、まだ決まっているわけがないだろう」

そう言ってから、私は二人を真山に紹介した。

「この二人を得意先課にやりたいのですが、席はどうなりますか?」

「三階です。二階には外為や貸付が入っていまして、三階が得意先になっています」

「四階は?」

「支店長室と会議室が大小二つあります」

「それじゃ、三階に二人の席を作って下さい。それから私は四階にばかりこもっているつもりはありませんから、一階と三階にも私の席を作って下さい。決して広いスペースはいりません」

「しかし大幅にレイアウトを変えないとならないでしょう」

真山はかすかに眉(まゆ)をひそめた。私が店内のあちこちに出没しては煙たいに違いない。

「そんなことないよ。いま空いているデスクを私の仮の席にしてくれればいいさ」

真山と話しているうちに、次つぎと男子行員たちが姿を現わし始めた。見慣れない私たちに気づいた者も気づかなかった者も、誰にともなく「おはようございます」と声は上げるものの、立ち止まることなく自分のデスクを目指して急ぎ足になっている。

「真山君、八時五〇分に全員を一階のフロアに集めて下さい。かんたんに自己紹介をしておきたいからな。見知らぬ奴が店内をうろうろしては驚くだろう」

私がそう言った時、真山の後ろを派手な服装の女性が通りぬけた。女子行員の一番乗りだ。なんで制服じゃないのだろう、と思うと同時に私はちょっと不愉快になった。銀行員にしては派手すぎる。背が高く髪が長く大柄な上に、洋服の色が華やかなのでいかにも迫力があった。なんだか夕暮れの盛り場を出勤していくホステスを連想させた。

その女性は、あのカラフルなハンカチの結んであったテラーの席までいくと、それを外して手首に巻き、急いでもう一度通路の方に戻っていった。ロッカールームに着替えにいったのだろう。まるで戸外を歩いているかのように、私にも真山にも一瞥（いちべつ）もくれず颯爽（さっそう）としていた。

「いまの女性は？」

「ああ、木田（きだ）君です。ウチで一番のベテランですよ。もう一〇年選手です」

「ふーん、ずいぶん」派手だな、と言いかけて、

「大柄だな」

と、言い直した。まだ支店全体の風向きが分からないのに、うっかりしたことを言って、反発をくらっては困る。

八時五〇分。

一階フロアに全行員が集められた。さすがにフロアはぎっしりと埋めつくされた。総勢、私も入れて三三名。

「諸君、おはようございます」

私が声を張り上げて挨拶(あいさつ)したが、ごくわずかしか応じたものはいない。

「片岡史郎です。今日から飯田橋支店の支店長として諸君と一緒に、仕事をすることになりました。この店は大昭和信用金庫の方が大半で、三友銀行からの支店長ではなにかと諸君も勝手の違うこともありましょうが、できるだけ気心を合わせ頑張っていきたいと思います。よろしく願います」

私は行員たちの顔を一人一人見ながら話した。なるべく手短にしようと思っていた。

「ここにいるのは、大城太郎君と港達也君です。彼らも諸君と一緒に頑張る仲間です。二人とも得意先課に配属しますのでよろしく。あとのことは、幹部諸君と打合せをしてからお伝えします」

次長の真山、得意先課長の平正樹(たいらまさき)、貸付課長の横溝厚男(よこみぞあつお)、預金課長の三宅庄司(みやけしょうじ)、テラー主任の木田美恵子(みえこ)、それに私が連れてきた港と大城の七人が小会議室のテーブルを囲んでいた。

大きなテーブルである。つめて座れば二〇人は優に座れそうだ。

「お待ちどおさま」

私が少し遅れて入ったときには、皆いっせいに顔を向けたものの無言であった。私の笑顔は少しこわばった。

私は、ここにこなくてはならないギリギリの時間まで支店長室で迷っていた。彼らとの関係をどうとるかについてである。

徹底的なオレについてこいという形にした方がいいのか、それとも和気あいあいと皆の和を保ちながらリードした方がいいのか。一日、彼らの仕事ぶりを見れば決断できると思ったが、結局は迷いつづけた。

テーブルについてすぐにそれぞれの自己紹介を受け、港と大城の紹介をさせた。それから私が口を切った。

「前支店長と君らの連携がスムーズにいかなかったと聞いています。どうしてそうなったのか、誰か解説してくれないかな」

一同の顔に意外そうな表情がうかんだ。そんな話からはじめるとは思っていなかったのだろう。

誰も口を開こうとしない。皆、視線をテーブルの上に落している。

「真山くん、どうだい。話してくれないか。私がまた同じことを繰り返してもつまらないだろう」

「とくに何があったということはないですよ。なあ」

そう言って、真山は他のメンバーに同意を求めた。いくつかの顔がその言葉にうなずいた。

「そんなことはないだろう。須崎はよく知っているが、何もないのに辞表を書くようなヤワな男じゃないぞ」

また沈黙となった。真山は沈黙を楽しんでいるように見えた。他のメンバーは面倒に巻き込まれたくないようだった。

「それが、いけなかったんじゃないですか」

不意に言ったのは木田だった。ハスキーな声が風のように会議室を吹き渡る気がした。

私は木田の顔をまっすぐに見た。木田は切れ長の目で私を見返していた。きっちりと化粧がしてある。色白なので口紅の赤が浮きでて見えた。いまは制服を着ているのに朝に感じた派手な印象はそのままだった。

「どういうことかね」

「少しはヤワなところもあったほうが……大昭和信用金庫では、これまでそんなに猛烈にやってきていないんですから」

「須崎はそんなに猛烈だったのか」

「いつも怒鳴っていました……三階で怒鳴っている声が一階で聞こえたくらいです」

木田が冷笑気味に言った。いく人かが小さく失笑した。

「そんな奴ではなかったがな」

「ここにいる人はみんな聞いています」

「私は極力怒鳴らないようにするよ」

ハラハラと二人のやりとりを見守っていたメンバーに、ほっとした表情が浮かんだ。

「きっと須崎は焦っていたのだろう」

「…………」

「この店に、どれだけの預金のノルマがあるか知っているだろう」

「…………」

「平くん、どうだ？」

「一〇〇〇億円です」

「そうだ。この立地でこの規模だと、それくらいは要求されても文句は言えない。にもかかわらず、実績はどうだ、横溝くん」

「六二五億円です」

「よし、細かいところまでよく把握していてよろしい。その数字だと目標達成率六二・五パーセントだ。これじゃ須崎が焦る気持も分からないではない」

「支店長」

急に真山が言った。

「大昭和信用金庫本店だったとき、預金残はどのくらいあったか、知っていますか」

次長が支店長に語りかける口調ではなかった。こいつは懐に辞表をいれて私にものを言っているに違いない。

「四〇〇億円強と聞いているが……」

「そうです。それが合併後のわずか一年で五割以上も伸びたのですよ。褒められこそすれ怒鳴られることはないと思いますが」

「それはそうだ。きみの言うとおりだ。しかし、たとえばウチの四ツ谷支店、預金残がいくらか、知っているかい。そうだ、今度は三宅くん」

「一五〇〇億円くらいだったと思いますが……」

「その通り。前期末で一五二四億円になっている。向こうの方が立地条件はいいが、ウチとほぼ同じ規模でそれだけいっているのだ。出発当初はしかたないが、一年でその三分の二もやれないようだと、君らの能力が問われてしまうぞ」

皆、黙りこんだ。真山が何か言うのではないかとそちらを見たが、腕を組んで反対側の漆喰のはげた壁をにらみつけている。

「真山くん。あと何ヵ月あったら、ノルマを達成できると思うかい」

「いや、私には分かりません。一〇〇〇億円なんて数字は考えただけで、目が眩むような気がします」

真山の口調は相変わらず頑なものだった。私はふと、

（こいつは本当は仕事に自信がないから反発しているにすぎないのではないか）

と思った。

「とにかく私は預金残一〇〇〇億円、貸付残一一〇〇億円、ＲＯＡ〇・六の目標を何としても達成するために、ここにきたのです。できたら一年後、悪くても二年後までには達成できないと、この店がかき消えてしまう心配だってあるのです。三友だ、大昭和だ、などと小さなことを言っている場合ではないでしょう。みんな仲間です。運命共同体なのです」

私の口調がちょっと上ずった。私もずいぶん肩に力が入っているようだ。

「しかし、去年の秋にノルマ主義は改めようという方針が出たはずですが」

真山が言った。

「ノルマじゃない、目標だよ」

「同じことだと思います」

木田が口を挟んだ。

「目標を立てることが悪い、と君らは本気で思っているのかい。目標も立てず行き当たりばったりで支店経営ができると思うのかい」

「しかし、無茶な目標を立てれば、結局、また歪(ひず)みが生じると思いますが……」

「それじゃ、どうしたらいいのだ。木田くんにいい考えがあるのか」

木田は私の問いに答えようとはしないで、視線をテーブルの上に落した。長い睫毛(まつげ)がきれいに見えた。

「真山くんはどうかね」

「目標を立てることは必要でしょう。ただし今回の金融不祥事につながるようなことは避けませんと……」

「そんなこと当然だろう」

何を考えてるんだ馬鹿野郎、と思わず腹の中で怒鳴った。いま、(私は怒鳴らないようにしよう)と言ったばかりだが、声に出さなければ、文句はあるまい。

「真山くんの言うとおり、乱暴なことは困るが、とにかく私としては行員の一人ひとりに自分で目標を出してもらって、それをベースに支店経営をしていきたいと思っています。ここにいる皆さんはそのリーダーとして、ぜひ頑張っていただきたい」

「本当に自分で目標を立てていいのですね」

真山が言葉をはさんだ。

「そのつもりだが、どういう意味だい?」

「前支店長は、我われが立てた目標数字を自分でどんどん直して大きくしていましたから」

「……君らがよっぽど控えめな数字しか出さなかったのだろう」

「そんなことありません、我われのやれるぎりぎりだったですよ」

「分かった。数字を見て君らと相談するということはあっても、納得のいかないことは決してしないよ。それならいいだろう」

私は思い切ってそう言ってしまった。彼らがささやかな目標数字しか出してこない可能性が高かった。問題を先に延ばしたにすぎない。

「田口るみビューティサロン」

車がゆっくりと停車した。

「ここです」

真山が低い声でそう言って車から降り、私もすぐその後に続いた。

私は降りるとすぐに、車の中で曲げていた背筋をのばすように体を反らした。

これで今朝から八件目の訪問先になる。いい加減、体の節ぶしも硬ばってくるというものだ。

いや体ばかりではない。心の方もうんざりしてすり切れそうだ。真山の案内する得意先ときたら、どれもこれもたいして金の動きそうもない商店や中小企業ばかりなのだ。これでは少しも元気がでない。飯田橋支店の次長のかかえている相手で、新任早々の支店長を挨拶まわりに連れて歩かなくてはならないところがこんなクラスでは、支店の成績が上がらないのも無理はない。それとも真山は極上の得意先は私に隠しているのだろうか？

車が止まったのは、地下鉄の飯田橋駅から神楽坂駅にぬける表通りから、一本裏道に入ったやや静かな通りであった。

ところどころに丈の高い板塀が見える。もとは花柳界のあったあたりで、今もいくつかの料亭が残っている。

車のすぐ前にまだ新しいビルがあった。五階建て、いや六階建てか。淡いクリーム色の壁に濃いグリーンの窓枠の色調がしゃれた雰囲気をかもしている。

「こちらです」

真山はそう言って、ちょっと後ろの私の方を窺う仕種を見せてから、そのビルの入口に入っていった。

エレベータの傍らに入居者案内のパネルが掲げられていた。四階から上の三つのフロアは、すべてこれから私と真山が訪れる「田口るみビューティサロン」となっている。今日、真山と訪れる得意先の中では、ここがもっとも有望であろうと私はにらんでいる。

パネルに受付とあった最上階でエレベータを降りたとたん、自分の感覚が狂ってしまったような奇妙な気分に襲われた。

廊下が壁と言わず天井と言わず、すっかりピンクに染めあげられているのだ。床に近い部分は朱色のような濃いピンクで、それが天井に近くなるにつれ薄くなっている。天井は淡い桜色だ。なんだかいかがわしい風俗産業の店内に入り込んでしまったような気がした。

「おい、すごいな」

私が思わず感嘆の声を上げると、真山は唇を少し歪めて笑った。私に向けられた今日初めての笑顔だ。

真山が立ちどまったドアの色調も壁と同じピンク色で、ノブはピカピカに磨き上げられたゴールドである。

ドアの内側に受付があり、入念な化粧をした若い女性が座っていた。

「いらっしゃいませ」

女性は真山を見ると、すでに馴染みであると知れる親しげな笑みを浮かべた。

「社長がお待ち申し上げております」

私たちは女性に案内されて受付の後ろの部屋に通された。

部屋の壁もまたピンクだ。

ソファに腰をおろしながらその部屋を眺めまわし、なんとも言えない落ち着かない気分にかられた。このオフィスをこんな色調に統一した田口るみという女は、きっと精神のどこかを病んでいるに違いないと思った。

一分と待たないうちにドアがノックされ、「おまたせいたしました」と、女が部屋に入ってきた。

頭の三倍の大きさに膨れあがったソバージュと、キラキラと光るチャイナドレス風の洋服が最初に目に入った。なんだかファッションショーのモデルのように見えた。週刊誌で見かけた写真より迫力があり、どことなく薄汚れて見えた。目にいまどき流行らないつけ睫毛をしていた。二重まぶたにする整形手術に失敗したのを隠すために、そうしているような気がした。平課長から四二歳と聞かされていたが、一見した印象はそれより一〇歳ほど若い。

彼女の後ろに男が一人続いていた。背丈も低く細身でこちらは女の影のように陰影が薄かった。

私はソファから立ちあがり、名刺を差しだしながらとっさに、

「洋服はピンク色ではないんですね」

と言った。

「あらっ」

と声を上げてから、彼女はとつぜん咳こむような声で笑いだした。

「お気に入りまして？」

「ええ、元気が出ますよ」

内心で我ながらよく言うと思った。

「まあ嬉しい。そんなこと真山さんも前の支店長も言ってくださらなかったわ」

「私と違って、二人とも礼儀正しい紳士ですから……」

「それはどういうことですか。趣味が悪いと思っていらっしゃるってことかしら」

田口るみは大きな唇をいっぱいに拡げ笑みを浮かべた。

「いいえ……とても個性的ですよ。さすがはいま急成長の田口るみビューティサロンだと思いました」

「まあ無理をなさって……ねえあなた」

彼女は影の薄い男の方に、こう言ってまた笑った。

我われは彼女に促されてもう一度ソファに座った。私は受けとった二枚の名刺をテーブルの上においた。こうしないと時どき、挨拶をし終わったばかりの相手の名前を間違えることがある。一枚は何やら光沢のある用紙に、しゃれた字体で田口るみとあり、もう一枚の方はごく普通の名刺で田口孝一とあった。

「今チェーン店は二五店ですか」

私はこう切りだした。

「それは二た月前の数字ですわ。それからまたちょっと増えまして。今日現在で二九店になっています」

「一ヵ月に二店舗ですか。凄い成長ぶりですね」

「そうなんですの、気をつけなくてはと思っているんです。スピードが速すぎると、いつも主人に言われているのですが、あたしせっかちなものですから」

「スローリー・バット・ステデイも悪くありませんが、もっといい諺もあるんですよ。分かりますか？」

「あたし英語なんてチンプンカンプンですもの」

恥ずかしがるといった風ではなく、むしろ自慢でもしているような口調で田口るみは言った。

「いや本当の諺ではなく、私の思いつきです」

「どういうことですか」

彼女は怪訝な顔つきをした。その時、

「スピーディー・アンド・ステデイですか」

今までほとんどものを言わなかった、るみの夫が小さな声で言った。

「そうです。速く、確実に。これができればこれに勝るものはありません」

「まあ、あなた、大したものじゃないの。見直したわ」

いやちょっと、と夫の方は照れたような表情をしている。

変なコンビネーションのとれている夫婦だな、と私は二人の関係を観察する気になった。一見した印象は妻の方がずっと勢いがいいが、実際の力関係はどうなのだろうか。案外、夫の方が妻をリモートコントロールしているのかもしれない。

「年内にあと五、六店の予定でしたっけ」

真山が口を挟んだ。私に対するのと打って変わって、お人好しに見えるほど当たりのやわらかい口調だ。

「一応そのつもりですわ」

「資金的には一店舗あたり、これまで通りの三〇〇〇万円くらいで考えていればよろしいですね」

「今のところは……ただフランチャイジーとして応募してくるところの資金力にもよりますから」

田口るみが言うと、夫がためらいがちに言った。

「ねえ君、あっちの話はまだしなくていいのだね」

「ああ、あれ……」

「あっちの話と言いますと？」

真山が聞きとがめると、二人はちょっと顔を見あわせた。

「まだ先の話なんですが」

夫の方が口を開いた。

「いまエステティックサロンの大ブームでしょう。競争がシビアなんですよね」

「本当にそうですね。テレビでもいろんなサロンのＣＭをよく見ます」

「ウチも頑張らないと勝ち残れませんから、今度フランスからいい機械を入れようかと思っているんですよ」

「どんな……？」

「あのね……ミイラのお棺みたいなのよ」

るみがおどけた口調で言った。

「それがエレクトロニクスの塊(かたま)りで、女性がその中に入って汗をしぼりとられたり、血の循環をよくしたりされて、きれいに痩(や)せるの……一台五〇〇〇万円もするのよ」

「高いんですね。お買い求めの際は是非だいしょ、三友銀行にお手伝いさせて下さい」

真山が大昭和信用金庫と言いかけたのを田口夫妻も耳にしたに違いない。合併して一年、まだ口が滑ることがあるのだ。

「まだ先の話ですから……」

夫の方が言った。

「そうですか。そのときは是非とも当行へ」

「それは何台購入するつもりなんですか」

私が話に割って入った。真山の交渉ぶりでは物足りなかった。こんな話し方ではせっかくの取引の機会が逃げていってしまう。顧客と交渉するときの手本を真山に見せてやるつもりになった。

夫はちょっと言いよどんだ表情になり、妻の顔をチラリと見てから、

「いまのところチェーンサロンのうち、大きなところをピックアップして一〇台前後と思っていますが」

と言った。小さな細い目は、その奥にどういう感情があるのか少しも伝えてこない。

「ということは、まだ導入を正式には決めていないのですね」

「だからまだ先の話だと……」

「ご予定は？」

「一年以内くらいにと……なあ、るみ」

そうね、と田口るみはゆっくりと言った。

「それじゃ遅くありませんか。始めにおっしゃったようにエステ業界はいまが戦国時代です。生きるか死ぬかじゃないですか」

田口孝一は妻の顔を見て苦笑ぎみに笑っている。私はもう少し押してみることにした。エステティック業界については昨日のうちに少しにわか勉強をしてある。

「エステド東京はヤングにとても人気のある女優をＣＭに使い始めたし、プルミエールはアメリカの代表的なエステサロンと技術提携をして、それを大々的に宣伝しています……御社だって負けていられないですよ。なあ、真山君」

「ええ」

真山はかろうじて私に調子を合わせた。

「まあ大変だこと」

田口るみは愉快そうに言った。私は少し口をつぐむことにした。後は真山にバトンタッチをしたかった。

しかし、真山は話を続けようとはしなかった。るみがフランスにいって見てきたその機械のことを、面白おかしく話すのに相槌をうって、愛想笑いをするだけなのだ。私もしばらくその話につきあったが、辛抱できなくなって会話を戻した。

「その機械の日本での代理店は決まっているのですか」

「さあ」

と、るみは夫の顔を見た。

「たぶんあるんでしょうな。なにしろまだそのつもりじゃなかったものですから」

「それじゃ、うちで調べてみましょうか。できるよな、真山君」

「ええ」

「それでできたら一〇台なんて遠慮しないで、チェーンサロンすべてに設置しましょうよ。きっとお客の評判になりますよ」

「ほら支店長とあたしと同じ考えだわ」

るみがちょっと得意そうに言った。

「それはできたらそれがいい。しかし、安いもんじゃないからな。もし二九のサロン全部に入れたら……一四億五〇〇〇万円にもなってしまう」

「そのくらい御社だったら、どうってことはないでしょう。ウチの稟議もすぐに通ると思いますよ」

私は話に加わってこようとしない真山に不満を感じて、わざとてきぱきと話を進めた。年商一〇〇億円は優に超えている「田口るみビューティサロン」の設備投資に一五億円の金が貸せないはずがない。

「真山君、すぐに代理店当たってみようや。なに本部に問いあわせれば一発だろう」

車に乗り込むとすぐに私は言った。

「ええ」

と、真山はあまり気乗りのしない口調だ。

「君の得意先で私が出しゃばってすまなかったが、ちょいといい話に思えたのでな。放っておくと、どこかにさらわれてしまうかもしれない」

「それはいいんですが……あそこは口ばっかりでして、なかなか言った通りにはならないんですよ。今までもずいぶん振り回されました」

「しかし、君の取引先では年商の五本指に入るところじゃないか。振り回されても振り回されても、しがみついていくしかないだろう」

「ええ、まあ」

真山は煮えきらない言い方をした。明らかに私のやり方に不満を持っているのだ。まあいい、こいつにどう思われようと、私流のやり方でやっていくしかない。

「おい頼んだぞ」

馴(な)れ馴れしく言って私は真山の肩を叩いた。真山は体をすくめたが、筋肉が固く盛り上がっていて、私の掌(てのひら)が弾き飛ばされそうだった。


空はすっかり暮れかかり、ピナツボ火山の噴煙のせいだという紫色の夕焼けが始まっていた。普通の夕焼けでも人の心を揺さぶるのに、紫色の夕焼けはもっと不思議な気分をかり立てる。その空の下を私と真山は支店に戻り、裏口から店内に入ろうとした。

「お帰りなさい」

二人の姿を見て武田吾一が声を掛けた。どういうわけかあの日以来、武田は私に好感をもってくれたようだ。私の方も武田と話すと、ほっとするものを感じる。

「どうでした。今日も無事でしたか」

私は立ち止まり守衛室をのぞきこみながらそう言った。

「無事でないことがあるものですか」

「そんなことを言ったって、銀行強盗のニュースもよくあるじゃない」

「ウチにきてくれたら私がとっ捕まえてやりますよ。こう見えても柔道三段までとったのですから」

「若いころの話でしょう。無茶なことをすると、なんとかの冷水になりますよ」

それはそうだと、武田は大きな口を開けて笑った。

その時、店の中から出てきた一人の女が、小走りに私の傍らを通りぬけた。木田美恵子だった。すれ違うとき私にかすかに頭を下げたようだった。派手な黄色のスーツが目の中に残像となって残った。

「ご苦労さん」

その後ろ姿に大きな声をかけた。木田美恵子は首だけこちらに向け、またかすかに頭を下げた。首に赤いネッカチーフが巻いてあった。夕闇の中にスーツの黄色とネッカチーフの赤がぽっと浮き上がっているように見えた。

（なんで、あんなに派手好みなのだろう？）

と、私は思わず小さく呟いてしまった。初めて見かけたときと同じ不快感が生じた。派手好みの銀行員なんて、地味好みのピエロより始末が悪い。誰かにつけ込まれそうな危ない感じがある。

あんなセンスの恋人でもいるのだろうか。

一階の営業フロアにはまだ四、五人の部下たちが残っていて、私を見ると小さく頭を下げた。六時を少し回ったのに半分近くが残っているのだから、これまでと比べてよしとしなくてはなるまい。

私は二階に上がった。ここにも五、六人がいた。

「ご苦労さん」と、こちらから声を掛けた。貸付課長の横溝が、「お帰りなさい」と、はっきりした口調で言った。

「なにかあるか?」

「いいえ、別に」

「それじゃ三階にいるからな」

三階ではドアを開けたとたんに、「お帰りなさい」と、元気のいい声が私を迎えた。港と大城だった。こうでなくては店の中に活気が出ない。他の奴らは小さな声で二人に和しただけである。

「次長と一、二課長はすぐに私の部屋にきてくれるかい。営業計画表の検討をしたい」

私が言うと、ざわついていたフロアが一瞬だけ静まった。

私は支店長室に入り、自分のデスクの前に腰を降ろした。ちょっと息が弾んでいるのに気がついた。朝から出っぱなしだったのだ。疲れているに違いない。

少し息を整えてから、今朝、一課長の平と二課長の大城から渡されていた営業計画表をスーツの内ポケットから取りだした。取引先回りをしている間に眼を通すつもりだったが、それはとても無理だった。移動の車の中では次の訪問先について、真山からレクチャーを受けるだけで精一杯だった。

大城と平が部屋に入ってきた。

「支店長、お疲れ様です」

大城が言った。その大城の顔にも疲労が貼りついている。

「このくらいで疲れるものか。この店にきてまだ一週間、取引先を回り始めて三日しか経っていないんだぞ」

しかし、日数ではない。自分のことを敵視しているに違いない人びとの視線の中にいると、それだけで神経をすり減らす。

「次長はどうしたい？」

「すぐにくると思います」

「大城君は得意先回りは順調かね」

「ええ、とにかく当面は数をこなそうと思って歩き回っています。もう五〇ヵ所は顔を出しました」

平の表情に少し固いものが浮かんだ。私がここに連れてきた二人の部下は、大城を得意先課の課長、港をやはり得意先課の主任にした。そこで得意先課の課長が二人になった。平を第一課長にしたものの、大城が第二課長になったことは平にとって心中穏やかなことではあるまい。

「我われだって負けてないぞ。数をこなしただけじゃなく、大口の商売につながりそうなところもでている」

「そりゃすごいですね。まあボクは支店長と張り合おうなんて、大それたことは考えていませんから」

「なに言っているんだい。私の商売ではなく大城君の商売なんだからな。君らがみんなで切磋琢磨してくれなくてどうする」

いえボクは、と大城が言いかけた時、真山が部屋に入ってきた。

「ああ、真山君、待ちくたびれたよ」

私は少し皮肉な口調で言った。

「支店長、この会議はいつまでかかるのですか」

真山はそれにはまったく気がつかないかのように言った。

「いつまでって、終わるまでさ……一時間もかかるまい」

「私はちょっと用事があるのですが」

私は思わず真山の顔を見返した。よその企業で、残業よりデートの方を大事にする若者がいるという話を聞いたことがあるが、真山もそれに類したことを言おうとしているのだろうか。

「前から言ってあったろう」

「今日とは聞いていましたが、夕方の六時過ぎからとは思いませんでした」

「用事って、何だい？」

「プライベイトなことですから……」

「しかし、今日の話は重要なことだからね。そちらのプライベイトの方をなんとかしてくれないか」

「今日はそうしますが……」

真山は不満そうな表情をしたが、そのまま席に着いた。椅子が軋(きし)んで嫌な音をたてた。

「それで新規法人の貸出先数は総計、何口になるのかい？」

私が聞いた。真山に聞いたのに真山は机の上の資料から視線をあげないので、平がおどおどと私を見て答えた。

「九月までで七八口になると思います」

「思いますって、君、現にそれぞれの計画表を見てるんだろう。きちんとした合計数字を言ってくれよ」

嫌味に聞こえるだろうと思ったがそう言った。いつまでも無責任な新入行員のように、あいまいな言葉使いをさせておくわけにいかない。

「真山君、間違いないか」

私はちょっと挑発的に言った。真山がなにか反発してくるかもしれないと身構える気になっていた。

「ええ、七八口です」

「あと二二か、かなり足りないな」

法人の新規貸出先を九月までに一〇〇、来年三月までにはさらに一五〇増やして、合計二五〇にしなくてはならない。それでも飯田橋支店の法人貸出先の数は、この界隈の都銀の平均より二割ほど少ない。

半期ごとに営業本部から、各支店に細かい目標数字がおりてきていた。

融資総額、定期性預金残高、流動性預金残高、個人普通預金口座数、給与振込み口座数、保証協会融資残高、住宅ローン口数、ＲＯＡ。

前期実績をベースにして決められるから、飯田橋支店の数字は低くおさえられてはいる。それでもいままでよりほとんどの数字を一気に三割はふやさないとならない。それぞれの支店では、これを個々の担当者のレベルにまで割りふっていく。この時に、上から押しつけたのではなく、担当者が自分で掲げた目標の合計が、本部のノルマに合致したという形にすることができればベストである。

飯田橋支店ではとりわけ法人の貸出先数が少ないので、早急にこれを改善しないとならない。上半期の重点目標にするつもりである。

「私のところでもう少しやりましょうか」

大城がちょっと疲れた口調で言った。二課は一課より二人も課員が少ないのに、一課より五口多い目標数字を出している。両方の課の課員それぞれの数字は、ほとんど変わらないのだから、二課では大城が一人で膨大なノルマを引きうけているのだ。

「あとどのくらいできるかね」

「五件……」と言いかけてから、口の中で小さく溜息をついた。大城の大らかな顔を見つめていたのは私だけだったから、その溜息を耳にしたのも私だけだったかもしれない。

「一〇件やりましょうか」

「大丈夫か」

「ええ」

と、大城が言ったとき、

「それは無茶ですよ。先日の打合せのとき、目標数字があまりに過大にならないように、と申しあわせたと思いますが」

と、真山が口を挟んだ。

(きたな)

と、私は思った。この会議は必ず一もめあるに違いないと思っていた。

「大丈夫ですよ。やってみます」

「無理ですよ。いいですか、何度も言うようだが、この飯田橋、神楽坂あたりはもう成熟市場なんです。いくつもの都銀が十重二十重にアミをかけていて、新しく入りこむ余地なんか、わずかしかないんですよ。七八だってギリギリの数字だと思いますが」

度の強い眼鏡の奥から、切りつけるような視線をあたりに向けながら真山は言った。ワイシャツ姿になっている真山の上体は、贅肉とは思えない肉がしっかりとつき、ワイシャツのボタンが弾けとびそうである。

「それだったらどうしたらいいんだ。飯田橋支店は最初から目標達成をあきらめてしまうのか？」

「目標数字がちょっと……」

「多いというのかい。しかし、両隣りは四ツ谷も市ケ谷ももっとやっているんだぜ」

私は苛だたしさで口調が荒っぽくなりそうなのをこらえて言った。

「両隣りとも得意先課は九時前に帰ったことがないそうですよ。ウチはそうはいかんでしょう。ついこの間本部から通達があったばかりじゃないですか」

この年始めに、東京労働基準局が都内の金融機関に立ち入り調査を行った。三友銀行も二つの支店がそれにひっかかり、サービス残業とやらが指摘されてしまった。そこで本部はあわてて表面だけをとりつくろう通達をだしたのだ。

金融機関のサービス残業が、この頃マスコミによくとり上げられる。どこかの銀行のアホが内部告発の本を出版したのでスポットライトを浴びているのだが、私にはとんだ見当違いにしか思えない。他の業界の残業事情は知らないが三二歳でペエペエの銀行員の年間収入が、一〇〇〇万円を超えているのだ。五二歳のブルーカラーの年間収入が、残業手当てもいれて六〇〇万円というのとはわけが違う。世間があの正義面をしたアホの年収を知れば、たちまちこのバカ騒ぎの幕は降りるだろう。

「別にサービス残業をやってくれとは言ってない。いいかい、目標数字は私の自由にはならないんだ。本部の方でこれまでの実績を見ながら可能だと思う数字をあげてくる。このあたりの平均の八割がどうしてできないんだ」

「勝手に可能だと言われましても」

「成熟市場は分かっている。しかし、これまでこの地域に三友銀行はなかったんだ。大昭和信用金庫のときにつきあってくれなかったお客だってターゲットになるだろう」

「…………」

「やってみてくれよ。諦めるのはやってから後だ」

「前支店長のときは、いつも目標の六割くらいしかいかなかったんです」

平が遠慮がちに言った。こいつは真山とはちがい辞表をふところに入れてはいないようだ。

「何かが悪かったんだ。目標数字ではないさ」

「何かって何ですか」

「それはやってみてからでないと私にも分からん」

「…………」

「さあ大城君のところで一〇口引きうけてくれたのだから、あと一二だ。どうしよう」

そう言って私は平の顔を見た。平は怯えたように瞬きをして眼をそらした。そのとき私は急に思いついた振りをして言った。

「どうだい真山君、いいことを考えた。君とボクとで残りの一二を半分ずつ受けもたないか。君が六口、ボクが六口、無理かどうか我われで確かめてみよう。我われならサービス残業にならないじゃないか」

昨夜のうちから考えていたのだ、イザとなったら、私と真山で抱き合い心中のようにノルマを引き受けてしまおうと。

真山は固い表情をしたまま私の提案に答えようとしない。

「おい、真山君。君は大昭和信用金庫のエースだったというじゃないか。このくらいやってみせたらどうだい」

「私は原案のままでも六口やることになっています。毎月一口がいいところですよ」

「そんなことはあるまい。わずか一口じゃ物足りないだろう」

「わずかと言いますが、ただの取り引きじゃなく、貸金一〇〇〇万円以上ですよ。そんな相手はやたらに転がってはいませんよ」

「分かった。それならボクが八口やろう。君は残りの四口やってくれ。それならいいだろう」

登校拒否

角を曲がり、大谷石(おおやいし)の端が少し欠けているわが家の門柱を眼にした時、(ようやく家に辿(たど)りついたか)と、ほっとする思いがした。

　このごろ、支店からわが家までの一時間足らずの通勤時間が長く感じられる。

　玄関のチャイムのボタンを押すと間もなく、中の廊下に足音が聞こえた。ドアの傍らの模様の入ったガラス越しに、かおりの姿と分かった。

「お帰りなさい」

　かおりは小さな声で言った。以前は声をひそめるなんてことはなかったのに、あの金融不祥事がマスコミで騒がれて以来、銀行員の夫が夜遅くに帰ってくることを世間に気兼ねしているような気がする。これでも不祥事のあと銀行では早く帰らせることを方針としているので、私の帰宅も以前より早くなっているのだ。

　私は部屋に入りパジャマに着かえた。最近はいつもそうしている。もう一一時を回っているのに、いったん普段着に着かえて、すぐまたパジャマになるなんて手間のかかることをする気はしない。

寝る前に居間のソファで軽く一杯やるのが、飯田橋支店に転勤になってからの習慣になっている。こうすると寝付きがよくなる。

この数年、家ではずっとヘネシーを飲んでいたのだが、人にもらってサントリーの響を飲んでみたら気に入った。国産ウイスキーもやるときはやるのだ。

いつも、かおりがいろんな酒の肴（さかな）を作ってくれる。これがなかなか凝（こ）っていて楽しみでもある。

ところがその日はそうではなかった。出てきたのはただの市販のミックスナッツだった。嫌いなわけではないが、ちょっと拍子抜けがした。

「ご免なさい、今日はこれしかなくて」

そんな馬鹿なという思いが頭をかすめ、そう言った時のかおりの様子が、心ここにあらずだったと気がついたのは少したってからだった。なにしろ家にいるときの私の頭は、ほとんど停止状態にあるのだ。家にいるときの私はリングの中央での打ち合いを中断してコーナーに戻り、放心しているボクサーだった。

いつも水割りではなく、オンザロックにしてチェイサーを飲む。

二杯めを作っているとき、かおりが私に話しかけた。

「いいかしら」

と変な言い方から始まった。

「今日ね、ひろみが学校を休んじゃって……」

ひどく憂鬱（ゆううつ）そうな声だということに気がついたのも、しばらくたってからだった。

「風邪でも引いたのか」

「それならいいのだけど……」

「なに、どうしたの」

「よく分からないのだけど……病気ではなく登校拒否じゃないかと思うんだけど」

「まさか」

と、私は笑い飛ばすように言った。そんなことがあるものか。最近、私にめったに笑顔を見せなくなっている大介はいざ知らず、私にはひろみのことはよく分かっているつもりだった。中学二年にもなりながら、呆（あき）れるほど子供で、素直で無邪気で、結構たくましいところもあるひろみが登校拒否なんて、そんなはずがない。

「ちょっと休んだくらいで登校拒否にしちゃ、ひろみが可哀想だろう」

私は氷の上に響を注いだ。トクトクといい音がした。

「それが、いままで話さなかったんだけど、ちょっとじゃないのよ」

「どのくらいなんだ」

「二年生になってから始まったんだけど、もう延べで一〇日にもなるかしら」

「ふーむ」

と、私は思わず溜息をついた。何と応じていいか言葉に窮した。最近の子供たちに登校拒否という症状が起きることはもちろん知っていた。しかし、それがひろみの上に降ってくるなんて思ってもみなかった。何かの間違いか、かおりの考えすぎだという気がした。

しかし、それにしては一〇日も休むとはどうしたことなのだろう？　新学期が始まってまだ一月しか経っていない。

「医者にいったのか」

「あの子がいきたがらないのですもの」

「具合が悪いんなら医者に見せなきゃ仕方ないだろう」

「もちろんそう言ったわよ、でもダメなの。ガンとしていこうとしないの」

かおりは頰のあたりを引きつらせた。今まで見たことのない表情だ。

「もう寝ているんだろう」

私はふと思いついて言った。

「それがこのごろ昼間寝るものだから宵っぱりになって……きっとまだ起きているわ」

「それなら、呼んでくれるか」

私はまだ気楽に考えていた。

「あなた呼んでみて」

かおりは物々しい表情をした。（そんなことまでオレにやらせるのか）と思ったが、その表情に迫力があった。私は立ちあがり、廊下へのドアを開け、二階に向かって大きな声を上げた。

「ひろみ、ひろみ。ちょっと下においで」

私は部屋に戻り、もう一杯オンザロックを作った。

「怒らないで下さいよ」

かおりが不安げな声で言った。

「そんなことするわけないだろう」

大介は高校に入ったころから、あまり私と口をきかないようになっている。それが成長というものだ。自分にも覚えがある。

しかし、ひろみときたらつい去年までよく私の膝に乗ってきて、かおりから「もう中学生でしょう」と叱られて、いや呆れられていたのだ。

ひろみがこない。

「どうしたんだろう」

「怒られると思っているのよ」

何を言っているんだ、と私はまた立ちあがり廊下にでた。すると眼の前にひろみがひっそりと立っていた。今まで思っていたよりずっと背が高く、私の肩の高さから大きな目で私を見た。

「なんだ、きてたのか」

私の方から笑いを見せ肩に手をかけて部屋に入った。長い髪が指に触れてサラサラした感触があった。

ソファに腰を下ろしひろみを見た。視線をうつむけ唇を少し尖らせていた。最近、その顔つきが私に似てきているような気がする。涼しげな眼だけはかおり譲り、あとは幾分丸い鼻も下唇の方があつい口も私のものである。

「ひろみ、体の具合が悪いんだってな」

ひろみはチラリとかおりの方を見た。

「医者にいかなきゃ駄目じゃないか」

「…………」

「丈夫なお前が、長いこと学校を休むなんて……」

「……わかった」

ひろみが呟くように言った。

「本当にいってくれるの」かおりが疑わしそうに言うと、

「いくって言っているでしょ」

ひろみは、私がこれまで一度も聞いたことのない不機嫌そうな声をだした。

「どうしたんだ、その言い方は。お母さんはお前のことを心配して……」

「わかったってば……学校にいくよ」

ひろみは相変わらず私と視線を合わせようとはしない。左手でスカートの端をつかみ右手で長い髪の先をいじりながら、床の一点に穴でも開きそうな鋭い視線をぶつけている。ひろみの態度をたしなめようかと思ったが、そうはしなかった。それはかおりの守備範囲なのである。前後の事情が分からず私が口を出していいわけはない。

「それなら明日ね。今日はもう寝なさい」

かおりが言った。

ひろみが二階に戻ってから私とかおりは根比べでもしているように、黙りつづけていた。始めはまったく信じていなかった登校拒否という言葉が、真実味をもって私の頭の中に甦（よみがえ）った。やがて、

「ねえ、どう思った」

かおりが沈黙を破り、救いを求めるように言った。

「どうってボクに分かるわけないじゃないか。ボクのいないところで始まり、ボクのいないところで起きたことだ。子供たちのことは君にまかせていたんだ」

「そんなのひどいわ」

かおりは悲鳴のような声をあげた。

私はグラスを手にとり、二度三度と手の中で揺らした。氷の触れあう音がした。たしかに私の言い方はひどかったかもしれない。しかし、言っている中身は客観的な事実なのだ。私はそうしてきたし、かおりも承知していたはずだ。

「担任には相談したの」

「だって、あの子がそんな眼で見られたら可哀想でしょう」

「それならどうするつもりだ」

「とにかく、なんとかだましだましでも学校にいかせるようにしなくちゃと思ってい

るの。そのうちまた自分からいきだすようになると思うんだけど」

「それで済むなら一番いいけれども……そんなんで大丈夫か」

かおりはちょっと言葉を途ぎらせてから、思いきったように言った。

「明日の朝、あなたがやってみてくれないかしら」

「ボクが？　いったい何をやるんだよ」

「あの子を学校にまでいかせてほしいのよ」

「どうやって？」

「言い聞かせてくれてもいいし、連れていってくれてもいいわ」

「しかし、あの子は何時に学校にいくのだ」

「八時までに家を出ればいいの」

「そんなことできるはずないじゃないか。ボクは七時には家を出なくちゃいけないんだ」

「明日だけでいいから、あなたの眼であの子の様子を見て欲しいのよ」

かおりの口調には必死なものがあった。

「ボクが見たからってどうなるもんでもないだろう。それだったら専門家に相談したらいいじゃないか」

「あなた、父親でしょう」

「そんなこと……いまは無理だから専門家にっていうののどこが悪いんだ」

「わたし、ひろみが学校を休むようになってから、そういう本を一杯読んだのよ。そしたらどの本も、父親不在の家に登校拒否が起きるって……」

父親不在だって、どこが不在だ。

私の中に反発する気持と怯む気持とが同時におきた。反射的に口から言葉が飛びだしそうになるのをこらえて、大粒のカシューナッツを一つ口に入れた。それをゆっくりと噛みしめた。

たしかに私は子供と一緒に過ごす時間は少ない。子供の教育に心を配ることはほとんどない。しかし、それはかおりを信頼して任せてあるのだ。誰だって妻に子育ての大半は任せているじゃないか。子供の心の中にまで気を使っていられるような、暇なサラリーマンがどこにいるというのだ。

「オレには支店に、もっと手のかかる子供が三〇人もいるんだ。中にはオレより年上の奴もいる」

「分かってますよ。だからいつもはこんなこと言わないじゃないですか」

私はオレと言い、かおりは切り口上めいた丁寧な口調になった。

もう一度、私は黙りこんだ。ひろみが本当に登校拒否になっているのか、自分の眼で確かめてみたくないことはない。しかし、とにかく明日は駄目である。飯田橋支店での戦争はまだ始まったばかりなのだ。いま前線部隊長の私が一日といえども、戦列をはなれるわけにはいかない。

「分かったよ、なるべく近いうちにそうするよ。でも明日は駄目だ」

「でもああいってあなたに明日は学校にいくと約束したんだから、それが守られるかどうか見届けてくれたって……」

「…………」

「それじゃ、今度の土曜日でいいわ」

その日は飯田橋支店の得意先とのゴルフが入っていた。いまからキャンセルするわけにはいかない。

「ダメなんだ。取引先の接待ゴルフがある。その次の土曜日になんとかするから、それまでは君が頑張っていてくれよ」

私の言葉の途中でかおりは口を開きかけたが何も言わずに閉じた。口だけでなく私に対して心も閉ざしたのかもしれない。

その日以後、私からもひろみの様子をかおりに聞いたし、かおりの方からも話に出した。やはり休む日数は少なくならない。一週間に二日くらいは休むというから、登校拒否を疑わざるをえない。

私がひろみに言いきかせることもあったが、そのときはひろみにうまくすり抜けられてしまう。大人の女に時々見られる非合理な会話の回路を、ひろみは早くも身につけたかのようだ。

ひろみと話しているとき、ふと木田美恵子を思い浮かべ驚いたことがある。目鼻立ちに似たところはまるでない。

しかし、ひろみの状態が日常的なものになってしまうと気にかかりながら、だんだんと私の頭の中からはみ出していった。そのことを考えるのは億劫（おっくう）だったし、関心もそう強くはなかった。もっと強力に私の頭の中を占領しようとするのは、やはり飯田橋支店の経営のことなのである。

サボタージュ

私が四月の半ばに赴任してからすでに一月もたつのに、飯田橋支店の成績は遅々として上がらなかった。

不成績の中心には真山がいた。

真山は毎日一時間ほどの残業はやったが、そこでピタリと仕事をやめ退社した。いつも数人の男子行員が真山と行動を共にした。比較的キャリアの長い仕事の実力のない奴らだった。行動を共にするといっても真山が戦略をたて、皆がそれに従うといった組織的なものではなく、大昭和信用金庫の本店だったときから、群を抜いて人望とパワーのあった真山がそうするのだから、自分たちも同じようにしていていいだろう、と群れているにすぎなかった。

他の比較的若い奴らは、しだいに時間だけはたっぷりと働くようになってきた。私と大城、港の三人がまるで営業フロアに仁王立ちでもするように、朝早くから夜遅くまで店に頑張りつづけていたので、彼らも少しずつ感化されたのだろう。それでもその時間の中身は薄味だった。彼らは時々どうしたらいいか途方に暮れているようだった。私や大城が手取り足取り顧客の攻撃方法を教えたが、彼らにはなかなか身につかなかった。

三友銀行と大昭和信用金庫が合併してから何度か、週刊誌などが「呑みこまれた大昭和信用金庫職員の地獄」などというタイトルで特集を組んだ。合併後の三友銀行で旧大昭和信用金庫系の人間が徹底的にいじめ抜かれ、どんどんいびりだされているという内容であった。

事実は三分の一ほどで、あとはそれを核にオドロオドロしい読みものをデッチあげていた。

飯田橋支店にきてからも一度、派手な新聞広告を見たが、私はそれを目にしたとき腹の底がジリジリと焦げるような気がした。何も彼らに同情したからではない。こんな記事を読めば彼らがあまり働きたくないという気分を募らせるだろうと思ったからだ。働いても働かなくてもいずれ進駐軍に追いだされてしまうのなら、誰だってサボタージュした方がいいという気になるだろう。

他の合併支店に赴任させられた支店長の中には、大昭和信用金庫系の行員を追いだすのが使命の者もいた。彼らの中にはかなり乱暴なことをする者もいるようだ。なにしろ合併以後、行員数が適正規模より二〇〇人は多いのだそうだ。なるべく早くそれだけを減らさなくてはならない。

しかし、私はそうではない。私は合併のシンボル的存在である飯田橋支店を、見事に経営して見せなくてはならないのだ。

その成功物語を経済誌にでも取り上げさせることができれば、大成功ということになる。合併を推進した住田栄一（えいいち）会長と五十嵐隆一副頭取の勢力がのび、五十嵐はきっと次期の頭取になるだろう。そして私はその腹心の一人として、出世コースの次の段階に足を踏み入れることになる。

私はいつも週始めにその週の目標を確認し、週の終わりにそれをチェックしたが、支店全体として目標をクリアできたことは一度もない。

さすがに得意先一課の主任にした港と得意先二課長の大城は、それぞれ個人の予定は達成したが、その課全体のノルマを達成することはなかった。

二人ともよくやっていたが、部下や同僚たちをその働きの中に巻きこむことはできなかった。

五月最後の月曜日。その月はその日を入れて、まるまる一週間残されていたが、一課も二課も、五月中の予定を七割程度しかこなしていなかった。

私は始業前に全行員を一階の営業フロアに集め、かなり厳しい檄(げき)をとばした。

「諸君も分かっているだろうが、今月の予定は七割しか達成されていない。こんなことでは私も諸君も存在意義がまるでない。もし飯田橋支店がいつまでもこの有様なら、本部はメンバーを総入れ替えするような方法を講じるだろう。その時は諸君らにも、もちろん私にも今よりいい状態はけっして待っていないぞ」

喋(しゃべ)っているうちに私の気分が高揚してきた。言わないでもいいことを言っているのかもしれない、皆の反発心をいっそうかきたてるかもしれないという気がした。しかし、口は私のとまどいと裏腹に檄を飛ばしつづけた。少しやけになっていた。

「おい、平君。悔しくないのか。自分で設定した予定なんだぞ。自分に負けているんじゃないか」

誰かが、支店長の押しつけたものじゃないですか、と反論するかもしれないと思った。それなら受けて立とうと皆を見渡したが、私に視線を返す者はいなかった。

その時ブオッという奇妙な音が静寂を破った。その音はロビーに響きわたり部下たちの間にざわめきが起きた。次の瞬間、私はそれが何か分かった。行員たちの中ほどにいた木田美恵子が鼻をかんだのだ。音を立てたのは一回きりだった。私は彼女をにらみつけ、彼女はチラリと私を見た。その顔にあったのは、かすかではあるが間違いなく皮肉っぽい薄笑いであった。

部下たちのざわめきは小さな笑声に変わった。しかし、木田のさりげない反抗を無視せざるをえなかった。

「平君、一課の予定はあとどれだけ残っているんだい」

「…………」

「記憶していないのか」

「法人の新規貸出数ですか」

「ああ」

「あと五つです」

「達成の見通しはどうだい」

「…………」

「君んところに六人いるじゃないか。一人一口弱でいいのだぞ」

「ええ」

「頼むぞ、やってくれよ。港君をこき使ってくれてもいいぞ。早稲田（わせだ）通りの両側に口ーラー攻撃をかけてみたらどうだ」

はっ、はい、と平はあいまいに答えた。いかにも頼りなかったが、胸倉をつかんで誓いの言葉を言わせるようなこともできない。

「大城君のところはどうだ」

「あと三口です。今週中にきっとなんとか」

と、言ったところで、またあのブオッが聞こえた。

「どうした木田さん。風邪ひいたのか」

私の語気は鋭くなっていたろう。木田美恵子は小さな声で、すみませんと言った。

「それから給振りが足りないんだ。あと五〇口あれば文句ないのだが、どうだい真山君、私と折半しないか。いや私が三〇、君が二〇でいいや」

給振りとは給料の支払いを銀行振込みにさせることである。いまやたいていの企業はそうしているから、新たにこの口数を五〇ふやすのは易(やさ)しいことではない。しかし、給振りにすれば、その口座を通じてさまざまな取り引きが広がっていく。

「私はいま抱えているノルマで精一杯ですよ。これ以上引き受けても自信もてませんん」

「皆で力を出しあおうと言っているのだから、もう少し協力してくれないか」

「私なりにそうしている積りですが」

「君にはまだ余力があるじゃないか」

「余力と言いますと」

「……分かるだろう、私が何を言いたいか」

「私は残業は月に二五時間で抑えたいのです」

「どうしてだ」

「本部の方からそう言ってきているからです」

たしかに一連の金融不祥事の後、三友銀行に限らずどの銀行も業務の適正化ということで、残業時間の削減を推進してきている。この正月の労働基準局の立ち入り調査以降、本部はいっそう神経質になっていた。しかし、残業時間は五〇時間くらいまでなら、支店長の判断でどうにでもできるはずなのだ。

「その時間の中で、やれることはやるという積りです」

真山の顔は引きつっているようだった。私をやり込めて勝ち誇っている顔ではなかった。

真山は、私が、いや三友銀行の最有力派閥が、この店をこの人員構成のままで軌道に乗せたいと思っているからこそ、自分が跳ねあがったことを言っても、左遷されないことを知っているのだろう。そうした条件に援護されて、須崎を辞表を書くところまで追い込むことができた。しかし、私が辞表を書く時は自分たちも無事ではないということにも気がついているだろう。にもかかわらず、もう私に逆らうしか身の処し方が分からなくなっているに違いない。真山も自分が変な落とし穴に落ちこんでしまったと、後悔しているのかもしれない。

「時間外を多くしてくれなんて言っているわけじゃない……とにかく私は三〇口やるから、君は二〇口を頼んだぞ。君の裁量で他の部下に割りふってくれてもいい」

真山は、はいとは言わなかったが、それ以上の反論もしなかった。

三階をのぞいたら、港が事務担当の女子行員と冗談を言い合っているのが目に入った。

「いやーん」などと彼女は嬌声(きょうせい)を上げている。

(進駐軍の先兵のくせに、よくこんなに早く難民と仲よくなれるものだ)

私は打合せの結果に疲れ悪意に満ちた気分になっていた。私はといえば、この店にきてから、大昭和信用金庫系の連中と打ち解けあった気分になったことなど一度もない。ああ、武田だけは例外だ。彼には三友銀行の行員にも感じたことのない親近感を覚える。どうしてだろう？

支店長室に入り自分の椅子に座った途端、ふーっと長い溜息が出た。部下にノルマを押しつけるたびに、自分でその半分は引き受けてしまう。こんなことでは私の方がパンクしてしまう。

デスクの上の電話が鳴った。

ひと声聞いてすぐに分かった。小磯（こいそ）だった。学生時代に親しかった彼にヒョンな場所で再会し、頼み事をしてあった。あまりあてにはしていなかった。諾とでるか否とでるか、最初の一声では分からなかった。

「どうだい。支店長は順調か」

「まあな」

ある程度事情は話してあるが、弱音なんか吐（は）くわけにはいかない。

「それでどうなりましたかね？」

古い友人とはいえ、こちらからの頼み事となると、自然と丁寧な口調になる。

「ああ、うまくいったようだ」

「いったようだっていうのは？」

「大丈夫だよ。君のところで給振りにしてくれるとさ」

「そうか、それはありがたい。六十何口といったかな」

「そこまではオレにも分からんよ」

「分かった分かった。あとはウチでやらせてもらうよ。持つべきものは友だ。必ずお礼させてもらうからな」

「高くつくぞ」

電話を切ってから、思わずチクショーと口走った。誰を罵ったのか自分でも分からなかった。小磯には感謝しこそすれ罵る理由はない。

小磯の幼なじみが靖国神社の近くで輸入食品の卸を手広くやっていた。そのことを小耳にはさみ、ウチと取引をしてくれるように、とくに全社員の給料を銀行口座振込みにしてもらうようにと小磯に頼んでいた。

私はさっそく小磯に紹介された三嶋食品に連絡を取り、その日の午後一番で訪問することにした。現金なものだ、疲れはどこかに消えうせている。

車が徐行しながら靖国通りをしばらくいくと、電話で教えられたビルが見えてきた。八階建ての白亜のビルである。この辺りはウチの市ヶ谷支店の守備範囲なのだが、そんなことに拘束される必要はない。三友銀行では近くの支店同士が、互いの陣地に攻めこもうとするライバルである。

私が通された応接室と覚しき部屋はかなり広いものだったが、その半分以上が積み上げられた段ボール函で塞がっていた。応接室を倉庫替わりにしたというより、倉庫の一部を応接室に流用したように見えた。

ずいぶん待たせるな、と思い始めたとき、男が入ってきた。

「すみません、お待たせしちゃって。トラックが着いたものですから、荷降ろしをやってまして」

そう言って、男は白い歯をみせ、ニッと笑った。背は高く色は浅黒く、汗ばんだ額から頰に一筋の汗が垂れていた。どこかで見たことのある顔だと思ったが、思い出さなかった。

「三嶋です。わざわざお越しいただきまして」

言いながらスーツのポケットから名刺を出した。三嶋食品取締役社長、三嶋和生とあった。

「社長自ら荷物運びですか」

「いつもですよ。体にもいいし、社員たちをあごで使えるほど高給も払ってませんし。一にも二にも率先垂範です」

これは話せる相手だと思った。これなら私が持ちかけてみようと思っている話も、スムーズに了解してくれるかもしれない。

三嶋は私の前に座った。膝がぐんとテーブルの上に突きだし、座りにくそうだった。

「お取引をお願いできることになりまして、ありがとうございます。お給料の振込みをさせて頂くと、お互いにとても親密なおつき合いができるようになると思います」

「社長としては、現金で払いたいんですよ。その方がありがたみがありますからね。でも何でもかでも自動振替になっちゃって……事務作業も簡単ですから、そうすることにしました」

「来月からでよろしいですか」

「いいですよ。何ならいま手続きをやっていったらどうですか」

三嶋は額の汗を手の甲で拭いながら言った。その時、気がついた。どこかで見たことのあると思った三嶋の顔は、あの石原裕次郎によく似ているのだ。目鼻立ちの一々より、いかにもスポーツマンらしい雰囲気が似ている。

「それがちょっとお願いがありまして……」

三嶋は怪訝そうな表情をし、私もさすがに舌のもつれるような気がした。

「私は飯田橋支店にきましてまだ二月ほどなのですが、いま部下にハッパをかけなくてはいけない状態にあります」

「小磯から少しは伺っています」

「ハッパをかけるだけじゃなく、仕事がうまくいく面白さも知らせないといけません。他の方にこんなことはお願いできないのですが……小磯君の幼なじみということでご面倒なお願いをしますが、今回のこのご契約を部下の一人にとらせたいのです」

「…………」

「明日にでも部下を寄越しますから、彼に口説かれて契約することになったという形にしていただけませんでしょうか」

「銀行の支店長というのは大変ですな。私の荷物運びどころじゃない」

三嶋はテーブル越しに両手を伸ばし私の肩に触れた。日本人では滅多にやらない馴れ馴れしい仕種だったが、いやな気はしなかった。

「お宅の仕事を通じてその部下を伸ばしてやりたいのですよ」

「分かりました。そんなにうまく演じられるか分かりませんが、とにかくその人の手柄になるようにしてあげましょう」

ありがとうございます、と言って私はテーブルの上に手をつき深く頭を下げた。

「まあまあ」

と、三嶋はまた私の肩に手を掛け、頭を上げさせた。

「別にこのことでウチが何も負担するわけではないですから」

「すみません」

と、もう一度頭を下げようとする私に三嶋は意外なことを言った。

「大学で、やっていたんですって」

「はあっ？」

と、今度はこっちが怪訝な顔をする番だった。

「あの頃は面白かったですね。私は、頑張り続けていれば総理大臣の首のすげ替えぐらいはできると思っていました」

ああ、学生運動のことかと腹の中で納得した。

「私は大したことありませんよ。全共闘のシンパの端っこのほうでちょっとだけ」

「そうですか、修ちゃんはそうは言ってなかったな」

修ちゃんが小磯のことだとすぐに気がついた。

「社長はかなりやっていらしたんですか」

「お恥ずかしい、若気のいたりで……おだてられるとすぐにその気になってしまうもので」

三嶋は問わず語りに思い出話をはじめた。話は断片的なものだったが、三嶋がかなり積極的に六〇年代後半の学生運動に関わっていたことが想像できた。

私も三嶋に話したとおり、ささやかではあるが、デモやストに参加したこともある。若気のいたりといえばその通りだが、とにかく世の中を良くしたいという若者らしい正義感が気持の中にあった。それがいつの間にか銀行の支店長だ。

私の感慨が迂回路(うかいろ)をたどって、そういう思いに至ったとき、

「それなのにいつの間にか社長ですからね」

と、三嶋が言った。

私は自分も同じことを思っていたと三嶋に伝え、二人してしばらく笑っていた。初対面とは思えない親近感がわいた。

三嶋は話を続けた。三嶋は全共闘を構成しているあるセクトの中枢にいたのだが、学生運動が衰退期に入って内ゲバが盛んになるとそこを離れた。それから一年間ほど世界中を貧乏旅行して日本に帰り、まともな企業には入ることもできないままに、い

くつかの仕事を転々とした後、三嶋食品を起こしたという。

私はあの学生運動に関わったのに、その運動が批判していた資本主義の牙城の銀行に入った。新入行員の頃は、そのことに少し後ろめたさを感じていた。もちろん最近ではどうしてそんな感情が起きたのか、不思議になるくらいにすっかり忘れている。

しかし、いま三嶋の話を聞きながら、その感情をふと思いだした。三嶋はまともな企業に就職できなかったのに、私は銀行に受け入れられたのだ。

私は三嶋の顔を見た。ゴルフ焼けなのか健康そうな黒い肌に白い歯の映える顔が、なんだかとてもまぶしい気がした。

決算書の読み方

大きな声をだしたり、無理に笑って見せたり、思いきり持ちあげたり、愚痴ってみたり、よく知っていることを知らない振りしたり、フロアからフロアへ走り回ったり――、私は必死になって、新しい部下たちの教育に励んだ。半期だけの成績をあげればいいのなら、彼らを放っておいて私一人で一〇人前の仕事をやった方が早いのだが、一年以上ともなるとそうはいかない。

毎日、得意先係のスタッフを取っ替え引っ替えつれだし、そいつの担当している顧客のところにいっては実地に折衝の仕方を教えた。

たとえば、取引先企業の貸借対照表や損益計算書などからえられる情報と、先方の担当者との短い会話の中で、私はたちまち相手の資金ぐりの実態を把握して話を進めることができた。すると顧客ばかりでなくつれていった部下が驚いた。

「支店長、どうしてあんなこと分かるんですか」

帰りの車に乗ったとたんに、そう聞いてきた者がいた。入行してから飯田橋支店がまだ二店目の千葉(ちば)という若い行員だった。

「決算書の読み方があるんだよ。ポイントを押さえておけば後はごくわずかのヒアリングでたいていのことは分かる」

「本当ですか？」

「須崎はそう言わなかったか」

「前の支店長とはあまり話す機会がなくて……」

そんな馬鹿な、と思った。部下が一〇〇人もいる大きな店ならいざ知らず、飯田橋支店くらいの規模で支店長と部下の間にコミュニケーションがないなんて、考えられない。須崎は私の知っていた須崎ではなくなっていたのだろうか。

「君も帳票類の読み方を勉強するといい」

「でも支店長とは頭のできが違いますから」

「そんなことあるものか。君のフレッシュな頭の方がいいに決まっている。いい本がいっぱいあるから本屋を覗(のぞ)いてみろ」

その夜家に帰ってから私は二〇分もの間、家中の本棚をひっかき回して、新入行員のころ私が頼りにした「銀行員のための帳簿の読み方」という本を探した。なかなか見つからず大介やひろみの部屋にまで入りこんだ。

「何を探しているの」

と、かおりに聞かれ訳を話すと皮肉っぽい顔をされた。娘の登校拒否は放っておいて部下の面倒はそこまで見るのか、と思ったのだろう。

翌朝、その本を出勤したばかりの千葉の机の上におくと、千葉は驚いて私を見あげ、周囲を窺うようにしてから小声で、

「ありがとうございます」

と言った。私から目をかけられたりすると同僚の手前、具合でも悪いのだろうか。

二時間ほどだがテラーに出てみたこともある。相変わらず私と距離を取りつづける木田の隣のカウンターに陣どってやった。

顧客の普通預金の残高が五〇万円を超えているものをピックアップしてメモを作り、あらかじめテラーの席に配布してある。

その一人が私のところにやってきた。年配の主婦らしき女性で、水道料金の支払いだった。

「お客様」

と、私は話しかけた。

「水道料金のお支払いは、いつもこうやって店頭までいらしてくださるのですか」

「ええ」

「自動引き落としになさったらご便利ですよ」

「分かっているんだけど、つい億劫になって忘れてしまいましてね」

「それでしたら、いま手続きをされたらいかがですか」

「できるの？」

「書類は置いてございます」

と、言ってから、つぎの話に水を向けた。こちらが本命の話である。

「お客様の預金はいつも残高が多いですね」

「そうかしら」

「こんなに沢山、普通預金に入れておいたらもったいないですよ。半分くらい定期にされたらいかがですか」

「でもいつでも使えるお金が、あるていどないと心配なんです」

「それは大丈夫ですよ。この通帳は総合口座になっていますので、残高が足りないときには、定期にしたものから借りられることになっているのです」

「だってそれだと利息を払わなくてはいけないんでしょ」

「それでも、これだけを普通預金に置いておくよりお得ですよ。定期の利息が入るのですから」

私はその客に話しかけるというより、並んで座っているテラーたちに聞かせるつもりで言った。隣の木田はそしらぬ顔で目の前の自分の客と、わざとのように親しげに話していたが、私のことを十分に意識しているのが分かった。

私がやって見せたのはごく初歩の店頭セールストークだった。下手をすると客に嫌われるので実行しているものは少ない。私だってそれほど意味のある行為とは思っていないが、とにかく彼らを少しでも刺激したかった。


夕方以降は、真山や二人の課長とともに出先から帰ってくる得意先課の連中の報告を受け、その後の指示をだした。

その作業が続いているときでも、相変わらず真山は六時になると切り上げて退社した。

数人がそれに従ったが、私には止める術はなかった。その分、私と大城と港が頑張ることとなった。

大城が深刻な表情で支店長室にきたことがある。

「支店長、よろしいですか」

私は貸付課から回ってきた融資の稟議書をチェックしていたのだが、たぶんこわばっていた顔を笑顔に作りかえて彼を迎えた。腹心としてつれてきた大城の前でも、器の大きい支店長を演じていなければいけない。

「なんだい、いい話か」

言ってしまってから、ちょっと嫌味だったかと軽く後悔した。いい話のはずがない。

「千葉君がまだ戻ってこないのです」

「千葉？　どこへいっているのだ」

言いながら腕時計を見た。もう八時を過ぎている。

「はっきりしませんが、二、三の心当たりはあります」

「あいつの外回りが、こんな時間になったことはあるのかい」

「残念ながらまだありません」

「その心当たりに連絡してみたらどうかね」

「よろしいですか」

「どうしてだ」

「先方に、なんだか行員に不祥事が出たみたいな印象をもたれるのじゃないかと……」

「そんなもの電話のかけ方しだいだろう」

分かりました、と言って、大城は部屋から出ていった。

私はそれほど重大な事態ではあるまいと思い、また稟議書に向かった。細かい融資の案件ばかりがいくつもある。せめてもう五割ましの規模にならないものだろうか。

それにしてもこの店の唯一の長所は、バブル期の不動産関係の不良債権はほとんど残っていない。

それらをすっかり整理してから合併し、合併した時点ではもう不動産への融資はうるさくなっていたのだ。

「支店長」

大城が小走りに部屋に入ってきた。

「千葉君が得意先で軟禁されています」

押し殺した鋭い声で言った。

「まさか」

「先日、彼が開拓した不動産屋なんですが、こっちの方なんです」

大城は指先で自分の頰を切る真似(まね)をした。

「当座を開いてから分かったんです。それで小切手帳をとり返しにいったんですが……」

「そりゃあ千葉じゃ無理だろう」

「私も彼が支店を出てから気がついたのです」

「君、引き取りにいってくれるかい」

「ええ、そのつもりです」

大城の顔は緊張している。銀行員にとってやくざは鬼門である。信用商売だから下手(へた)に内懐ろに食いこまれたら手の打ちようがない。

「一人じゃうまくないな。港君はいるかい、彼をつれていったらどうだ」

「今日は出先から帰りました」

「弱ったな、他に頼りになるやつはいるか」

「…………」

ふと思いついた。

「庶務の当番はだれだい」

「武田さんです」

「そうか。彼に行ってもらおう。彼なら頼りになるぞ」

私はすぐに武田を四階に呼んだ。

武田は穏やかな表情で支店長室に現れた。私はその顔を見ると、何かほっとするものを感じた。

「何事ですか。守衛にお役に立つことがありますか」

私は手短に訳を話し、大城と一緒にいってくれるように頼んだ。

「やーさんもこの頃、堅気の世界に入り込んできて困ったものですな」

やくざと聞いても武田には怯む様子はなかった。

「武田さん、私が出るわけにいかないんで、頼みますよ」

「分かっています。ご心配には及びません」

あまりあっさりと言ったので、拍子抜けがした。

「大丈夫ですか」

「たぶん、大丈夫です」

「なにかあったら、無茶はしないでください」

武田は何も言わず、にやりと笑って見せた。

二人が出ていった後、私はしばらくことの成り行きに思いをはせていたが、すぐにまた稟議書に向かった。

デスクの上の電話が鳴った。私はすぐに受話器を取った。

「あなた？　ごめんなさい」

かおりの声だった。ちょっと驚いた。仕事場に電話をかけてくることなんかめったにない。ひろみに何かあったのだろうか。

「どうした」

「悟郎さんから電話があった？」

「いや」

「ああよかった。ちょっと前にこっちにあったのよ。そこの電話番号を聞いたから教えてあげたんだけど……」

「ふーん」

「きっとあのことだと思うけど、あなた、またこの間のように冷たくしないでよ」

「そんなこと」

と、言ったきり、私は次の言葉を発することができなかった。あの夜以来、私に心を閉ざしているように見えたかおりにとって、私と悟郎との仲がそんなに気になるのかと不思議な気がした。

そんなこと君が心配しなくてもいいよ、と言って電話を切ってから、また稟議書に向かったが、書類に意識を集中できなくなっていた。

私の内心のどこかが悟郎からの電話を待ちわびている。

あれから二ヵ月が経っているのに悟郎からは何の連絡もなかった。ローンはどうなったろうか、と時々気になっていた。自分で金策ができたのなら、それでよし。私への恨みは残るかもしれないが、そんなものいつまでも続くはずはない。しかし、金のめどが立たず女房にせっつかれても兄貴に断われたことを打ち明けることができず、困り果てているのではないかと思うこともあった。

あいつのあの三ＤＫでは早晩窮屈になって一家五人が住みきれなくなるにちがいない。あいつ、家に帰っても居場所がないのじゃないだろうか。

支店にいても時々、悟郎のことが思い浮かんだがすぐに仕事に流された。仕事以外のことを心の中に長いこと留めておくことはできなかった。

（おい、どうしたんだ、かけてこい。いまなら相談に乗ってやるぞ）

私はいまどこにいるとも分からない悟郎に呼びかけた。公衆電話の前でためらっている悟郎の姿が見えるような気がした。

あれは悟郎が小学校一年だったか二年だったか。家の中でふざけていて障子を破ってしまったことがある。勢いあまって桟も何本か折った。お袋が怒って悟郎を押入れに入れ、いつまでも出そうとしなかったが、泣き疲れて声もすっかり嗄れたころこっそり襖を開けてやったのは私だった。その泣き声が聞こえている間中、私は耳をふさいでいたい気持にかられていた。

その時と同じとまでは言わないが、この二月、悟郎のことを思い浮かべるたびに私の気持は動揺した。

あいつの困惑が手にとるように分かる気がした。いまあいつを押入れに入れているのは私なのだ。

電話が鳴った。ベルが一つ鳴りおわらないうちに受話器をとった。

「はい」

「支店長」

大城の声だった。

「ああ」

と、私は気の抜けた声を出してしまった。それから気をとりなおしてたずねた。

「どうだった」

「うまくいきました。いま千葉君と一緒なんですが、彼も小切手帳も無事回収できました」

大城の声は高揚して弾んでいる。

「そうか、そりゃよかった……物騒な目にあわなかったかい」

「ええ、後で話しますが、なんでも相手は武田さんと古い馴染みのようで、すっかりスムーズにいきました」

「馴染み？」

そう聞いて、意外なことのようにも、ありそうなことのようにも思えた。武田のあの穏やかそうな表情の奥には、まだ私が想像もしていない人生があるにちがいない。

その夜、私は一〇時過ぎに飯田橋支店を後にした。とうとう悟郎からの電話はなかった。私は帰宅の途中、飯田橋駅と家の最寄り駅とで一回ずつ悟郎の自宅に電話をかけたが、悟郎はまだ家に帰っていなかった。

電話にでた悟郎のかみさんは「こっちからかけるように言います」と言ったが、私は出先だからと断った。

この兄弟の間にどんな軋轢があったかまったく知らないようだった。

家に帰ってからもかおりに聞かれた。

「悟郎さんどうだった？」

「電話なんかなかったよ」

「本当」

「あいつ君になんて言ってたんだよ」

「なんにも……ただ電話番号を聞いただけよ」

「変じゃないか」

「…………」

「あいつ、ボクの電話は知っているんだぜ」

「だって、転勤になったんだから」

「だから普通だったら新川の方に電話して、飯田橋支店を教えてもらうはずだ」

「それもそうね」

そう言いながら、かおりはそれほど不審そうではない。

「どんな様子だった？」

「さあ、そこまでは分からなかったわ」

「切羽詰まっている風だったか」

「分からないって。あなたったら悟郎さんのことだとむきになるのね。自分の娘にはその半分も熱心じゃないのに」

かおりが言った。冗談めかしてはいるが、体の中から恨みが吹きあげてくるような気がした。

「そんなことないよ。この間の土曜日、しっかり見届けてやったじゃないか」

「あの日はひろみはいい子の振りをして……だから土曜日じゃダメなのよ。半日ならなんとか辛抱できるのよ」

「その後、学校にいっているんだろう」

「もおう、報告したでしょ。いつもわたしの言うこと聞いていないんだから……」

その翌日、私は支店長室から電話してようやく悟郎を捉(つか)まえることができた。

「昨夜の電話、何だったんだ？」

「ああ、近くで飲んでいたもんだから、兄さんもどうかと思って誘ったんだよ」

「それだけか？」

「…………」

「この間はオレも短気を起こして悪かったよ。ローンの方どうなった」

「あれはもういいんだ。いまのところでまだ住めないことはないしな。この二、三年はうんと稼ぐつもりだよ」

「おい、いいのか」

私はなんだか取り返しのつかないことをしてしまったような気にさせられた。

「ああ、いいんだ。金を稼がなくてはいけないというプレッシャーがあった方がいい写真が撮れるかもしれない」

悟郎はあっさりと言った。たしかに怒っているのでも、すねているのでもなさそうだった。

「とれました、とれましたよ」

大きな声で言いながら、平が二階からの階段を駆けあがってきた。まだ外が暗くなってはいない時刻だった。

いつもはきっちりと七三に撫でつけてある頭髪が乱れ、少し濡れている。朝からの梅雨の走りをどこかで浴びたにちがいない。

私はその時、三階フロアに作らせた私のデスクにいた。

「とれたとれたって、何がとれたんだよ」

私は椅子から立ち上がりながら言った。実のところ何がとれたかはとうに分かっていた。

(さあ、芸の見せどころだ)

と、内心でカチンコを鳴らした。

「この間おっしゃっていた三嶋食品の給振りですよ。合計七一口、毎月二二〇〇万円近くなります」

「本当か！　そりゃ凄いな。給振り七一口となると表彰の対象だな。やったじゃないか、飯田橋支店の初表彰だぞ」

私は手放しで褒めながら、右手を差しだした。平もためらいもなくその手を握り返した。肉の薄い掌だったが、私の掌としっかりと結びあった。これまで私はどこの支店にいるときも、手柄を立てた部下と握手をすることなどなかった。そんな芝居がかったことは自分にはできないと思っていた。

真山やその同調者たちも我々が握手をしている回りにいた。大城もいた。港もいた。千葉もいた。

ホームランを打った選手をダッグアウトから皆が出迎えるようなシーンが展開されたわけではないが、皆十分に二人の握手を意識していた。

「給振り七一か、いいな」

港が言った。誰も笑いもしなければ咳払いもしなかったが、効果的な一言だった。

私は港の大らかさに感謝した。

「支店長、ちょっといいですか」

平が言った。声に力がある。

「ああ」

「支店長室でお願いしたいのですが……」

二人で四階に上がった。

「なんだい？」

私の顔はまだ機嫌よさそうに綻(ほころ)んでいたはずだ。

「三嶋さんから、大きな融資依頼がありまして……」

平の頬に赤みがさしている。

「二〇億円を越えるんです」

「案件は？」

「自社ビルの取得です。あそこのビルはもう一〇年ごしの借りビルなんですが、あの近くに敷地一五〇坪、建坪八〇〇坪のビルが売りに出ているんです。坪当たり一五〇〇万円で、土地だけで約二三億円、あと何やかにやでトータル二五億円ということです」

「ふーん、それは大きな商売だな」

言いながら私は、三嶋はなぜあのとき私に言わなかったのだろう、と訝る気になった。

「やりがいがあるな」

とりあえず私は機嫌のいい顔は崩さずに、今夜の平を激励しつづけることにした。

「ええ、でも私はこんなのやったことないんで、怖じけづいてしまいます。支店長、よろしくご指導のほどお願いします」

そう言って、今度は平の方から握手を求めてきた。

「田口るみビューティサロン」の美容機器購入の話も少しずつ進展していた。

私の目からは慎重すぎるように見えたが、真山はとにかく正面からこれにとり組んでいた。時どき私が話の進み具合をたずねると、くちばしを入れさせまいとする警戒心を見せながら最小限の報告をした。

私は、腹を立てないようにと自分に言い聞かせながら彼の話を聞き、さりげなく彼の尻を叩いた。

既存のどの代理店も、まだその販売権を取得していなかったというのが、真山の気に入ったらしい。私がそれとなく示唆した三友財閥系の総合商社ではなく、彼の伝のあった中規模の商社を使って輸入するつもりのようだ。この数日、真山はこの仕事でばかり動いている。どの商社を使おうと私はいっこうに構わないが、力の弱いところと組めばその分苦労は多いだろう。それでも真山のやる気を殺がないように、私は真山のやりたいようにやらせている。

どうやら真山は仕事に関する独特な自己流をもっていて、その流儀でやらないと成果が得られないというタイプのようだ。

相変わらず、彼とそのとり巻きは六時になると退社したが、それほど気にならないようになっていた。営業成績が上がる方向で頑張ってくれるのなら、その他のことはすべて真山のやりたいようにやらせるしかない。いずれ、飯田橋支店が軌道に乗ったことがはっきりすれば、北の厳寒の支店か、どこかあいつの働きぶりに見合った所へ転勤の申請書を書いてやる。

平の方は、私の想像を超えて三嶋食品との取引にエネルギーを注いでいる。総額二五億円という案件に目が眩んでしまったのだろうか、それまでの仕事に対する消極的な態度がウソのようだ。

平から三嶋食品の案件が伝えられた一週間後、私は平に三嶋との席を設けさせ、そこで三嶋本人から詳しい話を聞くことにした。

場所は神楽坂の料亭「はやし」。ウチの取引先の一つで、二年前に建物の改築資金を一億円ばかり融資している。神楽坂の料亭に足を踏み入れるのはこれが初めてだった。

通された部屋は照明が抑えぎみで薄暗く、しっとりと湿り気をおびた空気に包まれていて、なんだか昔なつかしい匂いがした。

私が新任の挨拶にきたときには、不在だった女将が顔を見せ丁寧な挨拶をしたが、老舗の女将とも思えないほど若くてきれいだった。それでいてどこか現代風でない奥床しさを感じさせた。その部屋の雰囲気がそう見せたのかもしれない。

「よろしくお願いします」

と、丁寧に頭を下げられたとき、私もあわてて同じ姿勢をとりながら、ここを取引先の接待に時々使ってもいいなと思った。

やがて三嶋が姿を現わした。

「やあやあやあ」

と、賑やかな声をあげながら、背が高くエネルギッシュな三嶋が部屋に入ると、急に照明が明るくなり、部屋が狭くなったような気がした。私には真似のできない三嶋の華やかさである。

「さすが、片岡支店長、違いますな」

上座の床の間の前に、ためらいなく腰を降ろしながら三嶋は言った。

「何のことですか？」

「支店長の手腕のことですよ。片岡支店長が見えてから、あそこの行員さんたちは急に良く働くようになった、この分だと三友銀行にすっかり荒らされてしまうと、ここいらの金融機関はみな戦々兢々としてますよ」

「そんなことありません。飯田橋支店はまだまだ四苦八苦してます」

と、言いながら、私は大げさに誉められて少し顔を綻ばせてしまい、それを三嶋にも平にも見透かされないように奥歯を嚙みしめた。

「いや、支店長が率先垂範であちらこちらの取引先にたえず夜討ち朝駆けをして、戦果を上げているそうじゃないですか。前任者とは大違いだという話ですよ」

三嶋は追い討ちをかけ、私はますます口元に力を入れた。

「もしそのお話が本当なら、みなそう言って、お客さんをとられないように牽制をしているのですよ。なあ、平君」

「ええ、しかしいまウチが乗っているのは間違いないですよ、三嶋社長」

平は肩に力の入っているような言い方をした。

間もなく酒が運ばれてきた。そして一度奥へ引っ込んでいた女将が再び現れた。女将を見るなり、三嶋が大きな声で言った。

「これは別嬪(べっぴん)さんですな。神楽坂芸者というのはこんなにランクが高いのですか」

「社長、こちらは女将ですよ」

「本当ですか。ますます驚いた。こんな素敵な女将がいるのだったら、わが社でもここを是非、使いたいものですな」

たちまちその席は三嶋の独壇場となった。声の大きさといい、ダイナミックな手振り身振りといい、たえず顔に浮かべている笑みといい、三嶋はとうてい私にはかなわないスケールの大きさをもっているように思えた。

三嶋の話は彼が学生運動を挫折して以来の世界放浪の旅のことになり、その後転々とした職業のこととなり、さらにまた学生運動へと戻っていった。

「まったく若かったですな。あんなことやっていて革命が起きるかもしれないと思っていたのですから」

私は無言でうなずくだけだった。私も少しばかりそう思っていた。

「機動隊の奴らがですね、銃を水平に構えて催涙弾をバンバン撃ってくるんですよ。その時のあいつらときたら、絶対に未必の故意の心境にあったと思うんです。だって催涙弾だって直撃をくらえば、一溜(ひとたま)りもないんですから……」

私より半回りも若い平も女将も三嶋の話はよく理解できなかったにちがいないが、

私にはまざまざとその情景が浮かびあがってきた。
そして私は催涙弾の矢面には立たなかったが、三嶋はその的になったのだというこ
とがしきりと意識された。
女将も平も三嶋の話をかたずを飲んで、あるいは嘆声をあげて聞いていた。それほ
ど臨場感のあるものだった。
矢面に立った男のみが話せる臨場感に満ちていたので、私は平静な気持で聞き続け
ることはできなかった。
「ところがそんな偉そうなことを言っていた男が、いつの間にか零細企業の親父です
よ。こうやって銀行のお偉いさんをお呼びして、畳に手を突いて融資のお願いをする
ようになってしまった」
話はようやく本題に戻ってきて、三嶋は冗談めかして笑った。
「このたびは立派な自社ビルをお持ちになるというご計画があるそうで……おめでと
うございます」
私はそう言った。三嶋の話に心を乱されたのか酒に酔ったのか、いささかおかしな
言い回しになった。
「それがちっともおめでたくないんですよ。ウチとしては生意気にビルなんて自前で

持つ必要なんか何もないのですが、今入っているビルが売りに出されちゃいましてね。出ていかざるをえない。やむを得ず買うことにしたんですよ」

「何おっしゃっているんですか。年商五〇億円に手が届こうという三嶋食品が自前のビルを持つのは当然ですよ。生意気なんて、とんでもない」

平が言った。

「そうですかね」

三嶋は鷹揚(おうよう)に笑った。

「もちろんですとも。不動産も落ち着いてきましたし、ウチの立場から言えば、担保価値も安定してきて、絶好のタイミングですよ」

平は小鼻をふくらませ、意欲を表情に漲(みなぎ)らせている。

「支店長、平さんは強力な強力な右腕ですね。ボクも始めは自前のビルなんて考えていなかったのに、平さんの話を聞いているとその気にさせられてしまう」

先日、平がこの話を持ってきたときは、三嶋の方から融資の打診があったのだとばかり思っていた。しかしそうではなく、平の方から水を向けたようだ。そんな才覚があったのかと、私は平を見直す気分になっていた。

九時過ぎにその座をお開きにして、もう一軒、別の店に回ることにした。三嶋が「今度は案内させてください」と熱心に言うので、それを受けることにした。

料亭で呼んだハイヤーの運転手に三嶋は銀座を指示した。平は少し舌がもつれるようになっていたが、私も三嶋も少なくとも表面に酔いは表われていなかった。

バーやクラブの看板が周囲のビルをキラキラとかざり立てているような一角で、車は停められた。

路上では幾組かのスーツを着た男たちと華やかな服をまとった女たちが、見送ったり出迎えられたりしている。銀座はまだ宵の口である。

「最近は滅多にこないんですが」

と、言いながら、三嶋はビルの一つに入った。

ドアを開けると、中から音楽があふれだしてきた。しかし、カラオケの騒々しさではない。軟らかなピアノの音色だ。

「あら、いらっしゃい」

三嶋の顔を見ると、ママらしき女性が嬉しそうに言った。もうあまり若くはなさそうである。

「今日は気持のいい方をつれてきたから一番いい席頼むよ」

三嶋は遠慮のない口調で言った。

席に案内されてすぐ三嶋は私のことを、かつての同志だと紹介した。どうやらママもあの時代、学生運動に関わっていた女らしかった。

「同志はないですよ」

私はその紹介には居心地の悪い思いにさせられた。

カウンターに二人の客が座っており、四つあるボックス席には我々を含めて三組の客がいた。それほど広くはない店の奥にピアノがあり、若い女がテンポの早いメロディを奏でていた。

「この人はT女ですよ」

と、三嶋はママを見て女子大の名をささやいた。そこで学生運動をやっていたというわけだ。

「ここは伴奏をしてくれるのですか」

唐突に私が聞いた。

「どうぞどうぞ。やっぱり支店長やるんですか。私も支店長の歌を聞きたいですな」

私はもう学生運動の話はたくさんだった。それくらいなら、あまり得意とはいえない歌の方がまだましである。

歌集が手渡された。私はパラパラとめくりながら、何を歌うか迷った。迷った末に、

「平君、まず前座を務めてくれ」

そう言って、平に歌集を渡した。

「分かりました」

平は元気よく言い、ピアノの女性に、

「セイ・イエスできますか」

と、注文した。私も歌の名前くらいは知っている。去年、若者に人気を呼んだテレビドラマの主題歌である。大介が自分の部屋で大きな声で歌っているのを聞いたことがある。三八歳にもなる平に、こんな歌が唄えるのであろうか。何をやらせても満足にできない男という先入観があった。

やがてメロディが流れ始め、平が歌いだした。

始めの一節を聞いて驚いた。あっけにとられるほどうまかった。まるでプロはだしである。

歌が終わったとき三嶋は大きな拍手をした。私も続いた。

平は席に戻ってきて、やや得意そうに、

「さあ今度こそ支店長ですよ」

と、言った。

「平君があんなにうまく歌うからあとがやりにくい」

言いながら、私が三嶋の露払いをするかと思った。接待カラオケは少し下手くそに歌え、ということも平に教えてやらなくてはならない。

私は「東京だよおっ母さん」を頼んだ。私がまだ小学生のころはやった島倉千代子の歌だ。お袋は私が大学を卒業した年に亡くなったが最近、時々この歌が歌いたくなる。

久しぶりに　手をひいて……

途中で三嶋が小さく声をあわせて歌っているのに気がついた。

「三嶋社長、二番いきますか」

間奏のときに、マイクを渡し、三嶋に勧めた。

「いいんですか」

三嶋は遠慮せずにマイクを受けとった。少し武骨な歌い方で三嶋は切々と歌った。

私がわざと下手に歌わなくていいほど、三嶋の歌は聞かせた。何か心の底から哀しみが響いてくるようだった。

三番は二人で歌うことにした。私の少し高い声と三嶋の低い声が結構ちゃんとしたハーモニーになっていた。

歌いながら、一瞬だけチラリと顔を見合わせ、何だか照れ臭いような気がした。

その店を出たのは一一時過ぎだった。三嶋はまだ物足りないようだったが、私の方はこれ以上アルコールが入ったのでは明日の仕事に差し支えてしまう。今度はかなり酔いの回っていた三嶋をタクシーに乗せてから、私と平は喫茶店で酔いを醒(さ)ますことにした。

「何か迫力のある人ですね」

平が小さな目を丸くして言った。

「ああ、くたびれたよ」

「でも支店長も迫力では少しも負けていないですよ」

「馬鹿言え、オレはもうあんなに若くない。なにしろ君達にすっかり消耗させられているからな」

「そんなことはないですよ。ウチで支店長が一番若いでしょう」

そう言われて悪い気はしなかったが、そんなはずはない。私はたかだか、少し熱心なサラリーマンなのに、彼は間違いなく創業者である。

「……あの融資の件、君の方から仕掛けたのか。なかなかやるじゃないか」

「いいえ、三嶋社長、支店長の前で私に花を持たせてくれたんですよ。私も、アレッと思いました」

「ふーん」

私が部下に仕事の面白さを教えたいと言っていたのを、まだ覚えていてくれたのだろうか。

「いいじゃないか、君も三嶋さんを気に入ったのだろう」

「気に入っただなんて……凄い人だと思います。私なんかじゃ」

「思いきりぶつかってみろ。きっと仕事の腕が上がるぞ」

私がそう言うと、平は、はい、とまた小鼻を膨らました。

それから一つ二つ支店内の噂話をしている時だった。私は平から木田美恵子についてのとんでもない情報を知らされた。

木田には取引客の中に愛人がいるというのである。愛人は神楽坂のはずれにある不動産屋のオーナー社長で、すでに四〇歳を超えており、もちろん妻子もいる。

二人の関係は合併以前からで、もう二年ほどになるが、古くからの行員はうすうす気づいていても誰も口にしたりはしないという。

「うまくないな。テラーがそんなことになっていたんでは」

「ええ、しかし、どうにも手の打ちようがない……」

「手の打ちようがないことなどないだろう。あの子のところから不祥事が発生したら大変だよ。君や私の苦労がパアになってしまう」

「ええ」

「そんな関係をやめさせるか、銀行を辞めてもらうか、どっちかにさせないと」

「…………」

平はこれまでの酔いが、どこかへすっとんでしまったような顔をしている。

「三宅君にやってもらうか」

木田の直属の上司は預金課長の三宅庄司である。平よりさらに頼りなさそうな男だが、まずは彼に当たらせるのが筋というものだ。

「でも……三宅さん、木田君の尻に敷かれてますから、とてもそんなことできませんよ」

「尻に敷かれている？」

「ええ、三宅さんより木田君の方が預金の仕事はよく分かっていますし、頭だって彼女の方がいいですから」

　私の頭の中に、いつも木田に気を使っている三宅の顔が思い浮かんだ。

「その、木田君の愛人ていうのはどんな奴だ」

「担当は千葉君です……このバブルで一旦はかなり儲けましたが、今また苦しいんじゃないですか」

「ウチではどのくらい貸しているんだ」

「一時、二〇億円に届いていましたが、合併のときにかなりきれいにしまして、今は五億円くらいでしょう。いちおう返済は順調のはずです」

「とにかく危なっかしいな。何とかしなくてはならない。なんで今まで言ってくれなかったんだ」

「すみません」

　平はおとなしく謝っただけだったが、つまりこれまではそれを私に伝えられるほどの信頼感は育ってなかったというわけだ。

　私は考えこんでしまった。どうしたらいいか、すぐには考えが浮かばなかった。最悪の場合は首にすることだってありうるが、そんなことをしたら、せっかく支店内に生まれてきている一体感が、またご破算になってしまうかもしれない。

そもそも女子行員の不倫が首の理由になるのか、確信がなかった。不倫を理由に辞めさせられたＯＬが、裁判に訴えて勝ったというニュースを見たような気がする。

（どうしよう）

私はカップの底に残っていた冷えたコーヒーを、小さな音を立てて飲みほした。

十億円の融資

　ドアに貼りつけてある「片岡悟郎フォトオフィス」というパネルを見ながら、私はチャイムボタンを押した。一字しか違わないその名前を見ると、私自身の物のような錯覚を抱いてしまう。

　すぐに悟郎が顔をだし、「ああ」と嬉しそうな笑顔になった。

「どうしたの、ここにくるなんて珍しいじゃない」

　大きな段ボール函や薄っぺらい雑誌、分厚い電話帳、その他なにやら雑多なものを積みあげて半分の広さになっている廊下を進みながら、悟郎が私に背を向けたまま言った。廊下を塞いでしまうほどがっしりと大きな背中である。

「だから電話で言ったろう、近くを通りかかったんだ」

　奥の部屋は一〇畳ほどのワンルームマンションで、以前きたときに風呂場を暗室に使っているのに驚いたことがある。

スチール製のデスクと書類入れで部屋のほとんどは占められ、天井から張り巡らされた何本もの針金には、ネガフィルムが洗濯物のようにぶら下げられている。そのフィルムをくぐり抜けながら、

「狭いながらも、楽しい……」

私は軽口を叩きかけて最後の言葉を飲みこんだ。皮肉にとられたらまた拗ねてヘソを曲げるかもしれない。

「どうしたい、最近は商売繁盛か」

「まあな」

「そりゃあよかった。オレのところは馬鹿ばっかりで、いつまで経っても業績が上がりゃしない」

「兄さんから見れば、誰も彼も馬鹿ばっかりだろう……でも馬鹿利口ってのもあるんだぜ。兄さんは下手をすると利口馬鹿だ」

言いたいことは分かったが、変な言葉を使うもんだ、と思った。

「ローンの方はどうなった。この間はオレも短気をおこして悪かったよ」

「だからもういいんだ」

「どこかで借りられることになったのか。それならいいんだが」

「そうじゃない、家を買うの止めたんだよ。オレも迷っていたんだけど、兄さんに言われて気持ちに踏んぎりがついた。三ＤＫの広さで、親子五人で住めないなんてことないもんな。オレは新聞社やめるときから贅沢とは縁切りだ、という積りだったのに、いつのまにか気持ちに贅肉がついてしまった」

「何を言っているんだ。子供が三人ならもう一部屋あったっていいだろう。落ち着いて勉強もできない」

「そんなことないさ、オレたちの育った家がどうだったか思いだしてみればいい。子供部屋なんてなかったじゃないか」

「今時そんな理屈が通るものか」

「自分の部屋なんてなくとも、勉強でも何でもできた」

「知子(ともこ)さんも子供たちも、それじゃすまないだろう」

「子供たちは少しグズグズ言っているが、なんとかすませるさ」

私はいささかうろたえた。私が口を滑らせたせいで悟郎の家族にとんでもない選択を強いてしまったようだ。

「お前、オレのこと怒っているんだろう。だから頭に来て……」

「あの日はたしかに怒っていた。でもその後すぐに気持ちは落ちついたよ。サラリーマン辞めたときからそのくらい覚悟していたのに、どうかしてたんだ。兄さんの言うとおりだと思ったよ」

「サラリーマン辞めたからって、広い家に住んじゃいけないことはないだろう」

「ここだけの話にしてくれるかい？」

悟郎が笑いを含んだ表情になった。

「何のことだ」

「最初に約束してくれなきゃ」

「分かった」

「あれから二、三日してさ、義姉(ねえ)さんから電話もらったんだ」

「本当か。そんなこと何も言っていなかったぞ」

私はそのころのかおりの様子を思い出そうとしたが、とても無理だった。

「兄さんが言ったことをとても気にしていてさ。オレにしきりに謝るんだ……でもオレはもうその時にはまったく怒っていなかったから、そう言ってもなかなか本気にしてくれなくてね。つまりもうその時には怒ってなんかいなかったんだ。利口馬鹿の兄さんには本当に賢い女房がついているというわけだ」

「ばかやろう」

と私は苦笑ぎみに言った。

デスクの前に悟郎が座り、私は作業テーブルのかたわらに置かれていた丸イスに座った。頭の上のフィルムを手にして部屋の明かりに透かして見ると、どこかの広大な草原のような風景が見えた。

「お前の愛しのオーストラリアか」

「ああ、牧草地帯だ。だだっ広いだろう。大地を見ているだけで吸いこまれそうになってしまう。ポツポツと胡麻つぶのようなのは綿羊だよ」

「凄いな。無数にいる。ありんこのようだ」

私は両手でフィルムを頭上に広げた。

「兄さん、あれ、本当か」

「…………」

「外国はハワイだけっていうの」

「ああ本当だ」

「いろんなところ見ておいた方がいいぞ。地球上には、見ないで死んでしまったらもったいないような良いところがいっぱいある」

「残酷なこと言うなよ。そんなことオレだって分かっているが簡単にはできないんだ」

「そりゃそうだけど、兄さんだったら金はいくらでも都合つくのに、もったいないと思ってさ」

「だから、かおりにオレの名代としてお前一人だけでもいってこないかと言ったことあるんだけど、いきたがらないんだ。あいつも億劫がりなのかもしれない」

「女一人じゃいく気しなくて当然さ……本当に休みとれないの」

「お前だって新聞社にいたころを思い出せば分かるだろう。オレに限らず日本のサラリーマンで、休暇をとって海外旅行なんていける奴はいないよ。だいいち、そんな気分にならないもの」

「ほんとかね、オレなんて自由が欲しくて辞めたんだぜ」

あの夜、悟郎に感じたのと似たイラだちが腹の奥から湧いてきた。

「いいじゃないか、欲しいものが手に入って……」

「オレと兄さんじゃ人種が違うのかね」

「さあどうかね、お前だってやろうと思えば、あのままサラリーマンを続けられたろう」

「そうかもしれない……しかし、辞めてしまった。兄さんは辞めようと思えばいつでも辞められるかい」

私には分かっていた。私が悟郎の生き方にある強い魅力を感じているように、悟郎も休暇などほとんどとれない私の生き方を否定し切れはしないということを。今はやりの、〝悠々〟や自然もいいだろう、しかし、〝猛烈〟もアスファルトジャングルも捨てたものではない。

「どうかな……お前、家を持てよ」

「兄さんが休暇をとって、義姉さんと海外旅行にいったらな」

悟郎が冗談めかして言った。

「馬鹿だな。オレとそんな風に張り合ってどうする。そんな可能性のない賭けをしたんじゃ、お前んところのチビたちが可哀想だろう」

「兄さんがそんなに頑固じゃ義姉さんが可哀想だよ」

「お前、変わったな」

「どう変わった？」

「すっかりサラリーマンじゃなくなった」

「当たり前だ。一〇年も経つんだぜ」

あの夜は、悟郎が昔通りの弱虫に見えた。今日は結構たくましく見える。

「なあ、お前の所得でも二〇〇〇万円まで貸せる方法が分かった。住宅ローンなら支店長決済の幅は広いんだ」

「もういいんだ」

「子供に恨まれるぞ」

「そんなことないさ。その分海外旅行には連れていってやる」

バカ野郎、もう海外旅行のことなんか言うな。


私は悟郎の仕事場を出て、待たせていた車に乗りこんだ。

仕事場に三〇分ほどいたろうか。その間にあの夜、悟郎につれなくしたという後ろめたさはほとんどなくなっていた。しかし、それと入れ替わるように、別の重たい気分に心が占められているのを感じた。

(あの馬鹿、そのうちあんな気楽なことを言っていられなくなる)

内心そう思った。そう願っていたのかもしれない。あんな気楽な奴にいつか後悔する日がこなかったら、世の中おかしくなってしまう。

それから三軒の得意先を回り、神経をすり減らすような駆け引きをくり返し、もうすっかり暗くなってから支店に戻った。部下たちと競って引き受けざるをえなくなったノルマが積みあがっていて、私にもかなりの負担になっていた。時間を見つけては必死になって得意先を回らなくてはならない。

三階にいくと、まだ真山の姿があった。私は思わず腕時計を見た。もう六時になるところだった。

私はわざと真山の方に注目しないように得意先係のフロアをゆっくりと歩き、一人一人の部下たちのデスクで短いやりとりを交わした。頼りない彼らも少しずつ営業成績が上向いている。もっともそれくらいでは飯田橋支店のノルマを完全に達成するというわけにはいかない。

真山が私に話しかけてきた。

「支店長、ちょっといいですか」

「うむ、何ですか」

「支店長の部屋でお願いしたいのですが」

(いまから話すと、六時を過ぎてしまうぞ)

と言ってやりたい気がしたが、もちろん口にはしなかった。

支店長室に入ると真山は後ろ手にドアを閉め、すぐに言った。

「田口るみビューティサロンですがね、まとまりそうなんですよ」

「それはよかった」

「一応、あの機械をチェーン店のすべてに入れることになりましたんで、融資額は一〇億円は超えますね」

「一〇億円か……たしか一五億円と言っていたように覚えているんだが」

「書類を一揃い作りましたので、明日の朝一番で見てくれますか」

「朝一番は大城君と得意先回りだ」

「それでは午後一番では」

「すまないな、午後一番は村松建設の専務がくることになっている。その後ではどうかい」

「分かりました」

真山は勢いを殺がれたような表情をした。

「今からでもいいぞ」

真山はかすかに息を飲んだ。飾り棚の置き時計は六時を一三分ほど過ぎている。

「いや今日はちょっと……」

真山が部屋を出ていくと入れ替わるように、預金課長の三宅庄司が入ってきた。

「よろしいですか」

厳かな表情をしている。彼の持ってきた用件にピンときて、

「そこ閉めろよ」

と、アゴでドアをしゃくった。

テラーの女子行員たちの尻に敷かれている課長は背も高く恰幅(かっぷく)もよく、一見したところ堂々たる銀行マンである。

「最近、預金課も頑張っているようだな」

預金課にもいくらかのノルマを課しているのだが、ここでも少しずつ成果が出ている。

「みんなに引きずられているだけですよ」

「それでいいんだよ」

三宅は口ごもりながら言った。

「例の件ですが、なかなか難しいですね」

私は椅子から立上がり、応接用のソファに腰を下ろした。

「仕事ぶりを観察していても分かりはしませんし、本人に問いただすわけにもいきま

せんし、回りに聞いたら本人の耳に入るでしょうし……」

「それはそうだ」

「もし事実無根ならこんな疑いをかけただけで、大問題になってしまいます」

言っていることはいちいちもっともだが、正論の裏に三宅の臆病が透けて見える。

「しかし、もし事実だとしたら、これまた大変なことになるかもしれないぞ」

やくざまがいの男に惚れた女子行員が、新聞沙汰になるような事件を引き起こしたのは一度や二度ではない。マスコミはその女子行員にしかスポットを当てないが、彼女のお陰でその周囲の数人が銀行員としての前途を閉ざされている。

「平君の言うには、古い人には公然の秘密だそうじゃないか。君も知っていたのだろう」

「噂ですよ。現場を見たわけじゃないんです」

「見たのは誰なんだ？」

「同僚のテラーだと思います」

「その子から聞くわけにはいかないのか」

「正式に聞けば、知らないと言うのじゃないですかね」

きっとその通りだろうと思った。他人事のように正論を言いつづける三宅に腹が立ってきた。

「不祥事でも起これば、まず君が処分されることになる……続いて私だ」

三宅は神経質そうに顔をしかめた。

「君が退社していく彼女の後を、つけていくわけにはいかないだろうしな」

「それはダメですよ。私にはそんなこととてもできません。探偵じゃあるまいし」

そう言ってから、三宅はドキリとした表情をした。たぶん、私と同じことが頭にひらめいたのだ。

「探偵ね。それなら本職だ」

そこまで言って続く言葉を呑んだ。

私は自分から興信所の利用を、提案するまいと思っていた。三宅はまだ私の敵か味方か分からない。下手に私から言い出してそれが洩れたら、人権侵害だとクレームをつけられかねない。

「どうしましょうか」

「君の部下だからな。感触は君がいちばんよく分かるだろう。君が、大丈夫だ安心して下さい、と言うのなら君に任せるさ」

じっと三宅の顔を見た。太い眉、筋の通った立派な鼻、思慮深そうな目、それでいてどれもが張りぼてのような頼りなさを感じさせる。三宅はその目を神経質そうに瞬きさせながら言った。

「とにかく何とかしないといけないですよね」

「もちろんだ」

「やってみますか」

「必要なら仕方ないだろう」


部下たちの営業日誌のチェックが一段落してから、私は両腕をいっぱいに伸ばし体をそらした。頭の中が一瞬まっ白になった。貧血しているのかもしれない。時計を見るともう九時を回っている。

下の階はもうシンとしているようだ。

二年前までは誰も残っていないオフィスで働くのはやり甲斐だった。しかし、いつのころからか、かすかに物足りないものを、いや心細いものかもしれない、感じるようになっているようだ。

本部からは残業時間を三〇時間以内に抑えるようにと、寝言のようなことを指示してきている。ノルマを減らしてくれないかぎりそんなことは不可能だ。この店では全員が残業はやった分だけつける。マスコミで騒いでいるサービス残業はしてくれない。だからできるだけ本部の指示を守っている。

サービス残業がいいとは思わないが、大昭和信用金庫のやつらは三友銀行に合併されてから、給料が三割も上がったのだから、その半分くらいは働きで返してもよかろう。

その分、私や管理職で補っているが、真山みたいのもいるから、小人数に仕事が集中してきてしまう。

私は三階に降りた。

煌こうたる明かりの中に人気のなくなったガランとしたオフィスが浮かび上がっていた。その中に自分のデスクにかじりつく大城と港の姿があった。

「ご苦労さん」

「支店長こそ……もう帰って下さい」

大城が言った。たいていの支店では支店長はそう遅くまでは残らず、次長と課長に任せて引き上げてしまう。その方が支店全体の意欲は高まるのだ。しかし、ここではそうはいかない。

「飯田橋支店のノルマが達成されたらな。そうしたら五時に帰ってやるよ」

「すみません」

「何も君が謝ることはないさ」

「なかなかノルマに手が届かなくて、私もやきもきしているんですけれど」

「君達の分は十分に達成しているんだけどな。彼らはどうしていかないんだろう」

「流儀が全然ちがいますから」

港が軽快な口調で言った。非難がましくはない。

「さすがの港君も彼らを引っぱっていくのは大変か」

「逆風ですからね。時代の風とちがう方向に行くのは無理ですよ」

「たしかに能力的にもちがっているのかもしれませんが、とにかくその前に考えていることがちがいます。仕事は二の次ですからね」

「ウチと大昭和の風土がちがうというだけではなく、時代が曲がりましたから、ウチの中にもそういう風が吹いていています」

港と大城が代わるがわる言った。

このテーマで二人と話してみたい気もした。しかし、話し始めたら、とんでもないところにいってしまうような不安があった。悟郎としゃべるように気楽にはいかない。

「君らがそんなことを言っているようじゃ、飯田橋支店は絶望的じゃないか。オレたちがここにきた意味がなくなってしまう」

「…………」

「どうだい大城君。オレが五十嵐さんに辞表を書いて、君らはもっと楽な支店に回してもらった方がいいかい」

「すみません」

と、大城がまた謝った。

「とにかく頑張るしかないと思っていますから」

「よろしく頼むよ、オレも擦り切れるまでやってみる積りだ。なあにうまくいくさ。これまでも〝もうあかん〟と思うことは何度もあったが、そのつど切り抜けてきた」

それだけ言って、私は話題を変えることにした。二人に聞いてみたいことがあった。

「ここだけの話だが、テラーの木田君について変な噂を聞かないか」

二人は顔を見合わせた。

「変な、と言いますと」

「ここだけの話だぜ……取引先の社長とつきあっているというのだが……」

「まさか」

港が反射的に言った。浅黒い顔がわずかに紅潮したようだ。

「本当だよ。ただしまだ噂だぜ」

「………」

「何か聞いていないか」

「私たちは彼らの噂話に加えてもらえませんよ、なあ、港」

港がうなずいた。

「大城君はともかく、港君はそうでもないだろう。大昭和の女の子たちにもてているようじゃないか」

二人の前でももちろん難民という言葉は禁物だ。

「そんなことないですよ。若い独身者があまりいないから……」

港の言葉は言いわけめいていた。

「君、いくつになった」

「二八歳です」

「いい年だな。もてたからって照れることはないだろう。女の子ってのはいつでも仕事のできる男に魅力を感じるものだ。彼女らにしてみれば進駐軍だって構うことはないんだ。第二次大戦後の大和なでしこもそうだったらしい」

港は照れている。いや私の口が滑りすぎて、違和感を持っているのかもしれない。

「どうだい木田君についてはそういう噂は入っていないかい」

ええ、と二人は交々言った。

「それじゃ、アンテナを張っていてくれないか。何かひっかかったらすぐに報告してくれ。極秘だぜ。こんな話をしていたことが分かったら大変だ」

スキャンダル

真山の「田口るみビューティサロン」への融資稟議書は完璧であった。資金の用途や支払い計画の内容も、サロンそのものの業績把握も、過去三年の資金繰りも、融資の返済計画も、水も漏らさぬほどきちんと整えられていた。たいていは少しぐらい大まかなところがあるものなのだが、ここまで精緻(せいち)に作成したのは真山の過剰に几帳面な性格を示している。それと同時に私に対する防衛的な気持もあるのかもしれない。ちょっとした不備でも、日頃から反抗的な態度をとっている私に指摘されたくはなかったのだろう。

融資総額は一一億二五〇〇万円。これは私が飯田橋支店にきてからベスト5に入る金額である。これでノルマが少しでも達成されるかと思うと、いつもは私に不愉快な気分しか生じさせない真山の顔が好ましく見えた。我ながら現金なものである。

「本部に回すからな」

「はい、よろしくお願いします」

私は愛想のよい声を出し、真山はいやに神妙に私に頭をさげた。これからは真山ももう少し飯田橋支店のために働いてくれるのではないかと思った。その結果いかんでは左遷はしないことにしてやってもいい。

その一週間後だった、ある週刊誌が「田口るみビューティサロン」のスキャンダルを特集したのは。

私は通勤途中の電車の中で読んでいた新聞の広告でその記事のことを知り、すぐに途中下車してキオスクでその週刊誌を買った。そして胸騒ぎを感じながら混雑したプラットホームでページを開いた。

記事は「最近、急成長している田口るみビューティサロンにまつわるさまざまな悪評」を集大成してあった。

彼女が公言している履歴のほとんどが嘘であったり、若いころはいかがわしい風俗産業にいたり、売れないタレントだった時期もあったり、ということはとくに気にはならなかった。そういう人間が実業家として成功することはよくあることだ。しかし、どうしても見逃せない部分があった。

田口るみの商法に大きなインチキがあるというのだ。

その一つは、「田口るみビューティサロン」の基本ノウハウであるバブルマッサージとバイオエレクトロンが、医学的に有害無益だと証明されている、ということであった。

もう一つは、ビューティパスポートと称するサロンの利用券が過剰に発売されていて、お客が利用しようとしても、いつも予約が入っていて、なかなか利用できないという。

その週刊誌は、「利用券の過剰販売は実際のキャパシティの二倍になっていて、そのうちに客からのクレームが殺到して、田口るみビューティサロンはパニック状態になる」とセンセーショナルな調子で予測していた。

私はまず走り読みしてから、再度ていねいに読みなおし、次第に体が熱くなってくるのを感じた。

（これはやばい）

この記事のとおりであれば、融資は止めなくてはならない。倒産の危機だってありうる。

しかし、ようやくものになりつつある一一億二五〇〇万円を、そう簡単に諦めたくはなかった。

私は記事を読みおわるのに三本の電車をやり過ごした。体の底からじりじりと火に焙(あぶ)られるような焦燥感が湧いてきた。

支店に入ると早足で三階に上がった。今朝はいつもより一〇分も遅い出勤なのに、相変わらず一階にも二階にも人の姿は見当らなかった。三階には大城がいた。私を見て「おはようございます」と、大きな声で言った。少しほっとするものを感じた。やはり腹心を連れてきてよかったと思った。一人でここにやってきたら、きっと神経が擦り切れてしまうだろう。

ところでもう一人の腹心のはずの港は、この頃、時どき私より遅く出勤する。大昭和の奴らを感化する前に自分が感化されつつあるのかもしれない。時代のせいなのか世代なのか、私の期待通りの役割を果たしてくれてはいない。

飯田橋支店の朝のこの様子を見るだけで疲れてしまうような気がすることがある。私だけが空回りをしているのだろうか。

「今日の週刊ワールドを見たかい」

私は大城に聞いてみた。

「いえ、なにか？」

その返事も私をがっかりさせた。どうしていつももっと鋭敏なアンテナを張り巡らして、飯田橋支店に関係のある情報をキャッチしようとしないのか。私たち銀行員は常に戦場にあるのじゃないのか。

私の内心を言葉にして大城に伝えることはできない。

私は、たぶんもう時代遅れなのだろう。最近、急速にそう感じるようになっている。飯田橋支店への赴任ももう一年遅かったら、引き受けられないほど軟弱になっていたかもしれない。

「田口るみの変な噂が出ている」

私は手にしていた週刊誌を大城のデスクの上に放りだした。大城がそれをとりあげたとき、階段を駆けあがってくる足音が聞こえた。港だろうと思った。

真山だった。

「支店長」

真山は叫ぶように言った。表情が強ばっている。

「これご覧になりましたか」

手に週刊ワールドを握りしめている。

「ああ今、大城君に見せたところだ」

「私すぐに田口るみの本部にいってきます」

「まだ誰もきていないだろう……それにいってなんと言うんだ」

「…………」

「まさかこの週刊誌に書いてあることは本当ですか、とは聞けまい」

私自身、くる途中のラッシュの電車の中で汗臭い若者に挟まれながら、これからどうしたものかと考えこんでしまったのだ。

「そうですね……しかし」

「とりあえず側面から、この記事の信憑性を調べるしかないだろうな」

「側面？」

「ここで書いてあるように、バイオエレクトロンとバブルマッサージが有害無益と本当に証明されているのかどうかが一点、ビューティパスポートが過剰販売されていてパンクしそうかどうかが一点、この二点だよ」

「どうやって」

と言いかけてから、真山は、

「分かりました」

唇を噛んだ。そんなことまで一いち私に指示を受けるわけにいかないと、気づいたのだろう。

「いいかい、融資稟議は本部に回っているのだからな。急いで真偽を判定しないとならないぞ」

「分かりました」

私を見返した真山の目には、もはや私との距離を計っている色はなかった。ただこの突発事態にどう対応すべきかだけを、まっすぐに思案している目だった。

私が四階への階段を登りかけたとき、下から上がってきた港に出くわした。港は私を見て少しバツの悪そうな笑顔を見せた。それから私に近寄ると、耳元で、

「支店長、例の件、少し分かりました」

とささやいた。例の件？　私はすぐには何のことか分からなかった。

「木田さんですよ」

港はさらに小さな声で言い、私の先に立って四階に向かった。

「どうやら木田さんの話はもう一年も前に終わったことらしいですよ」

港は支店長室に入ると、すぐに言った。

「本当かい。どうしてそれが分かったんだ」

「私には情報網がありますから」

「どんな情報網だ」

「…………」

「どうした？」

「申しあげないといけませんか」

「君を信頼しないわけじゃないが、そうはいかないよ。どうやってそれを確かめたかがはっきりしなくては、支店長として信憑性の判断ができない。これは重大な問題なんだ。君が情報網を明かせないというのなら、私は別のルートでもう一度確認しなくてはならない」

私は港の甘えに少し腹を立てた。港は視線をすくい上げるように天井の方に向けてから言った。

「テラーの秋本君から聞いたんです。かつて木田君は取引先のあの人とそういう仲だったのですが、今はきれいに別れているそうです」

秋本はキャリア五年目の二四歳。テラーでは木田に次いで古い。あの子なら木田の事情について知っていても不思議はない。

「秋本君にどうやって聞いたんだ」

「…………」

「私たちが調べていることは気づかれなかったろうな」

「ええ、昨日、飲んでそれとなく話に出したんです」

「ふーむ」

「大丈夫ですよ。かなり注意深くやりましたから」

「そうか、よくやった」

私はようやく笑顔になった。しかし、港は笑わない。

「おい怒るなよ、オレの立場なら仕方ないだろう」

「怒ってなんかいませんよ」

「君だって、支店長になったら分かるさ」

「いまでも分かりますよ」

港はようやく表情をゆるめた。

その精悍（せいかん）ではあるが、どこかに甘さが残っている顔を見ながら私は、港が秋本とかなり親しくなっていることを意識していた。

最近、女子行員たちが、三友銀行からやってきた我われに好意的になっているのを感じていた。悪く言えば媚（こ）びているのだし、良く言えば大昭和信用金庫系の奴らより明らかに旺盛に仕事をやっている私たちに敬意を示すようになったのだ。

それにしても港の情報だけで満足するわけにいかない。三宅の方はどうなっているのだろうか。あの張りぼてめ！

昼すぎに、融資本部から電話があった。

私は驚かなかった。きっとあるに違いないと思っていた。

「片岡支店長ですか」

聞き覚えのある融資二課長の声だった。

「ええ」

「今日の週刊ワールドをご覧になりましたか」

「ええ」

「そちらからの稟議を一度お返ししますよ」

「どういうことですか」

「あそこに書かれていることがクリアされないと先に進めません。そちらできちんとチェックしてください」

「インチキな週刊誌の記事に左右されなきゃいかんのですか」

勢いで私は強く出てしまった。

「インチキかどうか、こっちでは分かりませんから」

「すぐにウチで明らかにしますよ」

「だから明らかになるまで、いったん戻します」

「そんなことをしなくとも、そちらでしばらく預かっていてくれませんか」

私は頑強に言い張った。一度支店に戻された稟議をもう一度本部に上げるのには、今までの倍のエネルギーが必要になる。せっかくここまできているのにケチをつけられたくはなかった。それに真山のやる気だって殺ぐことになる。

「何を焦っているのですか、一分一秒を争うことはないでしょう」

「大変な努力をしてここまで漕ぎつけたのですよ。それを週刊誌の記事くらいでご破算にするのですか」

「本部も他の業種ならここまで杓子定規なことは言わないですよ。しかし、エステティックというのは、まったくの新興業種ですし人気商売ですよ。一片の週刊誌の記事でたちまち人気が凋落して、左前になるということだって、ありえるじゃないですか」

「……………」

「もし、あそこから大きなスキャンダルが発生したとして、そこのメインバンクのウチの責任が問われたとき、片岡支店長につけを回しても間にあいません」

「そんなことには……」

「支店長のお気持は分かりますが、これは私の一存ではありません。本部長の考えだと思ってくださって結構です。申し訳ありませんが一度稟議は戻します」

電話を切ってから私はデスクに座って考えこんでいた。きっと胃潰瘍か虫歯の痛みでもこらえているような顔をしていただろう。

真山は記事の真偽を確かめに、週刊誌に「田口るみ」の悪口のコメントを出していた医者のところにいっている。

真山は大城も見過ごしていた記事を見つけて、いつもより三〇分も早く出勤してきた。この案件のお陰で反抗部隊の部隊長が突然、変貌をとげたのだ。

私は手を伸ばし、デスクの上の受話器をとった。

それからもう一度頭の中で自分の決意を確かめてから、プッシュボタンに触れた。

「五十嵐副頭取……飯田橋支店の片岡だ」

電話に出た秘書にそう言った。すぐに我ながら無愛想で横柄な言い方だったことに気がついた。私は頭の中を何か重大なテーマが占領すると、他のいっさいの配慮がなくなってしまうことがある。

「副頭取、ごぶさたしています」

「ああ、どうだ。うまくいっているか」

「いいえ、悪戦苦闘しています」

「そうか、もっと頻繁に報告してくれよ。やきもきしていた」

「すみません。どこまで続くぬかるみぞ、で一段落してからと思っていたものですから」

「それで一段落したのか」

「飯田橋支店の反乱軍の首謀者が、間もなく、いややっとこちらの軍門に降りました。これからはうんとやりやすくなると思います」

「そうかよくやった。さすが片岡だ」

「つきましては副頭取に一つお願いがあるのですが」

「…………」

「今ウチから融資本部に大きな案件を上げているのですが、本部がそれを差し戻すと言ってきて困っています。副頭取のお力で、そちらで預かっていて頂きたいのですが」

「なんでそんな話になっているのかね」

「たかが週刊誌の記事なのです。本部では嘘八百の記事に右往左往して私の血のにじむような努力を……」

「おい」

「…………」

「いやに力が入っているな。君ともあろう者が珍しいじゃないか」

「といいますのはこの案件で、反乱軍の首謀者が……」

「細かいことは聞かなくてもいい……融資本部で問題にしていることは君がクリアするんだな、問題ないんだな、君が請けあうんだな」

五十嵐は畳みかけるように私に念を押した。

「ええ」

私はかすかなためらいを感じたが、そう言い切った。

「それじゃオレの方から言っておこう。飯田橋支店に戻さずにこちらで預からせる。すぐにクリアしてくれよ」

「ありがとうございます」

その時、私は思わず電話に向かって頭を下げた。かつて私がつかえた支店長でよく電話に頭を下げている男がいた。私はそいつを馬鹿にしていたはずなのに、自分でも同じ仕種をするようになってしまった。

「近いうちに一度オレんとこにこいや。飯田橋支店についてもう少し詳しいことを聞かせてくれよ」

「はい必ずお伺いします」


夕方になって、真山が息を切らせて支店に帰ってきた。すぐに私の部屋にきた。頑健な体に昨日までなかったシャープな輪郭がある。一日中目的を追い求めて東京の街を走り回ってきた男の輪郭である。

「支店長、いってきました」

「ご苦労さん、どうだった」

「最初に、医師の金子さんのところにいったのですが、あの記事に書かれたようなコメントを出した覚えはないと言っています」

「デッチ上げか」

「そこまでは言えないようですが、話をかなり大げさにしています」

「証拠はあるのか」

「一応、金子医師の話をテープレコーダーに録ってきました」

「それを私に聞かせてくれるかい」

真山は手にしていたアタッシェケースからテープレコーダーを取りだし、手ばやくスイッチを入れた。

――つまり今までのお話を総合しますと。

シャーというかすかな騒音とともに真山の声が飛び出してきた。

――バブルマッサージとバイオエレクトロンが痩身(そうしん)にとって有害無益ということはないということですね。

――まあ、そうですね……私もそう言った積りなんですが。

――しかし、こういう記事が出ると先生も、田口氏から名誉棄損だとか営業妨害で訴えられる可能性がありますよ。

――だって言わないことですから。

――本当に言わなかったのですね。

――ええ。

――週刊ワールドは取材のためにここまで尋ねてきたんですね。

――ああ、押しかけてきたんですよ。

――突然ですか。

──電話があって、すぐだね。

──なんだって先生のところにきたんですか。

──私が以前から、ダイエットなんて医学的に見ていいことではない、と発言しているのを何かで見て知っていたんだな。その辺りを私にいろいろ喋(しゃべ)らせて、記事になってみたら、私は今あなたが持ってきたこの週刊誌で初めて見るんですよ、こんな風になっているからびっくりですよ。

真山が手を伸ばしてテープレコーダーを止めた。私を見た顔に得意そうな表情がある。

「これはすごい。君は銀行員離れしたことができるんだな。私ではここまではようやらんよ。これならこの部分は完璧だ」

少しオーバーに誉(ほ)めた。私も芝居がかった言い方が身についてきた。

「あっちの方はどうだい、利用券の過剰販売の方は」

「それはなかなか分からないですね。週刊ワールドでは利用者の匿名のコメントになっていますので、確認のとりようがないのです」

「…………」

「医者の後、田口さんの本部にいってきたんですが……」

「どうだった」

「カッカと怒っていましたよ、でたらめばかりだと言って。このテープを聞かせたらすっかり喜んでました。るみさんの方は名誉棄損で訴えてやると言っていましたが、ご主人は乗り気じゃないようで」

「過剰販売については何か言ってたかい」

「それも完全否定ですよ。二倍のオーバーブッキングなんてとんでもないって……そんなに売上げがあったら、もっと急成長していると息巻いていました……ただし、その真偽は確認のしようがないですね」

「そうでもないだろう」

「…………」

「あそこの利用客を見つけて、実情を聞かせてもらったらいいじゃないか」

「そのことがもし田口さんにばれたらまずいでしょう」

「それもそうだな」

私は真山を立ててやる気分になっている。

「それより、ウチからモニターを出してちゃんと利用できるのか、過剰販売なのかチェックしたらどうでしょう」

「さっき融資本部から連絡があった。週刊ワールドを見たので稟議をこっちに戻すと言ってきた」

「そんな馬鹿な」

「私もそう言って強引に預からせてある。だから時間があまりないのだよ。モニターを使って実情を探るまでに一週間以上はかかるだろう。もっと早く知る方法はないだろうか」

真山は口をつぐんだ。答えに窮したのか、融資本部のことでショックを感じたのかは分からない。

ふと、私の頭にひらめいた。

「今度の融資の資料として提出させた田口サロンの売上げ予測をみれば、過剰販売かどうか分かるんじゃないか」

「売上げ高は分かりますが、それがるみチェーンのキャパシティに照らして過剰なのかどうかは分かりません」

「だってそれぞれの店の部屋数、エステティックメニューの一コース当たりの料金、営業時間が分かるだろう。あとはチョイチョイと算数をやれば売上げが出るじゃないか。それより多ければオーバーブッキングだ」

「うーん」と、真山は小さなうなり声をあげてから言った。

「一コース当たりの所要時間が分からないと売上げは分かりません。しかもいろんなコースがあるのです」

「そうか」

と、言ったが、言ってからすぐに思いついた。真山も同時にそう思ったようだ。

「そうか。そこのところにモニターを使えばいいのだ」

「そうですね」

真山の声はうれしそうだった。

「やたらなモニターは使えないな」

「ウチの女の子を頼みましょうよ」

「ウチの女性軍がやってくれるもんか」

「どうしてですか」

あまり働きたがらない子ばかりじゃないか、と言おうとしたが止めた。真山への嫌みととられかねない。

「ちょっと変則的な仕事になるからな。うまくできないかもしれないし、それに女性軍を皆モニターに出すと中の仕事が止まってしまう」

「そうですね」

真山も私に逆らいたくない心境になっているのかもしれない。

「どのくらいの人数がいるかね」

「大きくフェイスとボディに分かれていて、それぞれがクイーン、スペシャル、カジュアルの三つのコースになっているのです。だから最低でも六人は必要です」

「それじゃ、どうせウチの女性だけでは足りないな」

「人を頼みますか」

「やたらな人を頼んで、田口さんに洩れると困る」

「…………」

「ウチからは三人まで、残りは身内でいくより仕方ないだろう」

「身内と言いますと……」

「そう。君や大城君の奥さんとかウチの家内とか……いやもう少し若くないとダメかな」

私はかおりのことを思い浮かべた。最近ひろみのことで始終額にシワを寄せているように見える。たまにエステティックにいくなんていうのもいいかもしれない。

ふと思いついたことがあった。

「あの週刊誌のあとをどこかでやるかもしれない」

「そうですね」

「次々と出てきたらお手上げだ」

「…………」

「田口るみではかなり宣伝をやっているだろう」

「ええ、あの規模の売上げでは考えられないほどです」

「広告代理店で抑えられないか」

「ああ、そうか」

と真山は私がびっくりするほど大きな声で同意した。

モニター

真山はすぐにモニター候補を探し始めた。

飯田橋支店内から三人、行員の妻たちから三人の計六人を選び、「田口るみビューティサロン」のいくつかのチェーン店を二日にわたって利用させることにしていた。

そうすれば、六コースそれぞれの所要時間が分かり、店ごとのフル稼働時の売上げが計算できる。そして融資依頼のため真山に提出した売上げ予測が、過剰販売によるものかどうかが推定できる。

もしキャパシティの二倍もの過剰販売をしていれば、週刊ワールドの記事の言うようにそのうち客が騒ぎだすかもしれない。たぶんちょっとしたスキャンダルとなり、サロンの営業にかなりの打撃を与えるだろう。

ウチとしてはそうなる前に彼らに適正販売の指導をしなくてはならない。それに同意しなければ、取引を続けていけないことになるかもしれない。適正販売に切り替えたとき、経営状態が悪くなり一一億円もの融資ができる条件に欠けることになるかもしれない。その際は、融資を諦めなくてはならないだろうか。

そこまで考えて私は気分のなえるのを感じた。こんな一進一退を繰り返していては、いつまでたっても飯田橋支店の成績はあがらない。

しかし、その判断を下すのは、モニターの調査結果が出てからだ。

翌日も真山は早く出勤してきた。私は真山の顔を見ると思わず皮肉を言いたくなって、口のあたりがムズムズするような気がした。真山はそんな私の気持を推し測ることもせず、勢いよく話しかけてきた。

「昨日の件ですが、比較的若い奴らの奥さんに頼みましたから」

「もう頼んだのか」

「半日を争うと思いましたので」

「その通りだ。融資本部に預からせるのに少し無理をしているからな」

「ウチの女性たちでは木田君、秋本君、玉川君に頼もうと思っています。こっちはあまり若いとまずいでしょう」

「大丈夫かね」

「大丈夫ですよ」

真山は少しも心配していないようだ。

私が支店長室で、本部からのいくつかの毒にも薬にもならない通達をチェックしていると、真山が入ってきた。浮かぬ顔をしていることにすぐには気がつかなかった。

「支店長、いま木田君たちを会議室に集めて話をしてるんですが……」

そこで言いよどんだ。話がうまくいっていないことが分かった。

「やっぱりダメか」

「ちょっときていただけないですか」

私は立上り真山の後につづいた。

会議室には三人の女子行員の他に預金課長の三宅庄司がいた。誰もが固い表情をしており、部屋に重い空気が漂っていた。私を見ると三宅がとってつけたような笑顔を浮かべ、女子行員たちは軽く頭をさげた。

「どうしたみんな、怒ったような顔をして。せっかくの美人が台無しだぞ」

私の軽口はまったくうまく決まらなかった。誰一人クスリともしなかった。

「モニターは嫌かい」

三人ともテーブルの上に視線を落としたままだ。

「すまないが頼まれてくれよ。飯田橋支店にとって重大問題なんだ」

「こんなことわたしたちにはできません。やったことなんてないんですもの」

木田美恵子が意外と穏やかな口調で言った。

「最近、いろんな女性がエステティックサロンにいっているじゃないか。君たちも社会勉強だと思って見てくればいいだろう。ほら小学生のころあったじゃないか、工場見学って。銀行の費用で社会見学をすると考えてくれないか」

「だって一種の囮捜査みたいなものじゃないですか。危険なことだってあるかもしれません」

「そんなことありっこないよ。こっちはお客なんだし、相手だってやくざやギャングじゃないんだ。ただの美容師だぜ」

真山が宥めるように言ったが、木田は真山に一顧だに注意を払おうとしない。私より真山に対する敵意に満ちているようだ。私に協力する真山は彼女にとって裏切り者に見えるのだろうか。

「男子行員の奥さんにも頼んでいるんだ。危険なんかあるはずもない」

真山が言った。

「そうだといいですけどね」

木田の口調は皮肉っぽい。

「なんとかならんかな。秋本君と玉川君はどうだい」

私は先ほどから一言も言わない二人に尋ねた。二人はチラッと木田の方を見たが口は開かなかった。

「支店長、これは業務命令なんですか」

木田が言った。

甘ったれるんじゃない。そうに決まっているだろう。個人的な気紛れをお前たちに頼むはずもない。

そんな言葉が胸の中に浮かんだ。しかし、もちろん口には出さない。慌てることはない。真山はもうこちらの側にいるのだ。木田も近いうちに必ずそうして見せる。私はわざとゆっくり言った。

「業務命令ではないよ。あくまで君らの自発性に期待しているのだ」

「仕事じゃないと考えていいのですね」

「仕事は仕事さ。仕事だからって一から十まで業務命令で強制するつもりはない」

「それでしたら、遠慮させてください。わたしには囮捜査はできません」

会議室を固い空気が閉ざした。真山の体の中で何か強い感情がふくれあがるのが分かった。それが爆発する前に私が言った。

「そうか、残念だがしかたない。真山君、もう三人、行員の奥さんでも娘さんでも頼んでみよう。ウチのはもう四二歳だが人が足りなければ、混ぜてくれても構わない。エステティックにはまったく向かないと思うがね」

私も辛抱が良くなったものだ。


夕方の五時過ぎ、平が慌ただしく私の部屋にやってきた。

「支店長、お客さんです。三嶋食品の社長が見えました」

「本当か」

私も少々驚いた。来る前に電話の一本ぐらいくれたってよかろうに。

私が部屋を出ようとすると、三嶋がさっそうとこちらに歩いてくるのが目に入った。

「社長、よくいらっしゃいました」

「ごぶさたしました」

「ご連絡いただければ、私の方からどこへでもお迎えに行きましたのに」

「ちょっと近くを通りかかったので、支店長の顔を見たくなりましてね」

三嶋は浅黒い健康そうな顔に白い歯を見せて微笑んだ。

三嶋を支店長室に招じ入れて、応接用の小さなソファに座らせた。

「いつも平がお世話になっています」

「お世話になっているのはこちらの方ですよ。勇将のもとに弱卒なし、平さんはよくやってくれますよ。ウチもとうとう自前のビルを本当に持とうということになってしまった」

「それはもうとっくに決まっていたことでしょう」

「そんなことはないですよ。二五億円からの借金をしてきちんと間違いなく返していけるのかどうか、私は夜も寝られないほど悩みました」

「その辺の判断は我々も慎重にさせていただきますから」

「いま、お宅の厳しい課長に何枚も何枚も書類を作らされていまして……それがウチは営業は得意なんですが、事務は下手っぴいでしてね」

三嶋はおどけた口調で言った。

「そんなものウチの平君をどんどん使って下さい。なあ平君」

「えっ、ええ。私ももうお手伝いを始めていますから」

私は軽口を叩きながら、なぜ三嶋が突然たずねてきたのか、その理由を考えていた。自分で言ったように、たんに近くを通りかかったからだけなのだろうか。そんなに暇で人なつこい男なのだろうか。それとも何か他に目的があるのだろうか。

「社長、今日はもう仕事の方はいいのですか」

私は言った。

「まだ何やかやと残してきているんですが、せっかく支店長にお会いできたんだから、今日はもう仕舞いにしますか。少しご相談もありますし」

私のことを誘っているのだ。

「それではまた一つおつき合い願いますか。平君、すぐに部屋を予約してくれないか」

車で「はやし」に向かう途中、私は今夜もまた学生運動の話を聞かせられるのではないかと、気がさしていた。三嶋には好感を持っていたが、その話となれば彼の方が覚悟の据わった行動をとっていたことは歴然としていて、私は気後れするものを感じてしまう。

あれから二〇年以上が経ち、もうとっくに過去のこととして忘れ去っているはずだった。ところが私の内心のどこかに、まだあのことから卒業できていないものが残っていたのだ。三嶋に会ってあの話を聞かされ、改めてそのことを知った。
そんな心情がどこに隠れていたのだろう、と自分でも不思議でならない。

私の心配は必要なかった。

その夜は、三嶋は学生運動にはほとんど触れようとはしなかった。

三嶋がいつものように臨場感あふれる口調で語ったのは、三嶋食品の仕事の中身だった。かつてイギリスの紅茶ぐらいしか扱っていなかったのが、いかにしてＥＣのほとんどの国の五〇〇アイテムにも上る食品を輸入するようになったか、その過程で自分がどれほど活躍したのかを自慢にならないように巧みに話した。

ただの商売の話なのに三嶋の口を通ると、まるで波瀾万丈の冒険譚のような輝きをもつこととなった。女将も平も目を丸くして、終始、感嘆詞を口にしながら話に聞き惚れた。

彼らと一緒に、私も大口を開けて笑ったり、ははあっと感心したりしているうちに、ＥＣが統合されることによって、かねてよりＥＣの各国に食い込んでいた三嶋食品の立場はぐんと強くなり、商売の規模が急成長することが想像された。いまや三嶋食品は老舗の食品商社を急追しているのだ。

始めから給料の振込みというかたちで、飯田橋支店に大いに貢献してくれただけではなく、三嶋食品はこれから先の楽しみな取引先だと思った。この企業は平に任せるだけでなく、私がいつも前面に出て油断なくビジネスチャンスをつかまえなくてはならない。

今日も銀座にいくことになるだろうと覚悟を決めていた。今夜は三嶋ととことんつき合うことにしよう。

先ほどから三嶋が興に乗って身振り手振りおかしく喋(しゃべ)っている。

「ところがね平さん、それをゆっくりと口に含んで舌の上を転がしてと思ったんですが、途中で吐き出してしまった。極上のワインのはずが何か得体のしれないものに化けているんだ。しかも何が混じっているのかえらく酸っぱい。もうワイシャツがびしょ濡れですよ」

そこまで聞いて女将がたまらなくなったように吹きだした。手放しで笑うと日本風美人がクシャクシャになるが、女将はそんなことには頓着(とんちゃく)していない。

「笑わないでくださいよ。当時はまだまだどこの国もひどかったんですよ。詐欺師(さぎし)みたいのがゴロゴロしていた。日本だってそうだったんですよ。ねえ、支店長」

「ええ、ええ……しかし、災難でしたな」

今となっては笑い話ですがね、といってから三嶋は、

「さて、支店長、残念ながら今日はこれでお開きということにして下さい」

「今日はピアノはやらないのですか」

私は時計を見た。まだ八時を過ぎたばかりである。

「やっぱり残してきた仕事が気になりましてね。さっき会社に電話を入れたら、営業部長がどうしても帰ってきてくれと言うのですよ」

三嶋のトイレが長かったのはそのせいだったのか。

三嶋はそう言い出すとたちまち姿を消してしまった。私と平はその座敷でしばらく飲んでいくことにした。

平に話しておきたいことがあったので、女将は席を外させた。

「平君、もしかすると三嶋食品は宝の山かもしれないな」

「ええ」

平は嬉しそうに言った。

「まだまだ取引のネタはいくらでもでてくるぞ。販売網ももっと拡充するだろうし、ヨーロッパに現地法人も作りそうだ。とにかくエネルギッシュな男だから食品以外にも手を広げていくに違いない」

「そうですね」

「どうした、何か不安でもあるのか」

「いいえ、そうじゃないんですけれど、三嶋社長のスケールが大きすぎるんで私なんかにつき合い切れるのかと思いまして」

「何もそんなに謙遜(けんそん)することはないさ。彼が君のことを誉めていたじゃないか。君も頑張ればいい線にいくってことだよ」

「そう思っていいのですかね。私なんか社長の話を聞いていると面食らってしまいますよ」

「ケラケラ笑っていたじゃないか」

「それでもどこまでが実話でどこからがお話なのか、ちっとも分からないんです」

「そりゃサービスもしてくれているだろうさ。商売以外の話はにこにこして聞いていればいい。商売はシビアな顔に切り換えてな」

「そううまくできるかな」

と平はあくまで弱腰である。

「大丈夫だよ。必要ならオレもいつでも出ていくから」

私も三嶋のエネルギーに煽(あお)られたかのように高揚していた。

その日はそのまままっすぐ家に帰った。久しぶりの一〇時前だった。

玄関のチャイムのボタンを押すまでは、家の中でかすかに話し声が聞こえていたのに、チャイムが鳴り響くと同時に、それがピタリとやんだ。

間もなく廊下に足音がしてドアが開けられた。

「お帰りなさい」

かおりの声は、いつもと変わらなかった。

足音が居間から二階に上がっていくのが分かった。音の軽さは多分ひろみだったろう。あの話し声はかおりとひろみのものだったのだ。また明日、学校にいくとかいかないとかで言い争っていたのだろうか。

私は二階の自分の部屋でスーツを部屋着に着替えた。この時間だとまだパジャマになる気はしない。

居間に降りるとテーブルの上に響のオンザロックの用意がしてあった。私はソファに倒れこむように座り、しばらくそのままの姿勢でいた。その時の私はまるで疲労をぎっしりと詰めこんだ頭陀袋(ずだぶくろ)だった。頭の中でなにかストロボの閃光(せんこう)のようなものがきらめき、体中の血管が汚泥で詰まって膨れあがっているような気がした。

やがて大きく溜息をついてから体勢を立て直し、響の栓を抜いた。ポンと乾いた音がした。アルコールでうるおわせてやれば、この体も少しはシャンとするだろう。グラスに注いでいる時、かおりがキッチンから出てきた。トレイの上にアスパラのベーコン巻きが乗っているが、それを見ても食欲は湧かない。

ひろみはどうしている？　学校にいっているか、とても聞けばいいのだろうが、その気にはならない。聞いた後にどういう答えが返ってきても、それを十分に考えるだけの気力は残っていない。

それより私の方から、かおりに持ち出さなくてはならないテーマがある。

切り出しかねて私はロックを口に含んだ。甘さが口中に拡がる。胃の腑から暖かいものが体中に回っていくのが分かる。

「かおり」

と、声をかけた。かおりがこちらを見た。最近、額のあたりに小ジワが増えているが、かおりは私のように疲労の頭陀袋には見えない。

「ちょっと頼みがある」

「何かしら」

「実は」

と、私は飯田橋支店で起きたことを手短に話した。

「そこで手分けをして、奥さんたちに田口るみのサロンにいってもらうことになったんだけど、ウチにもお鉢が回ってきた……頼むよ」

かおりは私から目をそらした。何も答えないままキッチンにいき、しばらくしてからまた居間に来た。

「どうした？　頼むよ」

「いやです」

「………」

「いやよ」

「どうしてだ。ちょっと半日を使ってサロンにいくぐらいいいだろう」

「わたしは、あなたのお仕事のお手伝いはしません」

かおりの唇の端が震えているのがわかった。

「どうしてだ、みんな協力してくれてるんだ」

「他の方のことは知りません」

私はかおりの中にテコでも動こうとしない意志があるのに気がついた。

「なんでそんなことくらいできないんだ」

「あなたが家のことは何一つやってくれないのに、どうしてわたしがあなたの仕事のことをしなくちゃいけないの」

　私は言葉に詰まった。

　私が何一つ家のことはやらないって！　馬鹿なことを言うな。私が年収一五〇〇万円も稼いで、その大半をお前に渡しているのは何のためなのだ。その金でこの家のローンを払い、お前は趣味の鎌倉彫りを習い、大介もひろみも私立学校に通い、衣食住のいっさいをまかなっている。その収入を運んでくることこそ家のためじゃないか。

　私の胸の中に噴煙のようにこうした言葉が湧いた。しかし、私はそれを胸の外にださなかった。そんなことを言わなきゃならないようなら、この家族はお仕舞いだ。このごろ私は口にできない言葉ばかりを胸の中に溢(あふ)れかえらせている。

「ひろみは今朝も学校にいかなかったわ」

「専門家に見せたらどうだと言ったじゃないか」

「見せましたよ」

「それで？」

「診(み)たては登校拒否です」

「それで、どういう治療方法があるんだ」

「あなたにお話ししたら協力してくれるの？」

「………………」

ああ、当たり前だろう、と答えるべきだろう。しかし、どういう治療法か聞かないうちにそう答えるわけにはいかない。私に一週間の休暇を強いる方法なのかもしれないのだ。

「どういう治療法なんだよ」

「いいわよ。わたしはわたしでやりますから……あなたに話しても仕方ないでしょう」

「そんなつまらん意地を張るな」

せっかくアルコールで紛らしたのに、私の体のどこかが、いや精神のどこかなのかもしれないが、限界に近づいてきた。右の後頭部が痛みだしてきた。

「意地なんかじゃないわ。もう諦めたの、あなたのことは」

「そんな言い方するなよ。できないことは仕方ないんだから……」

「だから諦めたって言ってるじゃないですか」

「もっと別の言い方があるだろう。諦めるじゃなくて、わたしにまかせてくれとか、心配しなくていいとか……」

「本当に諦めたんですもの」

かおりは乾いた声で言った。

大きな声を上げるか黙るかだった。私は黙った。

氷の上に少し多めにウイスキーを注いだ。そして一気にあおった。さっきまで疲労の袋だった私の体は怒りの袋となった。その怒りにウイスキーをかけて冷した。

廊下に続くドアが開いて、大介が姿を現わした。ヒョロリと細いがすっかり背が高くなっている。もう一八〇センチに達しているだろうか。とにかく私を五センチは追いこしている。

私とかおりのやりとりが二階でも聞こえたのだろうか。いや聞こえたら降りてきはしないだろう。

「母さんちょっと」

大介は私を見ないでかおりに言った。

「何よ」

「ひろみが泣いているよ」

「あなた何かしたの」

「そんなことないよ。かってにしくしく泣いているんだ」

「泣きたいのはこっちの方よ」

そう言って、かおりは大介のかたわらを通り二階に上がっていった。大介もその後に続いた。

居間ががらんとしてしまった。八畳の広さのある洋室。かおりも大介もひろみも集まってテレビでも見ていれば狭苦しいが、一人には広すぎる。

我が家にもそんな団欒（だんらん）があった。大介も私に冗談を言ったし、ひろみは私の膝に乗ってくることもあった。

小さな庭に面したガラス戸から隣家の台所の明かりが見える。隣家にどういう暮らしが営まれているかほとんど知らないが、ウチと同じ年頃の子供がいるのは見たことがある。あの家でも子供は何か面倒を抱えているのだろうか、妻は亭主が子供の面倒を見ないと言ってヒステリーを起こしているのだろうか。

もう一杯ロックを飲もうと、響の栓を開けかけたが思い止まった。「はやし」でも結構飲んでいる。これ以上飲むと明日の朝起きるのがつらくなる。

過剰販売

翌日、出勤の途中で考えた。かおりがモニターをやらないことを真山にどう説明しようか、と。

女房と冷戦状態にあって、「あなたが家のことをやらないのだから、わたしはあなたの仕事は手伝わない」と、断わられたと言うわけにはいかない。

悟郎に連絡して知子さんに頼んでもらおうかという考えも浮かんだが、すぐにいまさら悟郎に何か頼めるはずがないと思い直した。

支店で真山と顔を合わせたとき、とっさに嘘が出た。

「真山君、女房の奴、昨日から風邪を引いて寝こんでしまってね、すまないけど女房の分を他の人に頼んでくれないか」

「そうですか。いま変な風邪がはやっているそうですから気をつけて下さい。モニターの方は五人でも足りますから大丈夫ですよ」

真山は穏やかな顔でそう言った。その顔を見ながら、私はなんだか不思議な気がした。真山は人が変わったようにすっかり素直になってしまった。私はそのためにとくに奇策を弄したわけではない。支店長として当たり前のことをしたにすぎない。それなのに真山に奇跡が起きた。須崎は何を苦労していたのだろうか。

午後から少しずつモニターの奥さんたちの報告が入り始めた。週刊ワールドの記事をひっくり返すような報告を期待していたが、そうはいかなかった。

どの報告も、「田口るみビューティサロン」に申しこんでも、今日中にはエステティックを受けられないというのだ。早いところで三日後、下手をすると一週間たたないと空かないという。

「田口るみサロン」が猛烈に混んでいることが分かった。しかし、これだけなら経営状態がいいということであり、悪い材料とばかりは言えない。問題はこの人気に悪乗りして過剰販売をしているかどうかだ。

いくら混んでいても、我々としてはここでのんびりと順番待ちをしているわけにはいかない。そこで奥さんたちに、各コースの所要時間を詳しく聞くように指示をした。それさえ分かれば、当面の目標は達成される。

真山を通して指示を出した後、私は平をともなって二軒の得意先を訪問し芯の疲れる貸出しレートの交渉をして、支店にもどったのは夕方だった。

三階に上がると、真山が私を見つけてデスクから立ちあがった。

「支店長、やはりやっていますね」

厳しい表情をしている。過剰販売のことだとすぐに分かった。

私は何も言わず真山の先にたって四階にいった。

「はっきりした数字が出たのかい」

「ええ、ボディ、フェイス共にクイーンはほぼ九〇分、スペシャルが一時間、カジュアルが三〇分です。料金はだいたい時間に比例しているので、一時間あたり五〇〇〇円の売上げということです」

真山は細かい計算書のコピーをデスクの上にひろげ、「田口るみビューティサロン」の売上げを示した。私はそれを手にとり真山の説明をもう一度自分の頭で確認した。真山の視線が頬のあたりに突き刺さるのを感じた。

計算式は完璧だった。単純な予測ではなくいくつかのケースに分けて検討がされていて洩れはなかった。真山という男の神経の細かさに舌を巻いた。

どのケースも過剰販売を示していた。それほどでない場合にも二割、最大では四割にも達している。

「弱ったね」

私が呟いた。

「まだこれ以外にも売上げに計上していない分があることも考えられます」

真山が言った。私にもそう思えた。税務データで裏打ちされた業績報告が実際の成績以上に記されるはずがない。

キャパシティよりかなり多い利用券を売上げ、それをやや削った売上げを公表しているのだろう。

私は「田口るみビューティサロン」のテレビを使った派手な宣伝と、あれで採算がとれるのだろうかと不思議に思わせたビューティパスポートの割引き販売を思い浮かべた。あれを可能にしているのが過剰販売なのだ。

「どうしたらいいでしょう」

真山は途方に暮れた顔をしている。

なにも途方に暮れることなどない。もつれた糸の塊りは、その端っこを見つけてゆっくりと解いていけばいいだけの話だ。

「どうしたらいいかね」

真山の不安そうな顔を見ながら私は内心で微笑んでいた。真山がこんなことですっかり私に頼りきっているのが愉快でしかたない。

「田口さんのところにいってきましょうか」

「それでどうする？」

「こうなったら、あるていど事実を突きつけて、早急な改善を求めるしかないと思いますが」

それも一つの手だと思った。それでうまくいく可能性もある。彼らにしてもいつまでも今のままでやれるとは思っていないだろう。しかし、もしかするとあのエキセントリックなるみがとんでもない対応に出ることだってありうる。怒ってウチとの取引をやめて他所（よそ）に乗りかえるなんて言いだしかねない。それを回避するには臨機応変な交渉力がいる。

「いくのはいいけど、今度は一緒にいこうか」

「はい」

真山は救われたように言った。

「それじゃこれからでもいいですか」

「ああ、先方さえよければな」

真山がデスクの上の電話に手を伸ばした。その手の下で電話が鳴った。真山が受話

器をとって、

「はい飯田橋支店支店長席です」

と応じた。それから、

「支店長、お宅からです」

私はちょっととまどって受話器をつかんだ。

「はあい」

「あなた、ご免なさい、お仕事中に」

「…………」

「近くまできているんですけれど、出てこられないかしら」

何だって？　何のためにきたんだ。

「そうはいかないよ。何の用事だ」

「ダメなの」

「ああ」

「昨日のあれ、やってみたのよ」

「モニターか？」

「ええ」

気を利かしたのか真山は部屋から出ていった。

「でも、どこも一杯で実際にはやってもらえなかったの。あんまりしつこかったので変に思われそうだったわ」

「オレの仕事は手伝わないいんじゃないのか」

真山がいないのに声が小さくなった。

「ご免なさい。昨日はひろみが変で、わたしまでおかしくなっていたのよ」

「それで八つ当りされたんじゃかなわない」

「だって、わたしはいつもひろみと一緒なんだから……」

「分かった、分かった。後は家に帰ってから聞くよ」

「ダメなのね」

「今日はひろみはどうした？」

「わたしだってあの子のお守りばかりしてられないわ」

「そりゃそうだ……どこかで映画でも見たらいいさ」

そう言って電話を切った。思わず溜息が出た。ひろみばかりか、かおりの気持もさっぱり分からない。

やがて真山が小走りに部屋に入ってきた。

「田口さんと連絡がとれました。今すぐにきてほしいと言っていますが」

「田口るみ」の本部を訪れるのは今回で三度目である。

あのいかがわしい風俗産業の一室か人間の体内を連想させるような本部の部屋は、いつも私に奇妙な心理的効果を与えた。

ピンク色の通路を通りぬけ、ピンク色の応接室にしばらく座っているうちに、私はなんだか田口るみに洗脳されるような気持になってしまうのだ。あたり一面のピンク色が、つまりは田口るみの流儀がどんどん私に浸透してくる。

私は壁に目をやらないようにしながら応接室に座っていた。しかし、壁だけでなく部屋の中の空気までがピンク色に染まっているような気になってくる。

「お待ちどおさま」

田口るみが部屋に入ってきた。ピンクの旋風が立ち上った気がした。

すぐ後から夫の田口孝一がついてきた。三回とも二人はぴたりとくっついて私の訪問を出迎えた。

「どうなさったんですか、片岡さんが急に会いたいとおっしゃるんでびっくりしましたわ」

田口るみがカン高い声で言った。そのどぎつい化粧にはもうなれた。

「いや例のインチキ雑誌のことで、本部が心配してましてね。私どもにいろいろ阿呆みたいなことを言ってくるのですよ」

「それは真山さんから聞きましたけど、もうすんだんでしょう」

「私はすんだと思っていますが、本部はなかなかそうはいかないんですよ」

「どういうことですか」

夫の方が遠慮深そうに言った。このおとなしそうなのが曲者なのだ。派手な妻の演出をたぶんこの地味な夫がやっている。

「あの記事の中でビューティパスポートのことを何とか言っていたじゃないですか。御社もイメージ産業ですから悪いイメージを持たれると商売に差し支えてしまうと、まあこう言うんですよ、本部は。そこでそんなことはありませんよと証明するつもりで調査させていただいたら、聞きしに勝る人気ですな。なかなか予約もできないらしい」

「あなたウチのことを調査なんかしたんですか。水臭い、失礼だわ」

田口るみはムキになって言った。予想していた反応だが、この辺りまでは本当のことを言わなくては話にならない。

「水臭いっておっしゃるのはよく分かりますが、ウチだって本部の融資審査部の関門をクリアしないといけないんです。こういう時は本部と支店とは敵味方なんです。ご理解ください」

「調べたいことがあるのならあたしたちに直接、聞いてくれれば何でもお答えしましたのに」

「それもおっしゃる通りだと私は思うのですが、融資審査部の疑問には第三者のチェックが必要でして……」

「るみさん、もう少し支店長のお話を聞こうよ」

夫が静かに言った。こちらの対応も予想していた通りだ。

「恐れ入ります」

「それで？」

「御社がこんなに盛況なら、もっとチェーン店全体のキャパシティをふやしたらどうですか。そうすれば御社の業績も伸びるしお客にも喜ばれるじゃないですか」

「ウチもそうしたいのですが、そうは簡単にふやすわけにもいかないのですよ。技術者もマネジャーも人材不足でしてね」

「しかし、もう一度あんな記事が出ると、お客に影響が出てきやしませんか」

「今のところ影響はないですが、スキャンダルはもうご免ですね。私はるみさんがあんなに馬鹿にされるのには耐えられない」

「あたしはいいのよ。そんなことにいちいち驚いていたら……」

「いいことないさ」

はっきりと、そう言ってから夫は、

「どうしたらいいでしょうか」

と、私の方を見た。

「根本的には人材を一日も早く養成して、キャパを大きくすることを許らないとならないでしょうね。しかし、それではすぐには間に合いませんから、当面はうしろ指を差されない程度に、パスポートの販売を管理したらいいじゃないですか」

「お客さんが買いにくるんですよ。それを売らないなんて言えると思います」

田口るみが言った。もっともな話である。

「それでしたら宣伝を少し控えたらどうですか。お客はキャパ近くまで落ち着いてくるでしょうし、経費がごっそり節約できますよ」

「そうはいきません。支店長もご存じのように今この世界は群雄割拠です。ウチだって攻撃しているからこそ、今の状態を保っていられるのです。その手を弛めたらたちまち置いてかれてしまいます。今度の機械を入れるのだってそのためなんですから」

夫の方が言った。この言葉にも反論は難しい。私は黙りこんだ。

「この記事のネタ元は同業者だと思います。ウチが急成長しているので邪魔しにかかっているわけですよ。過剰販売といっても押し売りしているわけじゃなし、皆、自分の好きで買っていくんです。ウチだってそれに適切な対応ができなければ、やがてお客に見放されてしまいます」

「少しくらい店が混んでいた方がお客は喜ぶのよ。いつも空いているようなエステティックじゃありがたみがないじゃない」

田口るみが派手な笑顔を浮かべて言った。さっきまで怒っていた面影は少しもない。この女は一瞬一瞬に気分が変わるようだ。

「おっしゃることはよく分かるのですがこのままですと、次のマスコミの攻撃に耐えられないんじゃないですかね。ご同業の誰のしわざか分かりませんが、きっとまたやってくる。スキャンダルが一人歩きしてふくれ上がったら、商売に差しつかえますよ」

今度は向こうが黙る番だ。

「とにかく早急にチェーン店の拡充を計りましょう。人材が育たないならよその店から引き抜いてもいいじゃないですか。マネジメントができる人ということならウチからも応援できますよ」

るみと夫は顔を見合わせた。それから夫が口を開いた。

「引き抜きの件はわれわれも以前から考えているんですが、下手すると泥仕合になりますから、迷っているんです。向こうから引き抜きをかけられたら、図体がでかいだけこちらが不利になるでしょう」

なるほどたんに運がよくてここまできただけではないのだ。二人とも考えるべきことは考えている。

「……地道に育成するしかないのかな」

「まあ、引き抜きもある程度はやるつもりですがね」

夫はそう言って子供のような笑顔を浮かべた。何のことはない、知恵を貸すつもりでこっちが教えられている。

「マスコミ対策はいかがですか。二度とああいう記事を書かれないように、早急に手を打たないといけないと思いますが」

私は退勢挽回とばかり次の提案をした。

「一応、広告代理店にはきつく頼んであります。もし二度とでたらCMを打ち切ると脅かしてやりました」

「それはいい、ウチの方からもできるだけの手は打っておきますから」

追跡

　その日の午前中、私は真山や大城には「得意先に立ちよるので午後からになる」と言って、ひろみの登校拒否とやらの実態を確かめてみることにした。

　かおりはそうすることを私に求めなくなっていたが、ひろみが学校にいかないという状態は続いていて、かおりが少しずつ憔悴（しょうすい）していくのが分かった。放っておくわけにはいかない。

　昨夜は遅く帰り、風呂にも入らず床についたが、枕元で何やらゴソゴソしていたかおりに、

「明日はひろみを学校に行かせてやる」

と、言ったら、「嘘っ」と子供のような口調で言った。

　七時半すぎにはもう私とかおりは一階の居間にいた。

「いい？」

と、私の方を見てから、かおりがひろみを起こしにいった。間もなく降りてきて、

「起きないわ。あなたやってみて」

と、言った。

私はすぐに二階に上がり、ひろみの部屋に入った。壁際のベッドの上で毛布がひろみの形に盛り上がっている。

「ひろみ、朝だぞ。起きないと学校に遅刻するぞ」

もやもやと柔らかかった毛布のラインが固くなった。もうとうに出かけているはずの私の声にびっくりしたのだろう。

「ひろみ」

うーん、と寝ぼけたような声がした。わざとらしい。

「起きないと遅刻するぞ」

「頭、痛い」

小さく声をしぼりだすように言った。

「どうれ、熱でもあるのか」

私は毛布の中にもぐり込んでいるひろみの額に手を当てた。すべすべしたおでこに健康そうな体温があった。

「ああ本当だ、熱がある……平熱がな。さあ起きろ」

私はひろみの毛布を頭の方から半分まくりあげた。

「いやあだ」

毛布にぎゅっとしがみつき、声がきつい調子になった。その細い手でもう一度毛布をたくしあげた。

「起きなきゃダメだよ」

あたま、いたいんだってば。

繭の中の蚕のように、ひろみは毛布の中に閉じ籠もってしまった。その姿を見て私は得体の知れない不安を感じた。私の知っているあのひろみではなくなってしまったのだろうか。

「おい、そんなことしているから、お母さんに登校拒否なんて言われてしまうんだぞ」

毛布の中の、体を丸めようとする動作がピタリと止まった。私の言葉がひろみに突きささったのだろう。

一呼吸おいてひろみが毛布をはねのけるように起きあがった。

「起きるよ、起きるから下にいっていてよ」

ダイニングルームで、時計と睨めっこしながら私はお茶を飲んでいた。もしかするとまた毛布に潜りこんでしまったかもしれないと、はらはらするものがあった。八時一〇分前に軽い足音がしてひろみが降りてきた。学校に間にあうには八時までに家を出なくてはならないという。

「お母さん、あたしいくからね」

慌ただしく言った。すでに手にカバンやら手提袋などをもっている。

「何よ、ごはん食べていかないの」

かおりが流しの前から言った。

「だって遅れちゃうもの」

「ミルクだけでも飲んでいったら」

「いいよ」

ひろみは玄関に出て、いってきます、と高らかに言って飛び出していった。かおりがキッチンから玄関に出た時にはもう姿はなかったろう。

「いったじゃないか」

戻ってきたかおりに言った。かおりの心配しすぎをなじる口調になった。

「あなた後をつけてくれないかしら」

かおりは物々しい表情をしている。

「あの子、学校にいかずにどこかで時間をつぶすつもりなのよ。あなたが出かけてから戻ってくるわ」

「そんな馬鹿な」

「始めのころわたしも騙されていたの。やっと学校にいったとほっとしていると、後でいっていないことが分かるのよ。どこかに隠れて時間をつぶしているの。ねえいってみてくれない」

「しかしどこへいったというんだ……」

「あの子、他の人とすれ違うのがいやだから、早めに出たのよ。いくのは学校と反対の方角だわ。多分、神社の方……あたしもいくから一緒にいって」

半信半疑だったが、かおりの言うとおりにすることにした。せっかく部下に嘘をついて時間を作りだしたのに中途半端はしたくない。

かおりの後について家を出た。空は雲一つなく晴れ渡っていた。

かおりは時どき私の方を振りむきながら、早足で歩いていく。ひろみの通う中学校とは反対の方角、つまり私が駅に向かう通勤経路である。

見なれた民家が続く。所々に小さな商店が入り混じる。

途中でかおりは左に折れた。地元の八幡神社に続く道だ。私はひろみが脇道にいないかとあたりをキョロキョロ見回すが、かおりは確信に満ちた足どりでまっすぐに神社を目指している。

神社の鳥居が見えてきたところから、かおりの歩く速度は遅くなった。

「いるとすればもうすぐよ。この辺りは学区が違うからひろみも安心できるのじゃないかしら」

かおりは確信に満ちた顔をしている。私は無言でかおりの後に従う。

もしひろみの姿を見つけたら、私はどうしたらいいのだろう。怒鳴って手首でもつかんで学校まで引きずっていくことになるのだろうか。

鳥居の手前でかおりが足を止めた。

「一度はあの本殿の後ろにいたのよ」

背の高い立木の多い境内には一つの人影もない。

鳥居から本殿まで二〇メートルほどか。デコボコした御影石の敷き石がつづく。

かおりが足音を忍ばせるように木立の陰を伝いながら本殿に近づく。私もその後につづいた。

(本当にこんなところにあの子がいるのだろうか)

と、半信半疑の気持が胸の中でゆれる。

その時だった。本殿の後ろで足音がした。

かおりが走った。よたよたと内股で走る姿はすっかり小母(おば)さんのものだ。私も走り、たちまちかおりを追い抜いた。

本殿の裏に回ると、神社の裏口から表通りに飛びだしていく人影が見えた。

ひろみだった。さっき見たばかりの制服だった。

追いかけて、裏口を通り抜けた。ひろみが曲がった右手の道を見たが、ひろみはいない。登校中らしい小学生が数人いたが、一目でひろみじゃないことが分かる。

私はその傍らを走り抜け、次の角をのぞいた。その通りには人の姿はない。しかし三〇メートル先の角を右に曲がる子供の姿が目に入った。ひろみだ。

私は足音を忍ばせて走った。角の向こうをのぞく。すぐ目の前にひろみの後ろ姿があった。

「ひろみ」

私はうかつにも声を上げた。ひろみの背中は一瞬凍りついたが後ろを振り返らず、旋風のように走りだした。すぐに追いかけた。簡単に捕まえられるはずだった。ところがひろみと私の距離は開くばかりなのだ。ひろみは啞然(あぜん)とした。ついこの間までは一緒に小学校の校庭を走ることがあれば、いつもうんと遅れ、途中でべそをかいたものだった。勝負にならなかった。ところがひろみの背中はしだいに遠ざかっていく。

私は足に力を入れた。息が弾むばかりでスピードは少しもあがらない。一つの角を曲がるまではかろうじてひろみを見失わなかった。しかし、次の角ではもうその姿はなく、どこにいったのか見当もつかなかった。私は道の真ん中に立ち止まり、上半身を曲げ両手を膝についてふいごのように大きく息をした。胸が痛んだ。体中に汗のつぶが吹きだしてくるのが分かった。

「ひろみだったの」

後ろから声がした。いつの間に追いついたのかかおりだった。かおりも苦しそうに息を弾ませている。

「たぶんな」

百パーセント間違いなかったがそう答えた。断定したくない気持が働いた。

「どっちにいったの」

「こっちのはずなんだが、消えてしまった」

「こっちなら、山本マンションの児童公園だと思うわ」

かおりは即座に言った。

「そこへもいったことがあるのか」

「ええ」

かおりは歩き始めた。

それから私とかおりは、ひろみを探して長い間、その町を歩きまわった。

ここに家を買って一二年。転勤のため他人に貸していることや私ひとりが単身赴任をしていることもあったが、とにかく一二年も住んだ町なのに私にとっては、初めて見かける風景ばかりだった。

線路脇に続いている花畑、マンション群の真ん中にある閑静な児童公園、もうシャッターを開け始めた市場、いつ建てられたのか十数棟がきれいに並んだ分譲住宅。

時間が経つにつれ七月の日差しは、肌を焦がすほど強くなり、足元の舗道に私たちの濃い影法師を作った。

「おい、もう打ちきろう」

「だって……」

「とにかくあの子の様子はよく分かった。ボクにはそれだけでも収穫だよ。こうなったらやはり専門家に相談しないと仕方ないだろう」

「あなたすぐ専門家、専門家って言うけど、あたしたちの子よ」

　かおりの声が尖った。

「そんなこと君に言われなくても分かっているよ。しかし、ボクらには治療のノウハウも時間的なゆとりもないんだから……」

「ボクらじゃなくてボクでしょう。いいわよ、それならそれで。でもあなたのいう専門家ってのがどれほど好い加減か知らないからそんなこと言えるのよ。あなたも一緒にあいつらの話を聞いてごらんなさいよ、頭にきちゃうから。我が家のことを、ひろみのことも、あなたのことも、あたしのことも、大介のことも、一まとめにしてすっかり侮辱するんだから。好き勝手なことを言うんだから」

「…………」

「あいつらの診立てなんか、あたしにはちっともピンとこないの。あんなんじゃひろみが学校にいくようになるとは思えないわ」

「しかし、……」

「いいの、もういいの。あなたは支店の三〇人の大きな子供を相手にしていればいいでしょう。あたしはウチの二人の子を守るわ」

「そんなこと言うなよ。オレだってこうして銀行をサボって、君につき合っているんじゃないか」

こう言った時、私は自分の失言に気づいていなかった。

その場でかおりと別れ、私一人で家に引返し、スーツに着替えて出勤した。

昼間の電車は空いていて、悠々と座れた。横になって眠れるほどだった。悠々と座りながら心の中は忙(せわ)しなかった。

始めはいま目にしたばかりのひろみの様子が頭の中にこびりついていた。どうしてあんな風になってしまったのだろうかと、しきりに愚痴めいた感情が起きた。私のどこかに原因があるのだろうか、それともかおりのせいなのだろうか。

新聞やテレビで見たことはあるが、私には登校拒否に関するきちんとした知識は皆無だった。それでもあれを親の力で直すには相当のエネルギーがいるだろうと思った。そう思うだけで怯(ひる)むものがあった。私にはそんなエネルギーを割(さ)くことなどとうていできない。

やがて心は飯田橋支店のことで占められるようになった。

わずか半日だが飯田橋支店を部下たちだけにして、敵前逃亡してしまったという後ろめたさがあった。早く戦線に復帰しなくてはいけないという気がして、電車の速度がじれったいほど遅く感じられた。

その時、

「あっ」

と、小さな声を上げてしまった。かおりがあのとき、不意に表情を変えた理由に気づいた。

「銀行をサボって、かおりにつき合っている」とは決して言うべき台詞(せりふ)ではなかったのだ。せっかく半日をかおりのために割いたというのに、かおりはむしろ私の薄情さを思い知った気になっているだろう。馬鹿な、馬鹿な、馬鹿な。

裏の通用門を通るとき武田が、

「支店長が出行前とは珍しいですね」

と、笑顔を向けた。出行前とは、三友銀行の慣用語で出行前にどこか仕事先に立ち寄ってくることである。遅刻扱いにはならない。

武田の表情に変わったものがあったわけではないが、私は武田に今朝の自分の行動を見抜かれているような気がした。

（まあ武田ならいいか）

と、思った。この男ならあのことを知ってもすっかり飲みこんでくれるような気がした。

通路を抜け、一階のフロアを通って、上に行こうとした時、営業ロビーの方から大きな声が聞こえた。

「お前みたいな小娘じゃ仕方ないんだよ、支店長を出せ、支店長を」

木田の窓口の前で大柄な男がしきりに何かを言っている。私は柱の陰から声の方をうかがった。

男は木田の伝票処理にミスがあったので彼の会社が損失を被ったと、いちゃもんをつけているようだ。

男は四〇代の後半であろう。やくざではなさそうだが、その言葉使いの柄の悪さは似たようなものだ。若い男性の主任が仲に入り男を宥めようとするが、喚きたてる男の勢いは止まらない。

課長席を見ても、早番で昼飯をとりにいっているのか、三宅の姿はない。

支店長にお呼びがかかっているが、こんなとき私が出てはまずいのである。支店長が最初からクレームの矢面に出ては交渉の切り札がなくなってしまう。私は男に気づかれないうちに、そのまま上にいくつもりだった。私が出なくともなんとかなるだろう。

　その時、私の耳もとにかおりの声が響いた。

（あなたは支店の三〇人の大きな子供を相手にしていればいいでしょう）

　体の芯の部分に震えのようなものがきた。私は営業フロアを横切りカウンターに近寄った。

　もう一人のテラーと主任が私のことを見て、ほっとしたような表情になった。木田はまだ気づかない。

「お客様、私が支店長でございます。ウチの行員が何かご迷惑をおかけしたのでしょうか」

　大柄な男と木田が同時に私のことを見た。その時の木田の表情がどういう心理を表わしていたのか私にはよく分からない。いつもの少しきつい顔が男に怒鳴りまくられて心細げに見えた。なんだか一〇歳も幼くなったようだ。

「あんたが支店長か。お宅の手違いでウチがえらい損失を受けたんだよ」

「お客様、ここではなんですから、別室の方でよくお話を承りたいと思いますが」

　いつまでも他の客のいるロビーで大きな声を出されてはいい迷惑である。

「そうかい」

男の声がわずかに穏やかになった。

二階の応接室に男を案内することにした。男との一言二言のやりとりで、こいつはそう面倒なことにはならない、という勘のようなものが働いた。

応接室には木田だけを同席させた。昼休みで人が半分しかいないときに、主任までをこちらに当たらせるわけにはいかない。

「お客様のお腹立ちのわけを伺わせていただけますか」

私は舌のもつれそうな敬語を使った。

男の説明によると、三日前に男は木田に三〇万円の送金を依頼した。それが翌日に着くはずなのに着かず、翌々日に着いたので、大きな契約が破棄されてしまったという。

「どうしてそんなことになってしまったのかね」

私が木田に聞いた。

「お客様は当日、閉店の直前にお見えになりまして、翌日の振込みになりますから、先方への入金はその翌日になりますと、ご了解をいただいて……」

「そんなでたらめを言うな。ワシは二時ごろには振込みの手続きをしているぞ。そんな馬鹿な了解はしていない」

　男は木田の話を抑えつけるような口調で言った。大柄な体からのダミ声には暴力的な迫力がある。

「たしかに閉店まぎわにお見えになりました」

　木田は必死になっている。

「おい、でたらめを言うな」

「弱りましたね。これでは話が水掛け論になってしまいますね」

「支店長、そんなことを言って、逃げるつもりかい」

「いいえ。お客様は二時ごろに手続きを終えていらっしゃるんですね」

「ああ」

「それだったら翌日に入金になると思いますよね」

「当たり前だよ」

「当行でもそんな早い時間から、翌々日入金の了解はいただいていませんから」

「そうだろう、ワシだって三時ならそんな無理は言わんよ」

　男は私が男に同調するような言い方をしていたので、気を許したらしい。言わなくていいことを言った。私はその言葉を待っていたのだ。

「おい木田君、君の思いちがいじゃないか」

私はダメ押しをすることにした。

「いいえ、たしかにお客様は三時ごろに……」

「言い逃れを言うなよ、三時ならワシだってそんな無茶は言わんよ」

男は嵩(かさ)にかかったように言った。

「でもお客様」

と、私は声に力をいれた。

「万一、お客様の思い違いということもありはしませんか」

「そんなことは」

「木田君、店頭のビデオを見れば、お客様の来店時間が分かるだろう。あれで一度確認しなさい。そうすれば君も自分の記憶違いがはっきりするだろう」

木田が応接室のソファで静かに泣いている。男がそそくさと去っていってからもう五分は経っている。私も木田につきあってその部屋にいる。泣いている木田を置き去りにはできない。

「えらい災難だったな。話の途中で私が君のことを裏切っているような気がしたろう？」

すこし落ち着いたのを見計らって私はそう言ったが、木田はまた泣き始めた。しゃくり上げながら、何度も首をヨコに振るのが分かった。

またしばらく私は黙っていた。木田は派手な柄のハンカチを手にして目をたびたび拭う。化粧はすっかり台無しである。

「さあもう泣きやもう、ウチの一番の姉御じゃないか。他のテラーが心配するよ」

ハンカチの間から木田が私を見た。鼻の頭が赤くなっている。

「私はいくからな。早く泣きやんで店頭にいってくれよ。いやその顔じゃ店頭は無理だな。食事にいった方がいいな……誰か呼ぶかい」

いいえ、けっこうです、すぐいきますから、木田は小さな声で言った。

飴と辛子

恐れていたことが起きた。「田口るみビューティサロン」のスキャンダルをテレビのワイドショーがとりあげたのだ。

「田口るみ」の宣伝を担当していた広告代理店を通じて、マスコミには手を打っていたのだが、ＣＭの提供のもれていた一局が中規模の扱いで放映した。

放映の前日にそのことが分かったので、広告代理店を使って止めてもらおうとしたが、間にあわなかった。

　私はそのことを真山から知らされ、支店長室でその番組を見た。砂だらけの饅頭をむりやり口に押し込まれるような不快感を感じた。

　あの医者が登場して偉そうにコメントをした。ビデオをどんな風に編集して趣旨を歪めているか、私には手にとるように分かった。同じことを聞かされても、発言を少しだけつまみ食いすれば、真山がとってきたテープと正反対の主張にすることができる。

ビューティパスポートを買ったがなかなか利用できないと、不満を漏らす女性も二人出てきた。エステティックなんかに縁のなさそうな、小太りの小母さんだった。どこで見つけたのか、るみがチェーン店に送っている宣伝用のビデオまで映しだされた。るみは精一杯の愛想笑いをしている。るみのテレビ映りのいいのに驚いた。あのうす汚れた感じがきれいに消えている。

（畜生っ）

るみの間抜け面を見ながら、思わず悪態をついた。

医学的な疑問についても、多少の過剰販売についても、実情を知っている私には大げさなでっち上げがはっきり透けて見えるが、何も知らない視聴者にはいかにも胡散臭く見えるだろう。テレビのやらせが時どき批判されているのは知っていたが、テレビとはこういうものかと改めて呆れた。

わずか七、八分でしかなかったが、私はぐったり疲れてしまった。これはまずいことになった、と思った。本部の方がただでは済むまい。

しかし、どういう手を打っていいのか分からなかった。

案の定、番組が終わって間もなく五十嵐副頭取から電話があった。

「おい、さすがの君も判断ミスをすることがあるんだな」

声に少しの同情も感じられなかった。

「全部でっち上げですよ」

「そうだとしてもこういう形になってはな。ウチとしてはバックアップはできんぞ」

「年商一二〇億円、飯田橋支店で指折りの優良企業を見放すのですか」

「見放しはしないさ。今回だけ様子を見ようということだ」

「よそが飛びつきますよ。そしたらウチがメインじゃなくなってしまう」

「そんな大事な得意先だったら、なぜもっときちんと管理しとかないのだ」

五十嵐は叩きつけるように言った。

「今みたいに銀行が袋叩きにあっている中で、ウチがスキャンダルに巻きこまれた企業とつき合えるかどうか考えてみろ。ただでさえマスコミは都銀のスキャンダルをウの目タカの目で見張っているんだぞ」

「どういう条件を整えたら稟議を通していただけますか」

「……その質問をこの間の電話のときに受けるべきだったよ。もう少しオレんところに報告にくるようにと言っておいたろう。一人でつっ走るな。君の分からんことだって、世の中にはまだまだあるんだ……融資は今回は見送りだ。仕方ないだろう」

望みがまるっきりないことが分かった。五十嵐の冷ややかさが身に染み、私は奥歯を噛みしめた。せっかく真山がまとめてきた話だし、飯田橋支店のノルマのかなりの比重を占める。今回は見送ると言っても、よそが必ずその代りをするから、遅かれ早かれウチの融資はちっぽけなシェアになってしまうだろう。

「分かりました」

言いながら左目のまぶたが細かくひくつくのを感じた。寝不足なのかもしれない。真山ががっかりするだろうと思った。おそらくは真山の銀行員人生で最高額の融資の見送りを、彼は平静に受け止められるだろうか。そして、このことを知ってからも仕事に精を出してくれるだろうか。

五十嵐の電話が切れると、すぐに融資本部からの電話がきた。きっと本部の方で五十嵐をせっついて私に因果を含めさせ、その結果を聞いてから連絡してきたのだ。

「支店長、田口るみビューティサロンの稟議ですが、そちらにお返ししますよ」

遠慮がちな口調であった。

「あんなテレビはみんなでっち上げですよ」

「とにかく全部落ちついたらまた上げて下さい」

「ごん兵衛が種をまきゃ、カラスがほじくるか」

「片岡支店長、あなたががっかりするのは分かりますが、われわれの立場だって考えて……」

「あんたらの立場？　膨大なノルマを抱えているのはこっちなんだ。あんたらは涼しい顔をして勝手なことを……いや、申しわけない。あなたのせいじゃないことはよく分かっている」

罵倒の言葉を吐きかけて、すぐに冷静になった。この男に当たってもどうにもならないのだ。

「とにかく、この店は大変でしてね。田口るみは大きな商売だったから、私がどうかしていた。あなたにひどいことを言ったりして、申しわけない」

「いいんですよ。あの須崎君だってうまくいかなかった店で、片岡支店長が苦労されているんだ。われわれもできるかぎり応援するつもりですよ」

その言葉にそれほどの実がないことは分かったが、罵倒しかけた後で、そう言ってくれただけでもありがたいと思わなくてはなるまい。

「その代りと言っては何ですが、三嶋食品の案件は問題ないですよ」

えっ、と一瞬口ごもってしまった。強烈な落胆のあとのうれしい情報である。すぐに感情が切り換わらない。それから、辛うじて、

「そうですか、そりゃありがたい」

と、言った。平と三嶋の喜ぶ顔が浮かんだ。私には田口夫妻の期待を裏切るよりも、三嶋の融資がうまくいかない方が辛かった。そういう抜き差しならない心理的関係が三嶋との間にできてしまっていた。

「ただ、二五億円はちょっと無理ですよ。あの物件はいまどう見ても二〇億円しかない。ですから、融資はその八掛けの一六億円までです」

やっぱりそうかと思った。物件の評価も掛け目も、このところ馬鹿ばかしいほどうるさくなっている。平にも三嶋にもその見通しについては話してある。そして別のルートで残りの資金を調達できるようにしてある。

「仕方ないですな。あとは別途なんとかしましょう」

電話を切ってからしばらく私は椅子にへたりこんで呆然としていた。頭の中が、いや体中が空っぽになってしまったような気がした。飴と辛子をいっぺんに口の中に押しこまれたような気がした。

ふっと気をとり直したとき、支店長室のドアの向こうに誰かいるのに気がついた。

「誰だい？　入って構わないよ」

辛うじて磊落な支店長の口調をつくろった。

「すみません」

入ってきたのは木田だった。

「ああ君か、どうしたい」

木田は視線を落とし少しおどおどしているようだ。相変わらず口紅も目の化粧も、女子行員に許されるギリギリのところまで派手だ。

「あのお、このあいだはありがとうございました」

言いながら手に持っていた紙袋をデスクの上に置いて、

「これ故郷から送ってきたんですけれど、召し上がって下さい」

「おいおい馬鹿なことをするなよ。あれは支店長の仕事じゃないか。お礼をいただくようなものじゃない」

「桃です、どうぞ」

もも、と言ったとき照れくさそうに微かに笑った。木田が私の方を向いて見せた初めての笑顔だ。いつもの思い詰めたようなきつい表情との落差が、私には印象的だった。

「桃はありがたいが、せっかくだから皆で食べないか」

「……どうぞ」

と、言って木田は逃げるように部屋から出ていった。部屋を出るとき、

「あのお、あたし、大丈夫ですから」

と、小さく頭を下げた。

そうか、と言った私の声は聞こえなかったにちがいない。始め、大丈夫と言ったのは、この前の客に威（おど）されたショックはもう癒（い）えた、という意味だと思った。しかし、すぐにそれでは、時間が経ちすぎていると思い直した。

それから急に気がついた。

（あの不倫のことではないか？）

木田のことを私がひそかに調べていたのを知っていて、そんな心配はしなくていいと言っているのではないだろうか。「田口るみ」のモニターを頑（かたく）なに断わったのもそれを知り、腹を立てていたせいかもしれない。

（考えすぎかもしれない）

と思いながら、私は袋の中を覗いた。大きな新鮮そうな桃が白い樹脂製のパッキングの中で輝いている。甘い香りがふあっと鼻の先にひろがった。

真山が「田口るみビューティサロン」から戻ってきた。身体のどこかに痛みでも抱えているような表情をしている。

「×チャンネルも明日から抑えられることになりました」

(平日、遅かったよ)

私は胸の中で呟いた。

「ご主人の方はあの医者とテレビ局を告訴してやると言っていますが、私はやらん方がいいと思うのですが」

(さっきまでだったら私もそう言ったろう)

「その方がいいですよね」

(銀行員の判断としてはな)

真山は私の対応が普通ではないことに気がついた。

「本部から、何か言ってきたのですか」

「まったくあいつら、勝手なことばかり言いやがって」

私は思いきり口汚く言った。

(えっ)か、(うっ)か言葉にならない声を真山は喉の奥で発した。顔色が変わった。

「オレたちの稼ぎで食っている扶養家族のくせに」

こうなったら、真山の二倍は怒って見せなくてはなるまい。

「あいつら文句ばっかり一人前で、上の顔色ばかり見て、安全無事しか考えない」

「ダメになったんですか」

「ああ」

と真山にも怒っている口調になった。

「なんでですか。問題ないですよ」

「オレもそう言ったさ」

「一一億円ですよ」

「ふざけやがって」

「なあーんだ」

子供のように思いきり声を引っ張ってから、真山はソファに倒れこんだ。手にしていたバッグが重い音をたてて床に落ちた。真山は目を閉じている。

まだ足りない、もっと怒らなくては。

「臆病なんだよ、あいつらは。オレたちの苦労も知らずに、商売なんか放っておけば、自然に湧いてくるとでも思っていやがる……」

私は靴の先でデスクの横っぱらを蹴とばした。

音の衝撃のせいか、真山が目を開いて言った。

「何とかならないのですか」

「すまん」

私は腹の底から声を絞りだすように言った。演技ではなく自然とそういう口調になった。

「…………」

真山は黙りこんだ。顔から表情が無くなっている。

こいつは当分立ち直れないだろう、そう思うと暗澹たる気分になった。

午後になって、支店に帰ってきた平に、三嶋食品の融資稟議が本部を通ったことを知らせた。打ちのめされている真山に刺激を与えないように、こっそりと私の部屋に呼んで、

「やったぞ、ゴーサインが出た」

と言うと、平のおとなしい顔が一転して、眼鼻がばらばらになりそうなほど綻んだ。

「本当ですか」

「ああ」

私は右手を差し出し、平の肉の薄い掌を握りしめた。平も強く握りかえしてきた。

「思ったとおり少し削ってきやがったよ」

「そうですか。予め見こんでおいてよかったですね」

「あいつらのやりくちは骨身に染みているからな」

「大昭和信用金庫とは全然ちがいますよ。三友銀行の人は同じ銀行の同僚とは思えないです」

「そうかね」

「こう言っちゃあれですけれど、私たちはもっと狎れあっているって言うか、甘かったですから……」

平のしみじみした口調が私のささくれた心に優しく感じられた。彼らにとっては、三友銀行の流儀で働くことは、高校野球の選手がプロ野球でプレイをさせられるようなことなのだろう。

「さっそく、三嶋さんに伝えてくれよ」

「分かりました」

平は最敬礼して部屋を出ていこうとしたが、私は彼を呼びとめた。

「真山君はどうしている」

「自分のデスクにいましたけれど……」

「それじゃここの電話から伝えてくれや」

平は怪訝そうな顔をした。

「田口るみがこけた……真山君、当分ショックで立ち直れないよ。君の成功をいま彼に知らせない方がいいだろう。いずれ知れるにしても少しでも後がいい」

平は何か言いかけて、その言葉を飲みこみ、眩しいものでも見るように私を見た。小さな眼が精一杯見開かれた。それから「分かりました」と、うなずいて私のデスクの受話器を手にした。

三嶋がすぐに出たらしい。平の声の調子が急にオクターブを上げた。

「社長、例の件ですが、ＯＫが出ましたよ。とうとう自社ビルですよ」

しばらく嬉しそうに話してから「社長が替わって下さいと……」と言って、受話器を私によこした。

「社長、やりましたね」

「お陰さまで、ウチも一人前になれます」

いつもと似あわない丁重な口調だった。

「お陰さま、なんてことはないですよ。御社の実力です」

「いやいや、支店長のお力ですよ」

「お互い相手を立てあっていれば、無事ですな」

私が言うと、三嶋はカラカラと笑い、

「いや、まったく」

と、ようやくいつもの調子に戻った。

「これからもよろしくお願いしますよ」

「こちらこそ」

「一度、小磯君も呼んで飲みますか」

「そうですね。いまちょっとバタバタしていますので、少し先にいってからということで……」

小磯を敬遠しているようなその断わり方が、いつもの三嶋らしくないな、とふと思った。

家庭の病理

私はひろみにどう対処したらいいのか、分からなかった。

かおりに、

「あなたは飯田橋支店の子供を相手にしてればいいのよ」

などと悪態をつかれても、あの日のひろみを見れば、何かしないではいられなかった。

その後、何度かひろみに言い聞かせる機会を作ったし、朝、私が家にいられる土曜日には無理に起こして家から叩きだし、その跡を追いかけてもみたのだが、結局は学校にいかせることができなかった。

しだいにひろみは私が起こしても、布団にしがみついて起きないようになった。

始めは布団に巻きつけているひろみの細い腕を一本ずつはがしたり、頬を叩いたりした。叩かれてもひろみは口をぐいと結んで声一つあげなかったが、その傍らでかおりがヒステリックな声を上げた。
私はひろみとかおりのその姿を見て、しみじみ切ない思いにかられた。
専門家は、「あなたの家庭に構造的な病理があります」と、かおりに断定している
という。その上で、むりやり登校させようとしない方がいい、と言うのだそうだ。
私にはわが家にそんな病理があるとは思えない。わが家はごく平均的な家庭だと思
っている。私の働く時間は少々長いかもしれないが、この程度の父親の不在が登校拒
否を生むのなら、日本中、学校にいかない子供だらけになってしまう。
子供に新しい異常が発見されるたびに、日本のマスコミは父親の不在をあげつらう
が、私の子供のころ父親と日常会話を交わしたり、父親を身近に感じたりすることは
皆無だった。私だけではない、皆そうだったに違いない。父親の不在が子供の異常の
原因であれば、あの頃の子供はみな異常にならなくてはならない。
ひろみは幼いころから妙に繊細な子供だった。私はその繊細さがいまの学校の何か
を受けつけないのだろうと思うようになった。だからと言ってどういう手を打てるの
か、さっぱり見当がつかなかった。
不愉快な専門家だが、むりやり登校させない方がいいと、私も次第にそう思うよう
になっていった。

いずれ時が解決するだろう。万一時が解決してくれないとしても、ひろみもかおりも私も、その事実を背負って生きていくしかない。そのことはそんなに不幸な事態ではないかもしれない。

私がそういう考えを言ったら、かおりは、

「あなたは冷たい」

と、なじった。

「暖かい手段があるのならオレもそうするつもりだが、何かあるのか」

「それが分からないから悩んでいるのじゃない」

「だったら仕方ないだろう」

「それが冷たいと言うのよ。あなた、銀行では仕方ないなんて言ったことないでしょう」

「銀行でも同じさ。仕方ないことは仕方ない、仕事ってのは仕方ないことだらけだよ」

「嘘、うそ」

かおりはいかにも意外だという顔つきになった。

そんな会話を交わして間もなくの日曜日、悟郎が家をたずねてきた。

その日、私は得意先とのゴルフにいき、すっかり日に焼け頬を赤くし、二の腕をヒリヒリさせて我が家にたどりついた。

玄関を入った時に部屋の中から笑い声が聞こえるので、どうしたのだろうと思っていたら、悟郎がいたのだ。ひろみの登校拒否が激しくなってから、我が家には笑い声はごく少なくなっていた。

「お帰り、邪魔しているよ」

ソファに寛（くつろ）いでいた悟郎がなんだか嬉しそうに言った。悟郎の顔もかなり日焼けしている。またオーストラリアなのだろうか。悟郎を囲むようにかおりとひろみが座っていた。かおりの顔にはまだ笑みが残っているが、ひろみはいつもの固い表情になっている。

「どうした。ローンはうまくいったか」

嫌味に聞こえると思ったが、口から出てしまった。コースを回り終え風呂に入ってから飲んだ生ビールはもう残っていないはずだ。

「家は買わないと言ったろう」

悟郎の口調に不愉快そうなものはない。

「そんな意地をはることはないだろう。由美ちゃん達すぐに大きくなるぞ」

「なんとかやりくりするさ」

「お前の意地のせいで子供たちが可哀想だ」

私には半分冗談のつもりだった。

「そんなこと別に可哀想とは限らないじゃない」

私は耳を疑った。そう言ったのはかおりではなく、ひろみだった。

「ひろみは自分の部屋を持っているからそういうことが言えるんだろう。由美ちゃんにしたら、部屋が欲しいんじゃないか」

「部屋なんて……可哀想とかそういうことと関係ない」

ひろみは挑戦的な表情をしていた。

「それが全てとは思わないさ……」

「ぜんぜん関係ない」

なんでこんな風に突っ張るのだろう、と私は不思議に思った。

「おい、悟郎。何かひろみに吹きこんだんだろう」

それもちょっと緊張してきた座を和らげる冗談のつもりだった。

「あたし部屋なんていらないから、何もいらないから」

「どうしたの？　ひろみ」

ひろみの声の調子が変わったので、かおりが驚いたように言った。

ひろみは思い詰めた表情をして、つけられていないテレビの画面に切り裂くような視線を向けている。

「お父さんと叔父さんはきょうだいなんだから、ひいちゃんと大ちゃんと一緒だよ。なに言ったってどうってことないの。心配することないんだ」

悟郎がなだめるように言った。

ひろみは口を開きかけたが、唇をかすかに震わせただけで何も言わなかった。それから急に立ちあがり、居間から出ていった。

「ひろみ、どうしたの？」

かおりはその後を追った。

私は憮然としていた。怒りでもない、悲しみでもない、落胆でもない、なんだか索漠とした感情に捉えられていた。

(木田の方がまだ分かる)

唐突にそう思った。

足しても引いても、掛けても割っても、狂った計算機のようにとんでもない答えしか出さないひろみに途方に暮れた。

「大変だな」

悟郎が言った。

「……………」

「義姉(ねえ)さんから聞いたよ」

「まったくな、新聞記事でしか縁のないことだと思っていたのに」

「どこの学校でも一学年に二、三人はいるそうだ」

「どうすりゃいいんだか、さっぱり分からん」

「専門家に見せたのか」

「ああ、かおりがな」

「そいで」

「オレにもカウンセリングを受けろと言うんだが、そんな暇はとれないよ」

「半日ぐらいだろう？」

悟郎の声にわずかに非難の調子が感じられる。

「何回かあるんだよ。それにオレがカウンセリングを受けりゃ、オレも一緒にひろみの登校拒否ととりくまなきゃならないんだぜ……そんなことできるものか！　かおりに任せてどうして悪いんだ」

「ちょっとぐらい時間をとってもいいじゃないか」

「少しはオレだってやってみたんだ。そのくらいじゃどうにもならない。これ以上はいまのオレにはできないよ」

「ひいちゃんの一生の問題だぜ」

その言葉に私は絶句した。

そんなことは言われなくても分かっている。しかし、オレだってオレの目の前に、戦線を離れることのできないオレの人生を抱えているんだ。オレがどこまでオレのこの戦線に本気かどうかは自分でもよく分からない。けれどいま悟郎が「ひいちゃんの一生」と言ったものと、オレが抱えているこの戦線とは断じて断じて同じものだ。

もしかりにオレがひろみに掛かりきりになることで、ひろみが必ず登校拒否から救われ、幸せな一生を保証されるというのなら、オレもそれを選択するだろう。しかし誰がそのことを保証してくれるのだ。

オレは、たぶん最終的にはひろみが自分でこの不幸の底から這い上がってくるしかないと思っている。ひろみを怒鳴ってみて、叩いてみて、オレという人間がどれほどひろみを動かすことができるのかを胸を痛めて試した結果、オレにはそうとしか思えないのだ。一三歳のひろみはもうすでに、親といえども他人には踏み込ませない自分

る。一人の心理と生理を持っている。つまりひろみはひろみ自身の運命を生き始めてい

人は結局どこかで本気で自分と戦わなくてはならない。ひろみはきっと自分で這い上がってくれるだろう。オレは願いをこめてそう思う。

その思いが揺らがないためにも、オレは今のオレの戦線から逃げ出さず、敵の弾に身をさらし続けるしかないのだ。

「兄さん、ちょっと瘦せたんじゃないか」

悟郎は黙りこんでしまった私を持てあましたのか、話題を変えた。

「そうかな、前と変わらないつもりだが」

「今度の支店がよっぽど大変なんだろう」

「うーん、まあどこも似たようなものだよ。どうせできることしかできない……一二時間以上は働けないからな」

「凄いこと言うな」

「言うだけだ。もうそんな体力も気力もない」

「もっと偉くなれるのかい」

「さあな、もう一ランクぐらいはな」

「重役か？」

「それは無理だ。本部の部長か、もう少し大きな支店の支店長というところだ」

「重役になれよ」

「なりたくたって、簡単にはなれない」

「なれよ。義姉さんはひいちゃんを抱えてしっちゃかめっちゃかで、オレは扶養家族四人の売れないカメラマンで……兄さんがお腹の突き出ていない重役になったら面白いじゃないか」

「何が面白い？」

「バラエティに富んでいるけれど、みんな手一杯ってことさ……疲れるなあ」

お前が手一杯か、と笑いながら、私はなんだか悟郎に自分の心の内を覗(のぞ)きこまれたような気がした。


取引先からの帰り道、車が神楽坂の途中に差しかかったとき、私は思いついて車を降り、運転手に先に支店に帰るように言った。

目の前に中規模な本屋があった。店頭も店の中も勤め帰りらしい人たちですっかり混雑している。

中に入り、人の間をかきわけ教育書のコーナーを探した。文庫や雑誌が幅を利かせていて、目ざす本のありかはなかなか見つからなかった。ようやく店の最も奥に、棚の半分くらいがそういう本で埋まっているコーナーを見つけた。

「プロ教師の免許皆伝」「げんこつ親父ここにあり」「二人目が欲しいときの本」「英才児が隠れている」……目まぐるしいほど奇を衒った本の間に、「登校拒否」というシンプルな書名の本が一冊だけ挟まっていた。

その本を見つけたとき、鼓動が早くなるような気がした。私はちょっと周囲をうかがってからその本に手を伸ばし、パラパラとページを開いた。そのうちにぐんぐんとその中身に引かれていった。

精神科医の書いた本で、いくつものケーススタディが紹介されている。

小学校低学年から大学生にいたる男女の事例がとり上げてあり、年齢もまちまちで、家庭の状況もかなり多様だったが、子供がしだいに学校にいかなくなる様子とそれに振り回される親の葛藤には共通したものがあり、私は本屋で立ち読みしているということも忘れて読みふけった。私のわずかな経験でも身につまされるものがたくさんあった。かおりなら涙するかもしれないと思った。身につまされながら救われる思いもあった。皆が同じような悩みを抱えている。ウチがそれほど異常だというわけではないのだ。

その時、隣で立ち読みしていた女性と肘がぶつかり、私は読んでいた本を落としてしまった。

「ああ、すみません」

と、彼女は言い、素早くしゃがんで落ちた本を拾い私に渡してくれた。その女性と眼があった。

「木田君」

「支店長」

二人で同時に声を上げた。腰を屈めて私を上目遣いに見上げているのは木田だった。

「いま帰りかい。こんな所で会うとは思わなかったな」

本の名を木田に見られたかもしれないと、私の口調が少し慌てたものになった。

「ええ、お先に失礼させていただきます」

木田はいつものようにカラフルな服装をしていたが、化粧は私のイメージにあるほど濃くはない。

「漫画読んでいるの見られちゃいました？」

教育書の隣からレジの方にかけて漫画の棚がズラリと並んでいる。手には何やら漫画を持っている。

「こんな本を読むのか」

「ええ」

木田は、はにかんだように笑った。

「意外だね、君のイメージじゃない」

「小学校のころからまだ卒業できなくて……わたしその頃、皆にいじめられていたから学校にいくのが嫌で、よく学校をサボって家で漫画を読んでました」

「いじめられていた？　君が」

「柄じゃないですよね。でも、だから防衛的にきつくなったんだと思います」

「学校にいかなかったのか？　本当に」

「ええ今で言えば登校拒否です。あのころそんな言葉なかったと思いますが」

木田は本の名前を見たに違いないと確信した。しかし、そのことで怯むより彼女の体験を聞いてみたい気持の方が勝った。

「実は、家の末娘なんだが、この頃、学校にいくのを嫌がるんだ。どうにも困ってな。あんな本を見ていたんだ……よかったらもう少し詳しく君の話を聞かせてくれないか」

その辺りにいくつもある喫茶店の一つに入った。夕方の六時を過ぎたその時間、喫茶店はOLや若いサラリーマンで一杯だった。

二人ともコーヒーを頼み、ウエイトレスがいなくなってすぐに、私は口を開いた。

「君も時間がないだろうから、単刀直入に聞かせてもらうが……どうやったら学校にいかせられるようになるんだろうか」

「支店長らしいわ」

木田は笑った。口調もずいぶん打ち解けたものになっている。以前、私を敵視して切り裂くように向けてきた眼が、今日は穏やかな光を浮かべていた。

「親や先生にいくら無理強いされてもダメなんです。かえっていけなくなってしまいます」

「ウチのもそうみたいなんだ。だったらどうしたらいいだろう。君の場合はどうだったんだい……言いたくはないのかもしれないが」

「漫画は卒業できていないけど、そっちは卒業したから大丈夫です……私のうちにはほとんど毎朝、友達か担任が迎えにきてくれたんです。優しく、辛抱強く。それでもわたし、どうしても学校にいけなくて」

それから木田は急に言葉の調子を変えた。

「ある日、突然父がわたしを布団の中から引きずりだして、制服を着せて学校にやろうとしました。それまで一度もそんなことをしなかった父なのに。わたし、とてもショックでしたけれど、それでも学校にいけませんでした……学校という言葉を聞くだけで胸が焼けるような不安感に襲われました」

「ひろみより大変だったんだな」

「それは分かりませんよ。こんな時の子供の内面なんか誰にも分からない」

木田は怒ったように言った。

「…………」

私は少し面食らった。

「とにかくその子の内面が変わらないかぎり、どうにもならないと思います。わたしの場合も学校にいかないことでは、いつも両親に申しわけないと思っていましたが、いけなかったんです……いくようになったのはある日ある時、わたしの中に学校にいくという苦痛に耐えるだけの強さができたんです。そうとしか言えません」

「いつ、どうやって、それができたんだい？」

木田はじっと自分の内側を探るような眼をしたが、

「分かりません」と短く答え、

「自分の内側に少しずつ育っていくエネルギーみたいなものが、学校の持っている嫌な空気を打ち負かすときがくるんです」

そういった種類のエネルギーがあるのは分かる気がする。ひろみにそれが足りないのだろうか？

「ひろみにもくるかな」

「支店長のお子さんだったら、必ずくると思います」

と確信に満ちたように言った。

「その日がくるまで親はどうしたらいいの」

「……遠くから、その子が望む距離から暖かく見守るのが一番いいと思いますが」

ふーん、と私はうなずいた。木田が言っていることは私が考えていることにかなり近かった。

「家内が心理学の医者に家庭のあり方が悪いというようなこと言われたらしいが、私みたいな父親というのは、登校拒否の原因になるかね」

木田は吹きだすように笑った。

「今の子じゃ、なかなか支店長のこと分からないですね」

「娘なんだぜ」

「それは関係ないわ……でも大丈夫ですよ。遠くから見守るって、支店長、上手な気がする」

私は、このかつての登校拒否児の話を聞いて心が安らかになるのを感じた。それから急にあのことを、謝らなくてはいけないような気になった。どう切りだせばいいのか分からなかった。どう言っても謝りたい気持がうまく伝わらないだろう。

「この頃、皆よく頑張ってくれるんで助かるよ」

「……………」

「私も赴任当初は肩肘はっていたけれど、ようやく肩の力が抜けるようになった。テラーも君ががっちりと……」

「支店長」

「…………」

「娘さんきっと学校にいくようになりますよ」

失踪

部屋の中にかすかなクーラーの音が響いていた。

まだ朝の一〇時をすぎたばかりだというのに、飯田橋支店の応接室の窓からは、ペンキで彩色したような濃い青空が見える。手を伸ばせば指先にその色が着いてきそうだ。外はすでに猛暑が始まっているのだろう。

応接室のテーブルの回りには、きっちりスーツを着こんだ男たちがとり囲んでいた。

三嶋食品の三嶋和生、太田（おおた）ビルディングの副社長太田こうじ、四谷不動産の営業部長、彼が手配をした司法書士、それに私と平だった。私は三嶋以外の二人とは、それぞれ一度ずつ顔合わせをしたことがあるだけだったが、平は親しげな笑みを浮かべ、皆にペコペコと頭を下げていた。

「不動産の売買というのは本当に面倒くさいものですな」

三嶋が一同を見渡すように言った。少し緊張した表情がある。

「私どもはその面倒くさいことを日常業務にしているのだから、かないませんわ。ストレスの塊りになってしまう」

贅肉をもて余しているような営業部長が言った。まるで体が少しずつ溶け出しているかのようにひっきりなしに汗をかき、それをハンカチで拭きつづけていた。

「ストレスが多いにしては健康そうですね」

三嶋が言うと、営業部長は苦笑いをして、一同の笑いを誘った。相変わらず三嶋の大器ぶりは他を圧しているように見えた。

「私の方はストレスが多くてこんなに痩せてしまった。だから兄貴と相談してビルから手を引こうということになったんです」

太田は見る影もなく痩せていた。太田ビルの社長である兄の方は心臓を悪くして寝たり起きたりだという。副社長の太田こうじの方もどこか病んでいるかのように顔色がよくない。

「それでは、お願いします」

と営業部長に言われ、それぞれが自分の担当となる書類をテーブルの上に出した。

私は一枚の小切手を入れるには大きすぎる茶封筒の中から、一六億円の小切手をとりだした。16の後にゼロが八個も並ぶ目のくらむような数字である。もっとも帳票の上にこのくらいの数字を見ることはしばしばあるが、現金とほぼ同じ銀行の振出小切手となると、まるでよく切れる刃物を手にしているような禍まがしい気分になる。

　この小切手は太田の手に入る。その代り太田から三嶋に土地と建物の登記済み移転証書が渡される。そして三嶋から三友銀行に借用証書が渡る。

　ただの紙切れがいききするだけなのに、誰の顔にも緊張感が浮かび、その動作がぎこちなくなる。

　さすがの三嶋も、冗談一つ言わずに借用書に署名し実印を押した。

「さあ、これでよろしいですか」

　営業部長が額に大粒の汗を浮かべて言った。

　言われるまでもなく、私と平は丁寧に一つ一つの書類をチェックした。どれもきちんと要件を満たしていた。不審な点は何もなかった。一六億円の融資はわずか二〇分足らずで完了した。

　三嶋食品の一六億円は大きかったが、あと一月後に締めが迫っている上半期のノルマは、達成されそうになかった。

新規融資残高はあと五〇億円も足りなかったし、新規法人の獲得数も一〇〇口近く不足していた。

「田口るみビューティサロン」がご破算になったのは、とても痛かった。しかし、真山は私が思ったよりすぐにあのショックから立ち直り、彼にとってはいささか過剰なノルマに向かってがむしゃらに突き進み始めた。

おそらく「田口るみ」にぶつかるまでは、真山は規模の大きな仕事の本当の面白さを知らなかったにちがいない。面白さを知ったからには少しぐらいの障害に出あっても、仕事から逃げ出すことはしないのだろう。

あのワイドショーのあった翌日、真山は〝出行前〟で昼から飯田橋支店にくると連絡をよこした。平からその伝言を聞いたとき、私はもしかすると午後もこないのではないかと思っていた。

ところが、真山は昼前に私の部屋にやってきて、

「今日はサボろうと思っていたのですが、やっぱりくることにしました」

と照れたように言った。眼がかなり腫(は)れているように見えた。眠れなかったのだろうか。まさか泣いたわけではあるまい。

「あんなことがあったんだ。一日くらいサボっても大目に見るぞ」

「いいえ、サボっても気が晴れないと気がつきました」

「…………」

「雪辱戦をします。そうじゃなきゃ気は晴れません」

「それは私としてはありがたい話だな」

「大口の話になりそうなところはいくつかあります。その中から田口るみを超える数字を出してみせます」

「頼むよ」

結局のところ、大昭和信用金庫系の奴らは、これまで三友銀行流の仕事のやり方が分からなかったのだろう。真山はそのことに開き直っていたのだ。

いまだにほとんど身につかない者もいるが、少しずつやり方を飲みこんできた者もいる。どうせ三友銀行系だってそう大したことをやっているわけではないのだ。

ただ、パワーは三友銀行系の方がずっと多く持ち合わせているから、大昭和信用金庫系は大抵は後塵（こうじん）を拝してしまうが、真山のようなパワーがあれば、いずれ追いついていける。

もっとも、そんな大口を叩きながらも相変わらず真山は残業は一時間しかやらなかった。それは仕方ないと思うことにしている。それが彼の流儀なのだ。私の流儀を押しつけるほどもう私には自信がない。

その日、夕方の五時から課長会議を開いていた。ノルマを完全に達成するのは難しくても、七割五分から八割はやれそうなところまできている。とにかく残された日数で、できるだけ多くの成果を挙げなくてはならない。

田口るみのことがあった後、私は仕方なくすぐに五十嵐を訪れた。五十嵐の命令で難民キャンプの本拠地にきたというのに、いつのまにか補給線が絶たれてしまうような不安感があった。

本部の役員室ではなく、日曜日に五十嵐の自宅をたずねた。五十嵐は休みの日に腹心が仕事を持って私宅を訪れるというような、汗臭いことを喜ぶ男なのだ。

「おう、きたかきたか」

五十嵐は私が五十嵐の権威に服して姿を見せたことを喜び、私の肩を抱くように応接室に招じいれた。成城学園前(せいじょうがくえんまえ)の駅から一〇分とかからない、閑静な高級住宅街に建つ贅沢な屋敷の金のかかった一室である。三友銀行の副頭取ともなれば違うものだ。

「先日は、私の判断ミスで暴走してすみませんでした」

私は五十嵐の喜びそうなセリフを言ってやった。

「まあ仕方がないさ。君にしてみればあそこは頑張りどころだったんだろう。現場にいれば突っ張ってみたくもなる」

「恐れ入ります。副頭取のご理解があるので、ちょっと甘えてしまいました」

「済んでしまったことはもういい」

「恐れ入ります」

「このままでいってくれれば、須崎よりはかなりいい結果が出る。君に特命をだしたオレも顔が立つというものだ」

「そう言って下さるのはありがたいのですが、最初の予定数字まではとても」

「そこまでいくはずがないだろう。あれはあくまで目標だ。ワシは最初からそう思っていたよ」

「…………」

「あの数字の八割やってくれればいい」

その言葉を聞いて（しめた）と思った。八割ならまったく手が届かないわけでもない。

「それで十分に君の役目は果たしたことになる。そうしたら今度はこんなに手のかからない次の舞台を用意してやる。もう一つ上のランクに上げてやるからな。奥さんだって支店長夫人どまりではもの足りんだろう」

五十嵐はそう言って、身内意識を強調してみせた。ありがとうございます、と頭を下げてはみたが、そう嬉しい気はしなかった。それどころかどこか屈辱的な気がした。


テーブルの回りには真山と大城、預金課長の三宅庄司、貸付課長が座っているが、平はまだ出先から戻っていない。

定刻を五分すぎている。神経質な平には珍しいことだった。

「支店長、始めてしまいましょうか」

真山が言った。終わりの時間を気にしているのだろうか。

「そうだな。そうするか」

私も時間を無駄にするのは趣味ではなかった。

「それじゃあ、配った資料の一ページ目をみてくれるかい。これが八月末までの飯田橋支店の実績です。どの数字も目標より三割前後、低くなっている。あっ、給振りだけ一〇〇パーセント達成しているな。これは三嶋食品さまさまだ」

真山や大城は私の軽口に苦笑した。ライバルの平の手柄にそんなに心を開くわけにはいかないのだろう。

「中間決算では去年より少しはいいところまではいきそうだ。君らもようやく合併後の体制に慣れてくれたようだな」

そう言いながら、私は五十嵐から聞いた「目標の八割までいけばまあよし」という言葉を皆に伝えるべきか否かを、ちょっと迷ったが、内緒にしておくことにした。あと一ヵ月、彼らに入れるムチの音が鈍ってはうまくない。

「いよいよ胸突き八丁だ。オレがここを首になってどこか問題支店にやらされるかどうかは……もちろんその時は君らだってその近所にいくんだぜ、この九月をどう戦うかにかかっている」

三宅が怪訝（けげん）な顔で口を開いた。

「あの、三友銀行にはそんな支店があったでしたっけ？」

一同が失笑した。

「馬鹿だな、三宅。支店長は冗談を言っているんだよ」

真山がたしなめた。言いながら真山はもう一度吹きだした。

「なんだ、変だとは思ったんですが、大昭和信用金庫の方にはそんな物騒な支店はありませんが、三友銀行の支店を全部は知りませんので」

「いや三宅君が正しいんだ。半分は冗談のつもりだが、もう半分は実際に可能性がある。三友銀行には問題視されている支店もちゃんとあるんだぞ……」

三宅の顔から照れ臭そうな笑いが一瞬にしてかき消えた。

「我々も転勤になるのですか？」

「それはありうるさ……まあ、私がふっとばされる可能性の一〇パーセント程度だろうがな。銀行から給料をもらっているんだ、転勤はいつだってある。嫌だったら辞めるしかない」

テーブルの回りに白けた雰囲気が漂った。私も言いすぎたと思った。私の胸の中にしまっておけばいい言葉だった。

「とにかくノルマの残りを振り分けるとするか」

私は白けた雰囲気を払いのけるつもりで明るく言った。

しかし、その場の固い雰囲気はさらに募った。大城までが固い表情になっている。

三宅は落ち着かなくキョトキョトと視線を左右に動かしている。すぐに気がついた。

ノルマの残りはあまりにも大きすぎるのだ。それをそっくり振り分けると、どの課も途方もない数字を担がなくてはならない。

「どうだい、真山君。君はどのくらいいけそうだ」

　真山は小さく吐息をついた。

「……ちょっと厳しすぎますよ」

「難しい数字だというのは分かっているさ。でも最初から白旗をあげてしまうのか。もう諦めるのか」

「しかし、とても……最初の時点のノルマを果たすだけで、精一杯ですよ。ノルマの遅れた分を上乗せするなんてとても……」

「残りの半分はオレがやる、その後をみんなでやってくれ」

　大城が資料の上に落していた視線を私の方に向け、まじまじと私を見た。私の提案がいかにも無謀な大風呂敷に聞こえたのだろう。

　しかし、そうでもないのだ。

　私の頭の中にはまだ最後の手段が残されていた。新川支店にいた最後の半年間、私はバブルの臭いのするいくつかの大きな取引先を切り捨てた。その中に二社ほどましな企業があった。とくに良質のマンションの在庫を持っているM不動産とAハウジングは、マンションが動きだせば、順調に立ち直っていくだろう。半月ほど前から、この二社と話をつければ、一時しのぎにノルマをこなすことができるのではないかと考え始めていた。

あるいは本店営業部の扱いの中から、五十嵐が担当している分を数字だけ飯田橋支店に回してもらうことができるかもしれない。五十嵐にしても表面だけの辻褄あわせだって、私が彼の特命を果たしたという名分を得た方がいいにちがいない。

「支店長、大変すぎませんか」

大城が言った。

「とにかくやってみるさ」

「これまでの分だってかなり積み上がっているじゃないですか」

「仕方ないだろう。肉を斬らせて骨を断つしか方法がない」

私がそう言ったとき、会議室の電話が鳴った。

三宅が出て、一言二言いってから、

「支店長、平課長です」

と、私に受話器を渡した。今頃までどこで何をしているんだ、と私は腹立たしい気分になった。

「はい、私だ」

「支店長、とんでもないことになりました」

平の声が震えている。

「なんだ？」

「三嶋社長が消えました」

「消えた？　どういうことだ」

「いなくなったんです、どこにもいないんです、三嶋食品の社員の人たちも大騒ぎしています」

「何か事故でもあったんじゃないか」

私は三嶋がどこかで交通事故にでも遭い、意識不明のまま救急車で病院に運ばれたことを思い浮かべた。

「そうじゃないんです。川島経理部長が言うには、昨夜から連絡がとれなくなって、今朝、家を訪ねたら奥さんもいないし、社長室からも社長の私物がきれいになくなっているというのです」

「どういうことだ！」

私は思わず立ち上がっていた。テーブルの回りの視線が一斉に私に向けられるのが分かった。

「やられたんじゃないでしょうか」

頭の中が空白になった。

「それで、心配になって太田ビルにもいったのですが、太田副社長もいないんです」

「おい、そんな馬鹿なことがあるか」

「太田副社長も今朝から行方が分からないということです」

「あいつは、あの不動産屋のあいつは」

「四谷不動産にも連絡を入れたのですが、あの営業部長はちゃんといました。彼にはまだ何も話していません」

私は身体中の力が抜けるのを耐えながら、

「三嶋食品の社員たちは三嶋さんを探しているのか」

と、聞いた。私の態度が異常なのに目を見張っていた真山たちは、三嶋の名前が出た瞬間、互いに顔を見あわせた。

「ええ、社長室をひっかき回して何か手がかりはないかと、調べています」

「君いまどこにいるんだ」

「三嶋食品のすぐ近くの公衆電話です。中では掛けられそうもない雰囲気でして」

「オレもいこうか、いやこれからすぐいくから待っていてくれ」

私はこれ以上電話で悠長な話なんてしていられない気になって電話を切った。課長会議は一時、中断だ。

「何があったんですか？」

真山が聞いた。

「三嶋食品の社長が行方不明になったと言うんだ。太田ビルの副社長もどこにいったか分からない」

「どうかしたんですか」

ここに出席しているメンバーは皆、三嶋食品と飯田橋支店との取引きについては知っている。

「さっぱり分からん。とにかく私は三嶋食品にいってくる」

「私もいきましょうか」

真山が言った。

「いや、私一人でいいよ。平君がいっているのだから、そんなに大勢で押しかけたんでは物々しすぎるだろう」

三嶋と太田の二人が揃っていなくなっているとすれば、あのビルの売買の案件がおかしかったことが疑われる。

私にはいくつかのケースが想定できた。しかし、そうした可能性を排除するために平が膨大な条件を調べ上げ、三日前のあの朝、さらに司法書士も加えて、必要な全ての書類を舐めるように点検したのではなかったか。そして書類にはなんの不備もなかった。

「それより真山君。今からオレの部屋にいって三嶋の案件の書類を渡すから、どこかに不備があるかどうか、徹底的に調べてくれないか。ああ大城君も一緒に手分けをして見てくれたまえ」

「…………」

真山は唇を結んでうなずいた。


車がビルの前に停まると、私はドアを乱暴に開けて表に飛び出した。

辺りには夕闇が漂い始めていた。ビルの傍らの街路樹のどこかに止まっているのだろう、セミの声がすぐ耳元で聞こえ、そのけたたましさが私の内心の苛立ち（いらだ）ちをかきたてた。

私はビルの玄関を駆けぬけ、階段を二段ずつ飛び上がるようにして、これまでに二度訪れたことのある社長室へと向かった。

途中で何人かの社員と覚しき人にすれ違ったが、誰も社長がいなくなったという変事に動揺しているようには見えなかった。

三階の社長室まで行って、ドアをノックした。

「はい」

という声と共にドアが中から開けられた。

「ああ、支店長」

開けたのは平だった。床に足を踏みしめていないような落ち着かない様子をしていた。

部屋の中には経理部長の川島と総務部長をやっている専務とがいた。書類棚やロッカーが開けられ、デスクの上に書類やノートがうずたかく積まれていた。

二人は私が入ってくるまで、部屋の中をひっかき回していたらしい。私の顔を見ると照れたように、

「どうもご苦労様です」

と、言った。

「まだ社長の行方は分からないのですか」

「ええ、本当に弱りました」

総務部長が疲れた口調で言った。三年ほど前、三嶋食品が急速に業績を伸ばし始めたときに、ある総合商社を定年退職して、ここの総務部長になったという男だ。

「何か心当たりはないのですか」

「それが……私は社長を信じきっていましたから、こんなことになるなんて」

総務部長がこう言うのは無理もあるまい。私とて三嶋には絶大な信頼を置いていたのだ。あのさわやかな笑顔、あの巧みな弁舌、そしていくつもの困難を乗り越えてきた波瀾万丈の青春時代、誰だって信頼せずにいられない。

「何か事故に遭ったという可能性は……」

「家に奥さんも居ませんし、社長室からも社長が気に入っていた私物がなくなっていますし……」

経理部長はデスクの前に座り、積み上げた書類を一枚一枚点検し始めた。

「警察に届けたのですか」

「いいえ、まだ実情ははっきりしませんし、二、三日よく調べてからにしようと思っています」

それを聞いて私はほっとした。こうした事件はウチでは本部がどういう処置をするか検討することになっている。検討結果によっては、被害が大きくても警察に届けないことだってありうる。

「自宅の方は誰かいっているのですか」

「ええ、私もいきました。しかし、カギが閉まっていますから、中を調べるとなると、それこそ警察に届けないとなりません」

「じゃあ奥さんは行方不明かどうか分からないでしょう」

「しかし、昨夜からずっと電話をかけているんですよ」

「一人で実家に帰っていることだってありうる」

「まあそりゃそうですが」

その時、デスクの上の書類を調べていた川島が顔を上げて言った。

「専務、こんなものがありました」

川島が差し出したのは、一束の書類だった。

「なんだい？」

「街金（まちきん）からの借用書の写しです」

「なんだって！」

総務部長だけでなく私も大きな声で言ってしまった。

総務部長はその一束を受取り、中の一枚を私に手渡した。私はひったくるように受取り、その用紙を睨みつけた。

　金額は二〇〇〇万円、金利は年二〇パーセント、借用期日は五月三一日、相手先は新東京ローンとなっている。そのオーナー社長が表社会と裏社会の接点にいる男として、時々週刊誌などで取り上げられる、いわくつきの金融会社である。借用期日の五月三一日は私が三嶋と知りあった直後である。私は胸騒ぎがしてきた。

「全部でいくらになるんですか？」

　総務部長の手許を覗きこみながら言った。

　総務部長はちょっと指を舐め、用紙をゆっくりとめくりながら、デスクの端に乗っていた電卓を叩いた。

「七口ありまして、一億五〇〇〇万円あります」

「みんな新東京ローンですか」

「ええ」

　私は平の顔を見た。平は土気色になった顔を力なく左右に振った。

「これと合わせて一億七〇〇〇万円」

　私は溜息を漏らした。

「お二人とも、このことを知らなかったのですか」

「ええ」

「もちろん」

二人は脅えたような声をだした。

「私もお手伝いしますよ」

私は川島の向い側に座り、デスクの書類に手をかけた。


平も手伝うと言ったが、それは断わった。平では重要情報を見逃す心配がある。

「平君は太田ビルの社長に事情を話して、副社長の足取りを探してみてくれ」

「自宅で療養中ですが」

「家にいけばいいだろう」

「………」

「遠慮している場合じゃないよ」

「私、一度もお会いしていないのですが」

「そんなこと構うものか」

社長の肩書は名ばかりにして自宅で寝ていようと、弟の行方不明について何らかの心当たりがないはずはないだろう。

平がその部屋を出ていってから、私は書類の山にとりかかった。

英語やフランス語で書かれた、多分、商品説明と思われる洒落たパンフレット。もっとも英語の方からおぼろげにそう知れるだけで、もう一方は字体でフランス語と分かるが、なんて書いてあるかはまったく分からない。パリに置かれている代理店とやりとりした手紙、まったくプライベイトらしい手紙も混じっている。日本国内の販売網を拡充するための企画案、販売用パンフレットのデザインプラン。どういうわけか、四百字詰めの原稿用紙があり、そこに詩らしきものが書かれている。三嶋は詩人だったのだろうか。その他、種々雑多な書類、メモ、資料……。

私はそれらの束に斜めに目を通しながら、かなりのスピードで片端からめくっていった。きっと何か三嶋の行方不明の原因が分かる材料が出てくると思った。少なくとも新東京ローンから一億七〇〇〇万円もの借金をした理由は分かるのではないか、と。

しかし、めくれどめくれど、それらしいものは何一つ出てきはしなかった。

「ダメですな」

三〇分ほどで一通り見てしまうと、総務部長は溜息まじりに言った。私も時間を無駄にしているような気になった。

(三嶋を探すもっといい方法があるのではないか)

焦る気持が生じた。

「お二人とも、社長が二億円近い借金をしているのに、何も気づかなかったのですか。そんなこと考えられないでしょう」

私は責めるようにそう言った。二人はちょっと臆病そうな表情を見せただけで、何も言おうとしない。

「それだけのお金を何に使ったのか、分からないのですか」

「…………」

「取り立て人がやってくることもなかったのですか」

二人とも途方に暮れた顔をしている。三嶋がいなければただのデク人形なのだ。

「そう言えば」

と、川島が言い出した。

「見かけない客がつい最近、社長を尋ねてきましたが……しかし、あれが新東京ローンと関係あるかどうかは」

「いつごろですか」

「二週間ほど前だったと思います」

「三嶋さん一人で応対したのですか」

「ええ、社長は私には紹介しようとしませんでした」

「と言うのは」

「本人も名乗らなかったし、社長もその人をそそくさと社長室に案内してドアを閉ざしましたから」

私は川島の話を聞きながら、それだけじゃ判断のしようがないだろう、と腹の中で悪態をついた。そして手の方は、未練がましくデスクの書類をいじっていた。

代理店からの手紙の文面を目が追った。毎月送ってくる業務報告らしい。いかにも型通りの報告がされている。

私は川島の話と文面とに半分ずつ気をとられている。手紙をパラパラとめくっているうちに、こんな文面に出会った。

――ロイヤル商会及びドレーヌの販売代理権につきましては、その後、鋭意交渉を進めておりますが、東西商事はすでに両社の合意を得ており、当社が巻き返す余地は、ごくわずかしかないものと思われます。三嶋社長にはぜひもう一度当地にこられ、現状打開の強力な応援を期待いたします。

「ロイヤル商会ってのは、おたくの取引先でしたね」

「はっ」

川島は話の腰を折られて素っ頓狂（すっとんきょう）な声をあげた。

「ああ、ロイヤル商会はイギリスの食品会社です。いくつもの食品メーカーの海外販売権を持っていまして、ウチのイギリスにおける命綱のような存在です」

「ドレーヌは」

「フランスの、同じような代理店です。これはフランス国内だけでなく、ドイツ、オランダ、デンマークなどＥＣ域内に幅広く力を持っています」

「それじゃここに書かれていることは、お宅にとっては良くない情報ですね」

私は総務部長に手紙を見せた。それにしばらく目を通してから、総務部長は言った。

「この件はうまく解決できたのです。なあ川島君、そのために社長がパリに飛んで」

そこまで言ってから、

「あれ、おかしいぞ。もう一度というのはどういう意味だ？」

と、手紙のシワを伸ばした。

「どういうことですか」

「いや、この問題はかなり前から起きていまして、契約問題がどうにもならなくなった去年の暮れに、社長がパリのわが社の代理店を尋ねて、それですべて解決したはずです。ですから、もう一度というのはいったい何のことだか分からない。社長はすっかりうまくいったと喜んでいたのです」

「…………」

「これは変だな」

手紙の末尾を確認した総務部長が言った。

「日付が五月一一日なんかになっている。この時点ではとっくに解決していたはずなんだから」

五月一一日、私が小磯に紹介されて三嶋と会った半月ほど前である。私が初めて会った日の三嶋はいかにもゆとりありそうに見えた。

「この二つの食品商社との代理店契約が切れるとお宅の事業はどうなりますか」

「それは仕事になりません。すくなくとも規模をうんと縮小しないとやっていけませんな。ウチの年商の半分以上はこの二社を経由してくるのですから」

すると三嶋は規模の縮小を見極めながら、自社ビルを保有するなどという無茶な選択をしたことになる。

結論は明白だ。三嶋はビルを買う積りがないのに、ウチから一六億円の金を引出したのだ。

しかし、あの小切手は太田の手許に渡っている。どういうメリットが三嶋にもたらされるのだろうか。

あの不動産売買のどこにインチキが仕掛けられていたのだろうか。三嶋と太田とはグルなのか。

そういう疑問が次々と脳裏をよぎった。身体中の血液が激しいスピードで回り始め、耳がかっと熱くなった。

「どうなっているのか、すぐに向こうの代理店に確かめてくれませんかね」

「しかし、それは社長がやっていましたので……」

「営業で分かる人がいるでしょう」

「今日はもう帰ったと思いますが」

総務部長が腕時計を見ながら言った。私も自分の時計を見たが、まだ七時にはなっていない。この会社では社長が行方不明だというのに、営業部員がこんなに早く退社してしまうのか。

私は平のあとを追って太田の自宅を訪れようと思った。この二人を相手にしていてもらちが明かない。太田の兄に聞けばある程度のことは分かるにちがいない。私はデスクの前から立ち上がった。

その時、積み上げた書類の下になっていた電話が鳴りだした。川島が書類をよけて受話器をつかんだ。何枚もの紙片が宙を舞って床に落ちた。

「はい、いらっしゃいますよ」

川島がそう言ったとき、私は平の電話に違いないと思った。

「お宅の真山さんです」

意外な気がしたが電話に出た。

「支店長、いま平君からこっちに連絡がありました。自分からは支店長にお話しできないと言っていまして……とんでもない事態になりました。太田ビルの社長は、あの敷地もビルも売る予定なんかないと言ってるというのです」

「なんだって」

半ば予想はしていた事態だが、部屋を響かせる大声になった。

「それはどういうことだ」

言いながら今度は一転してすっと頭から血がひくように冷静になってきた。川島と総務部長が好奇の目で私の横顔を見ているのも、よく見えていた。

「弟にビルを売る権限を任せたりしていない、会社の印鑑も社長が保管しているということです」

「しかし、あの書類には……」

「あの後、あの売買の書類をすっかり点検して見ましたが、私の見たかぎりではすべてきちんとしています。もし平君が言ってきた通りとすると、書類が巧妙に偽造されているとしか思えません」

「偽造？　まさか、司法書士まで現場にいて何もかも確認しているのだぞ」

「たしかに偽造には見えませんが、それしか考えられません」

「平君はまだ太田さんのところかい」

「いいえ、こっちに電話をしてきたときはもう外の公衆電話でした。話をし終えると、いきなり電話を切ってしまいました。話の合の手のように、支店長に申しわけないと言ってましたので、帰ってこられないんじゃないかと、ちょっと心配になります」

(馬鹿な奴だな。平一人が悪いわけじゃないのに)

私が始めに思い浮かべた悪い想定が少しずつ現実のものとなっている。なんだか底なし沼にでも足を踏みいれ、最初は高をくっていたのに、しだいに深みに引きずりこまれていくような気分がした。

この後どう解決がつこうと、かりに一六億円をすっかりとり返せようと、少なくとも三友銀行における私の立場は無事ではすまないだろう。

「私はこれから三嶋の家にいってみる」

「気をつけて下さい」

「何を気をつけるんだ？」

「あっ、いえ、なんだか心配になったものですから」

「馬鹿言え……それより平君は気になるな。自宅でもどこでも、考えられるところに片端から電話を入れてみてくれ。連絡が取れたら、全部オレがうまくやるから気にするなと、伝えてくれ」

車は甲州街道を西に下って、調布のインターを越えて間もなくの細い道を左に折れた。

「おい、大丈夫かい」

「ええ、この地図のとおりに道路が走っていますから、大丈夫でしょう」

運転手は総務部長が書いてくれた地図を片手に握りしめて、それごとハンドルを握っている。

私は腕組みをして、シートに深く腰かけた。頭がじんじんしている。時刻はまだ七時半をすぎたばかりだ。

やがて、「この辺りのはずですが」と、運転手が車を停めた。停めた位置に電信柱があり、眩しいような街灯が辺りを照らしだしていた。

住宅街の真ん中である。閑静な、と形容するにはいささかくたびれたアパートや小さな傾きかけた家が多かった。あの三嶋の颯爽（さっそう）としたイメージにふさわしくないような気がした。

私と一緒に運転手も車を降り、住所のメモを見ながら、三嶋の家を探し始めた。小さな家の間にところどころ、新築の大きな家があった。たぶん、この数年のバブルのせいでこんな街並みができたに違いない。

「ああ、これですね」

運転手が言った。彼の立ち止まったのは新しい大きな家の前だった。二階建ての建物全体が洋風の一風変わったデザインとなっている。

そして普通よりずっと窓の多いその家には、まったく明かりが見えなかった。両隣は一階からも二階からもオレンジ色の明かりが溢れだし、そこに住む人の団欒をうかがわせたが、三嶋の家は半ば闇に溶け込み、まるで立ったまま死んでいる大きな怪獣のようだ。

私は門に近づき、表札を確認した。たしかに三嶋和生とある。

「どうだい、誰もいないように見えるかい」

「ええ、シンとしていますね。一〇年も前から留守のようです」

「本当に留守か居留守か確かめたいんだけれど、どうしたらいいだろう」

私はすでに日頃の行儀のいい銀行支店長ではなくなっていた。

「あたしの子供のころ、人の家にボールが入るとよく塀を乗り越えてとらせてもらいにいったものですよ」

「それは私も同じだ」

「ここで二人でキャッチボールをやればいいんじゃないですか」

「そして、私が君の高めの剛速球をエラーしてしまう」

「球はこの塀を越えて、三嶋家の庭に飛び込んでしまう」

二人で代る代るそんなことを言いながら、門の扉に手をかけ、押してみた。なんと一度ですっと開いた。

私と運転手は顔を見あわせた。運転手の顔に得意げな笑みがある。

「ちょっと中を見てくるから、この前で見張っていてくれないか。誰かここに入ってくる人がいたらクラクションを鳴らしてくれ」

「いや支店長、あたしがいきますよ」

「いいからいいから、私が責任者だ」

私は家の中に忍びこむつもりだった。そうすれば彼の行先が分かる何かが見つかるかもしれない。運転手には事情をごくわずかしか話していないのだから、そんな乱暴なことを頼めるはずがない。それに一六億円の融資に大失敗をした銀行支店長が、今さらわが身の安全無事を考える必要はないのだ。

「二〇分経っても出てこなかったら、入ってきてくれ」

そう言って私は中に入り、扉を元通りに閉めた。

門から玄関までは三、四メートルしかない。竜の首をかたどったノブが玄関のドアについていた。それを思いきり引いたが今度はビクともしなかった。

玄関の左に竹でできた小さな扉があった。ここを抜けると庭に出ると見えた。

扉の向こうは思った通り庭だった。街灯の光が高いブロック塀に遮（さえぎ）られて、どんな庭なのかさっぱり分からない。私は足の裏で足もとを確かめながらゆっくりと歩いた。

あっ。

何かに足をとられて転びそうになったが辛うじてこらえた。しゃがみこんで足にかかったものを見ると、ゴルフバッグが横たわっている。こんなものがここにあることも異変の一つである。逃げ出すとき慌てて荷物をまとめていて、とり落したのであろう。

それから家に近づき、どこか忍びこむところはないかと、暗がりの中で目を凝らした。

この家の窓には頑丈そうな雨戸がついていた。音を立てず、こじ開けて中に入るのはなかなか大変だろう。

家の壁面を眺め回しているうちに、二階の端の部屋には雨戸がないことが分かった。あそこからなら窓ガラスを破って中に入ることができる。一階の屋根までは隣家との境の塀を使えば上がれるだろう。

内心にためらうものがあった。家宅侵入罪という言葉が頭の中をちらちらした。しかし、三嶋の家の中に入らなくてはならないという気持の方がずっと強かった。早く彼の行方を突き止めれば何とかなるという気もした。

私は靴も靴下も脱いだ。さらにスーツの上着を脱ぎ捨てた。それから塀の上部に手を掛け、足の裏で塀の壁面を踏み、徐々に身体を上に引き上げた。右足を塀の上に乗せぐいと力を入れると、次の瞬間、身体は塀の上にあった。ワイシャツの下で汗が急に吹き出すのが分かった。息が荒くなっている。子供のころには何度もこんなシーンを演じたことがあるが、今でもできるかどうか半信半疑だった。

息を整えながら、隣家の様子をうかがった。幸いこちらの側には明かりはついていない。

腕を伸ばして屋根との間合を計った。ようやく手が届くくらいの距離がある。飛びつかないと屋根には乗れないだろう。やれるだろうか。

深呼吸をして、えいっと小さく声をだして飛んだ。みしっという音がしたが、私は屋根の上に移動していた。

窓ガラスを割るには肘鉄砲を使うしかないと思っていた。ガムテープでもあれば、大きな音がたつのを防げるのだがやむを得ない。

身体を壁に寄せ肘を窓ガラスに当てた。音で近所の人が気がつくかもしれないと不安が襲った。しかし、もう後戻りのできない心境になっていた。

その時、ガラスがスルリと滑った。

（何だ）と気が抜けた。

カギが掛けられていなかったのだ。

ほっと溜息をつき、窓を開けた。それからゆっくりと暗い部屋の中に入りこんだ。三嶋が闇の中に隠れているような気がした。

一階の居間から見ていこうと思っていた。生活の中心だったところに生活の変化のシグナルも出ているはずだという気がした。

途中で壁にスイッチがあるのに気づき、弾くと階段に明かりが点った。

階段を伝って下の階に降りた。家の中の視界を閉ざしている闇が恐かった。まるで子供のころに便所にいくのが恐かったのと同じような恐怖感が、身体を震わせた。三嶋が隠れていて危害を加えることを恐れるのではなく、幽霊が出てくるのを恐れるような不可解な恐怖感だった。

居間と思われる部屋で明かりをつけたが震えは収まらなかった。

広い部屋だった。大きな本棚、大きなテレビ、ピアノ、サイドボード。ソファが四脚、その中央に厚いガラスばりのテーブル。部屋の隅々まできれいに整理されていた。

いつもこんなに片づいているのか、失踪する前だからこうなのか。子供のいない家は案外こうなのかもしれない。

テーブルの片隅に数葉の紙切れが束ねてあり、その上に重石がわりにクリスタルの灰皿が乗せてある。

その紙切れに手を伸ばした。新聞屋の領収書とガスの検針表。どこかの電器屋のバーゲンセールの案内ハガキ。かぜ薬の効能書き。新聞の切り抜き、これはなにかヒントになるかと記事の中身を確かめたが、イワシの酢漬けの作り方だった。それから一葉の写真、三嶋がモデルのようにきれいな女と写っている。たぶん、奥さんなのだろう。それですべてだ。私はふと思いつき、その写真をポケットに収めた。何かの役に立つかもしれない。

本棚は下の半分が引出しになっていて、本を入れるべきスペースの下段に電話が置かれている。

電話の脇にメモ帖があった。それを手にとって書かれている文字を見た。走り書きなのでなかなか読みにくい。

9：30　かのうさん　入手ＯＫ
一枚目の文字はそう読める。女の書体のようだ。奥さんが書いたのだろう。かのう、とは誰なのだろうか。何を入手したのだ。

ページをめくってみる。

かたくり　1カップ　砂糖小サジ一杯

これは明らかに料理のメモである。かのう、というのも奥さんの料理友達かもしれない。

ふと思いついて、受話器をとり上げ、プッシュボタンを押した。いないかもしれないと思ったが先方がすぐに出た。三嶋食品の社長室に掛けたのだ。出たのは総務部長だった。

「ああ、片岡ですが、つかぬことを伺いますが、社長の交友範囲で、かのう、という方がいますかね」

「さて、私は……」

と言ってから、総務部長は川島君、と部屋の中に向かって問いかけ、

「川島君も知らないと言っています」

すまなそうに答えた。

「どうです、やっぱり社長はいなかったでしょう」

のどかな声を聞いてむかっとした。今オレがどこにいるか想像もできまい。知らせてしまいたい誘惑に駆られたが我慢した。

電話を切ってからさらにメモをめくった。やがてこれはほとんどすべて奥さんに関わるメモだと分かった。料理教室にでもいっているのか、料理法のメモが多く出てくる。

中に時どき男の文字があって、7/13　19：00 神楽坂とか、8/7　20：00 六本木などとなっている。誰かと会う約束をメモしているのだろう。約束が三嶋のものなのか奥さんのものなのか見当がつかない。

その時、ふと閃（ひらめ）くものがあった。いなくなったのは三嶋だけではなく、奥さんも一緒なのだ。三嶋は用意周到に会社の部下たちにも知られずこっそりといなくなったが、奥さんの方はそういかないだろう。女は引っ越すとき、近くの友人との別れを惜しむものだ。料理を教えあう仲間に何か手掛かりを残しているかもしれない。

もう一度最初の一枚からメモを見直した。

あった。誰のものかは分からないが、奥さんの字で書かれた電話番号が。

私はためらわずその番号に掛けてみることにした。

「はあい――です」

柔らかい女の声が電話口に出た。名前は聞きとれなかった。

「もしもし、私、三嶋の父ですが、いま久しぶりに娘の家を尋ねたのですが、留守でして、家中誰もいないんです。電話番号簿にあなたの名前が載っていたので、お電話したのですが、行先をご存じないでしょうか」

喉を締めて声を作った。田舎から出てきた父親ならこんなものだろう。少し奇妙に思われるかもしれないが、うまく行かなくても元もとだ。

「ああ、お父さまですか、いつも恭子さんにはお世話になっています。恭子さん海外旅行にいらっしゃるように言っていましたが、まだ先かと思っていました。もういかれたのですか」

「海外旅行ですか。あの子は何にも話してくれなくて、本当に困ってしまう……どこにいったのですか」

「そこまでは聞いておりません。なんだか、まだ先だからなんておっしゃって、内緒にしているようでした」

「そうですか、どうもありがとうございました」

そう言って電話を切った。先方が疑わしく思い始めるぎりぎりのところだったろう。

電話を切ってすぐに私は本棚に目を走らせた。外国にいくことが予め分かっていたのなら、女はその地の旅行案内を買いこんで事前に読みふけるものだ。いや、女は、と一般化はできるかどうかは分からない。しかし、かおりはいまだに伊豆辺りへいく小旅行でもそうしている。

最近のベストセラーの小説の多い本棚だった。小説などを読むことは滅多にない私も、タイトルくらいは聞いたことがある本が並んでいた。

電話のすぐ上の棚に目指すものがあった。目を疑った。「フィリピン」「フィリピンの旅」と二冊のフィリピン関係の本が、隣りあっていた。

(フィリピンだ、奴らフィリピンへいったんだ)

・

私は飯田橋支店に電話をした。

フィリピンへの航空便の時間を調べてもらおうと思ったのだ。まだ間に合うなら、成田で三嶋を捕まえてもらう方法があるかもしれない。

八時を五分すぎたところだ。この時間なら大城がいるだろう。いや今夜はもっと大勢が支店に残っていて、私の連絡を待ちわびているかもしれない。

電話の呼出し音が鳴っている。しかし、誰も出ない。自然とその数を数えてしまう。六つ、七つ、八つ……。

一五個目が鳴りかけたところで私は受話器を置いた。

何てことだ。もう皆、帰ってしまったのだ。私が一六億円を詐取したかもしれない、いやそうに決まっている三嶋を追って、泥棒のようにその留守宅にまで忍びこんでいるというのに、部下たちはその首尾も確かめないうちに、そろって帰宅してしまったのだ。

身体の力が抜け、私は部屋の中央のソファの上に座りこんだ。

(私は何のためにこんなことをやっているのだろうか)

疲れが体中に拡がっていく。私は疲れの大海原の中に一人とり残された時代遅れのみじめな企業戦士だ。

しばらくその疲れの大海原に身をゆだねていた。一六億円のことも、三嶋の家に忍びこんでいることも頭から消え去っていた。私の頭の中はすっかり空白だった。その空白の奥に悲しみに似た気分が霧のようにかすかに立ちこめていた。どのくらいそうしていただろうか。

おい、片岡がんばれ、片岡がんばれ。

どこからかそういう声が聞こえた。

ふっとわれに返った。幻聴だったのだろうか、それとも私自身でつぶやいた言葉なのだろうか。

「がんばれ、片岡支店長」

今度は意識して、声に出して言ってみた。ガンバレ、カタオカ。誰も待っていなくともオレは立ち上がらなくてはならない。立ち上がってこの家を出ていき、もう日本にいないかもしれない三嶋の後を追わなくてはならない。

オーストラリア

疲れの海の水をたっぷり吸いこみ、重たくなった布団のような体を引きずって我が家にたどりついたのは一一時をすぎていた。

私はすぐに二階に上がらず、スーツのまま居間のソファに腰を下ろした。着替える気にならなかった。

「おい、水割り作ってくれないか」

「あなた、すごい疲れた顔している。早く寝たら」

「一杯だけだよ」

そう言って目を閉じ肩で息をしていると、テーブルの上にコトンとグラスの置かれる音が聞こえた。

一息で三分の一ほどを飲んだ。快い刺激が舌を伝い、喉を伝い、食道を伝い、胃の中が少し熱くなり、それが体中にじわっと拡がった。疲れが和らいだのか、いっそう増したのか、よく分からない。

「大丈夫？　あなた」

「まったく世の中馬鹿ばかりでな」

「顔色が悪いわ」

「オレもくたびれる」

私はもう一度グラスを口に運んだ。

「あのね」

と、かおりが語りかけてきた。

「悟郎さんがつぎの撮影にいくとき、ひろみをオーストラリアに連れていってくれるというの。どうせ学校にいかないんだし、広い草原でも見たら人生観が変わって、登校拒否が治るんじゃないかって」

私の頭は判断停止状態に陥った。

オーストラリア？　広い草原？　人生観？

「わたしが何したってていいし、あの子にいいことなら何だっていいわ。思い切っていかせてみようかと……」

私は残りの水割りを喉の奥に流しこんだ。アルコールが脳味噌の方にも浸透し始めている。

もう一杯、とグラスをかおりの方に突きだした。

「一杯だけって……」

いいから、もう一杯。

かおりはグラスをとってキッチンにいき、またすぐに戻ってきた。

それをテーブルに置いてから、

「ねえどうかしら」

と聞いた。私はグラスを手でもてあそんでいた。

「大自然ってひろみに本当にいいかもしれないわ」

「一六億円やられちゃったよ」

突然、口から言葉がこぼれた。そのことをかおりに聞かせるつもりはまったくなかった。少なくとも事実関係がはっきりするまでは、ほのめかすつもりもなかった。

「なあに?」

かおりが軽く聞きとがめた。

「一六億円の詐欺にあった」

「誰が?」

かおりの声は、まだ深刻なものではない。

「誰って、ウチさ、飯田橋支店さ」

「ほんと？」

今度は声のトーンが変わった。

「ああ」

「どうして」

「…………」

「大変じゃない。警察には届けたの」

警察に届けるなんてまだずっと先の話だ。

「そんなに落ちついている場合じゃないじゃない」

私はかおりに話したことを後悔し始めた。

「いやまだはっきりしないんで、調査中だ」

「なんだ、驚かすんだから」

「そうじゃないよ」

と、言ったが、本当は驚かせたかったんだ、とその時自分で気がついた。

かおりは自分だけが大変のような顔をしている。オレだって大変なんだ、とかおりに訴えたかったに違いない。

(なんでオレはこんな弱虫になってしまったんだ)

「いま銀行は大変だからいろんな問題が出てくるんでしょう。この間のエステティックだって驚いたもの」

かおりはもうすっかり私の話を大げさなものだと決め込んでしまっている。口調にゆとりが戻っている。

それでいい。数日のうちにはっきりしたことが分かる。それまでかおりが不確かな情報で胸を痛めることはないのだ。

「あなただって疲れるわけよね」

(もうじきいやでも銀行を辞めることになる。疲れるのはそれまでだ)

「あなたも一緒にオーストラリアにいけたらいいのに。そしたらあたしもついていくわ」

(旅行にいく時間なんかいくらでもとれるようになる)

「ねえ、いいでしょう、ひろみ」

「ああ、君がいいようにやってみたらいいさ」

「君がいいようにって、あなたはどうなのよ」

一瞬かおりの声が尖った。

「分かった、分かった、いかせたらいいさ」

最後の仕事

その翌朝、私はいつもより三〇分ほど寝すごしてしまった。三友銀行に入行して以来、こんなことは記憶にない。

慌てて下に降り、かおりに文句を言ったが、

「何で起こしてくれなかったんだ」

「いくら起こしても、分かった分かったと言うだけで起きなかったんじゃないの。今日は遅くていいのかと思ったわ」

と、逆に怒られてしまった。いいわけないだろう、と八つ当りをしたが声に力はなくなっていた。

昨夜あの後、水割りを二杯か三杯お代わりをしたが、そのせいだろうか。

仕方なく食事もとらずに出勤した。何だってこんな重要な日に寝坊をしなくてはならないのだ！

銀行に着いたのは私の定刻の八時を二〇分過ぎていた。

通用門の受付で武田に、

「おはようございます」

と、声をかけられ、ほっとするものを感じた。

「ちっともおはようじゃない、大きな声じゃ言えないが寝すごしたんだ」

私は声をひそめるようにして言った。

「本当ですか、私も支店長が見えないからどうしたのかと思っていたんです」

「武田さん、そこに座っているだけで、今日は誰がきていて誰がきていないか分かるんですか」

「ええ、そりゃあ。そうでなけりゃ、飯田橋支店で私を雇っている意味がないでしょう」

「今朝は幹部諸君は皆きてますか」

「次長もほとんどの課長ももう見えていますが、平課長だけはまだのようです。最近、平課長がこんなに遅くなるのも珍らしいですね」

武田は何気ない口調で言った。その時、不意に私は自分がなぜ武田に親しみを感じているのか分かった。

武田は仕事に関して私と同じ側にいるのだ。無制限無定量の膨大なノルマを課されても、必要とあれば何日銀行に泊まりこんでもやりとげようという、今では流行らなくなった覚悟を武田は持っている。確かめたわけではないがきっとそうだ。その覚悟が彼から私に向かって伝わってくる。私は彼と向き合うと自分と同類がいる安心感を覚えるのだ。

「武田さん」

私は入口のドアを開けて話しかけた。

「昨夜、大変なことがありましてね。これから飯田橋支店がしっちゃかめっちゃかになるかもしれません」

「やくざと戦争でもするのですか」

「いや、そこまではいきませんが……いや、もっと大変なこととも言える」

「ふーん、応援を集めておきましょうか」

武田の優しげな目がキラリと光った。いったい誰を集めるというのだろう。しかし、何だか頼もしかった。学生のころ見たやくざ映画で、主人公が敵の事務所に切りこみにいくときに、「お供します」と、助っ人に現われた初老のやくざを思い出した。

「そんな必要はありませんが、支店が動揺すると思うのでその時は、武田さん、よろしく頼みますよ」

　怪訝な顔をしている武田を後に、私は営業フロアを通り、二階を覗いてから、三階のフロアにいった。

「ああ、支店長、如何でしたか」

　武田の言ったとおり真山がもう出勤していた。大城も港もいて、私を見るとすぐに立ちあがり、緊張した表情で私に近づいてきた。

「三嶋はたぶん、フィリピンだよ。高飛びをした」

「フィリピン？　どうしてそれが」

「あの後、平君と連絡はとれなかったんだろう」

「ええ、ダメでした」

「自宅に電話を入れてみてくれんか。いや私が掛けよう……真山君、あの時の司法書士をすぐにここに呼んでくれないか」

「司法書士ですか」

「ああ、書類をチェックさせないとな」

　支店長室にいき、私は平の家に電話をした。

　すぐに、女の声が出た。奥さんだろう。

「片岡ですが、平君はいらっしゃいますか」

「もう出ましたけど」

「いつもの時間通りですか」

「はい、何か……」

「いいえ」

私はいつも通りに出たのに、なぜまだ姿を見せないのだろう、と思いながら電話を切った。独りで太田の後を追いかけているのだろうか。それならいいが、もうこれ以上の面倒はたくさんだ。

支店長室に真山が入ってきた。

「司法書士はすぐにきてくれるそうです」

「平君はもう出たそうだ。そろそろくるころだろう」

「いつもならもうきていますがね」

時間は八時三五分になっている。私は受話器をとりあげ大城を呼んだ。やらなくてはならないことが次々と頭に浮かび気が逸る。

大城はすぐに現われた。

「大城君、この一両日のフィリピン行き航空便の乗客リストを調べてくれないか。たぶん、三嶋和生と奥さんの名前があるはずだ、太田氏も一緒かもしれない。君が自分で会議室でも使って皆に知られないように、な」

「どうすればそんなことを調べられるのですか」

「私にも分からないよ。全部、君に任せる。フィリピン行きはＪＡＬだけじゃないはずだからな」

　大城は唇を嚙みしめてうなずき、部屋を出ていった。

「支店長、私はどうしたらいいでしょう」

　真山が言った。顔に決意がにじみ出ている。

「そうだな、何をしてもらうか」

　そう言ってはみたが、当面は平待ちだと思った。彼の話を聞かないうちには次の手が打てない。

「平君がきて、状況報告を聞いてからでないと何も始まらない。しばらく自分の席で待機していてくれていいぞ。それとも寸暇を惜しんで得意先でも回ってくるか。オレにはその方がありがたい」

　真山はニヤリとした。それが私がまだ冗談を言える心境でいられる最後の時だったようだ。

九時をすぎても平は姿を現わさなかった。

(あの馬鹿どこでなにをしているんだ)

そう呟いているところに真山がやってきた。

「平君はどうしたんでしょう」

深刻な表情になっている。なにも真山が深刻になることはないのだ。

「君、心当たりを探してくれるか。オレは太田の兄さんに会ってくる」

平から事情が聞けなければ、私がもう一度聞くしかない。

「しかし、司法書士がもうきますよ」

「そうか、それじゃ司法書士のくるのを待って、彼と一緒に太田さんのところにいこう」

「警察の方は届けなくていいですか」

真山が声をひそめて言った。ああ、かおりと同じことを、と私は意表をつかれる思いだった。まだ警察に頼る段階になっているとは私にはとうてい思えなかった。私たち自身でやれることがたくさんあるじゃないか。私の考えの方がおかしいのだろうか。それに警察沙汰にするのなら、その前に本部に報告する必要がある。いまそんなことをするのはまっぴらだ。

本部のことを考えると同時に五十嵐の顔を思い浮かべ、思わず大声を上げたいような衝動に駆られた。とうとう彼の期待を最終的に裏切ることになってしまった。

「そんなことは、まだ先の話だ。こちらでできることをすっかりやってからだ」

私の口調にゆとりはなくなっていた。

間もなく司法書士が姿を見せた。額にミミズのような青筋を立て、紙のように白い顔色になっている。自分の責任を問われることを恐れているのだろう。

真山がこの案件の書類の写しを一揃い彼に見せた。

司法書士は震える手で書類をめくった。しばらく見ていたが、やがて顔を上げ、

「どこにもおかしいところはないように思えますが」

と言った。顔に生色が少し戻っている。

「印鑑が偽造されているということはないのですか」

「それはここでは分かりません。先日、照合した時点では間違いなかったと、お宅の課長だって確認していたじゃないですか」

司法書士は防衛的な口調で言った。そんなにガードを固くしなくてもいいさ。少なくとも私はあんたに一六億円の尻拭いをさせようとは思っていないのだから。

「その辺りを確認しに、太田ビルの社長に会いに行こうと思うのですが、ご一緒願えませんか」

司法書士は額の青筋を膨らませたが、いやとは言わなかった。逃げ腰になったら、襟首をつかんでも連れていくつもりになっていた私の表情が、彼にいやと言わせなかったに違いない。

自宅に電話すると太田はその日、会社に出ていた。太田ビルの一大事に家で寝ている気にはなれなかったのだろう。

我々は会社を訪れ、すぐに社長の部屋に通された。

「まったくとんでもないことになりましたな」

そう言った太田の風貌は弟にそっくりで、私の弟に対する怒りがそっくりそのまま兄に向かった。

太田は昨日のうちに平から聞いた話で事情をすっかり飲みこんでいた。挨拶もそこそこに司法書士の手で書類の印鑑と会社の実印とが照合され、よくできてはいるが偽造された物であることが確認された。

「あの野郎」

太田は吐き出すように言った。

「早いところ首にしておけばよかった。前から危ないとは思っていたのですが、あたしの体がこんなだから、決断がつかなくて……」

「どこにいるか、分かりませんか」

「さあて、あいつは女房と離婚してからは、風来坊でしてね。あいつの私生活まではよく分からんのです」

太田は悠然たる口調で言った。それを聞いて私は怒りの衝動に衝きあげられた。

「あなた、何を呑気なことを言っているのですか。あなたの弟が、あなたの会社の副社長が太田ビルの名前で詐欺を働いたのですよ。よく分からんですむのですか。すぐに探しだしなさいよ。いいですか、ただじゃすみませんよ。株式会社太田ビルディングの犯罪として告訴しますからね」

太田は頬の筋肉をピクリと震わせた。こんな風に脅かすと心臓に悪いのかもしれないが、私の知ったことではない。

「しかし、……」

「何が、しかし、ですか。最近の事件を見たって、一介の社員の不始末でさえ社長が責任をとっているじゃないですか。ましてや弟で、副社長ですよ。責任の半分はあなたにあるのですよ」

「…………」

「どこにいるかまったく分からないのですが」

「念のために心当たりを探してみますが……」

太田はすっかりしどろもどろになって、そう言った。

「ああ、そうして下さい」

私がそう言っても太田はテーブルの前で腕組みをしている。

「いますぐ心当たりに連絡してみてくださいよ」

「しかし、これから住所録とか、いろいろ当たってみないと……」

「それをすぐやってください」

「…………」

「太田ビルが騙(だま)しとったのは一六億円ですよ」

太田の連絡した二、三の相手先には、あの詐欺師はいなかった。

仕方なく私は飯田橋支店に戻ったが、平はまだ姿を現していなかった。

私の顔を見てすぐに大城と真山がやってきた。私は二人に、ついてくるようにと目で合図をして四階に上がった。今、他の行員たちの前で喋(しゃべ)れるようなことは何もない。

支店長室に入ると、すぐに大城が言った。

「支店長、おっしゃるとおりでした。三嶋は昨日、朝九時四五分のＪＡＬ７４１便でフィリピンにいっています。奥さんも一緒です」

「そうか、太田はどうだった」

「太田の名前はありませんでした」

二人が別々に行方をくらませているとしたら、一六億円はどうなっているのだろうか、そういう疑問が頭をかすめた。

太田と山分けにして半分の八億円を三嶋が手に入れたとしても、そんな大金を身につけて運べるはずはない。一億円の現金があれば小さなスーツケースが一杯になる。重量だって片手で楽々とはいかない。きっと闇の金融市場で一部は現金にして、残りは小切手か何かに換えて持っていったのだろう。もしかしたら、仮名預金にでもして日本にもかなり残しているかもしれない。

（早く奴を見つければ見つけるほど、とり返せる現金の額がふえるのだ）

そう思うと（こうしてはいられない）という落ち着かない気分が胸の中を暴れ回った。かといって、すぐにできることは一つしか残されてはいない。

「真山君、私は三嶋の後を追ってフィリピンにいってこようと思うのだけど、後のことを頼むぞ」

私の提案に真山も大城も息を飲むのが分かった。

「大城君、フィリピン往きのなるべく早い便をとってくれないか」

「支店長、無茶ですよ。三嶋は現地でどこかに潜りこんでしまっているでしょう。素人に探すことなんかできませんよ」

大城が言った。

「大丈夫だよ。あいつはこんなに早く自分がフィリピンに逃げたことを、気づかれるとは思っていないだろう。向こうで隠れ処を探すのに少し日数がかかるに違いない。まだ二、三日はホテルにでもいる可能性が高い。金だってほとんど手つかずだろう。だから一刻を争うのだよ」

「支店長、お気持は分かりますが……」

真山が言いかけたとき私は、

「私がどうやって、三嶋のフィリピン往きを突きとめたと思う？」

と、聞いた。二人とも不思議そうな顔をして、首を横に振った。

「昨夜、私は三嶋の家にいって、二階の窓から誰もいない部屋の中に忍びこんだんだ。まっ暗な部屋の中じゅう、家捜（やさが）ししてな、そしたら本棚の中にフィリピンの案内書が何冊もあったんで、見当がついたんだ」

本当ですか、と言ったきり二人は啞然として次の言葉を見つけられないようだった。それはそうだろう。いつも紳士面をしているこの私が、空き巣狙いのようなことをやったのだから。

「今度のことでオレはどっちにしろ、この店にはいられなくなる。いや三友銀行にいられなくなるだろう。飯田橋支店長の最後の仕事として、とにかく三嶋を捕まえてできるだけたくさんの金をとり返したいんだ。二日でいい、二日だけオレにくれ。二日経ったらここに戻ってきて本部に報告して警察に届けてもらう」

二人は黙りこみ、私は奥歯を嚙みしめ、私の支店長室に沈黙が漂った。クーラーの音だけが低くうなっている。

やがて、

「分かりました。すぐに切符をとります」

大城が沈黙を破った。

「私は太田を探します」

真山も言った。

「そうしてくれ。オレは旅仕度をする」

二人が部屋から出ていきかけたとき、私は二人を呼びとめた。

二人が振り向いた。

「すまないな。君らの仕事がようやく軌道に乗りかけてきたときに、こんなドジを踏んで。痛恨の極みだよ」

「何をおっしゃいますか」

真山が言った。

「支店長に本当の仕事を教わりました。もっと教わりたかったですけれど」

外交辞令が混じっているだろうと思ったが、なんだか嬉しかった。まったく四四歳にもなってなんて単純な男だ。若い頃には、四〇歳代の男というのはもっとどっしりしていて、少しのことに喜んだり嘆いたりしないものだと思っていたが、そうではないのだ。

二人が出ていってから、私は引出しから便箋をとりだし、机の上に拡げてしばらく見詰めていた。

やがてこの頃滅多に使わない万年筆を手にした。一度、書き損ない、便箋を引きむしってから新しく書いた。

それを丁寧に畳んで封筒に入れ、その封筒に「辞表」と書いた。胸のポケットにしまおうとしてふと思いつき、もう一度、新しい封筒を取りだした。今度は「進退伺い」と書いた。こちらの方が慎み深くて私の趣味にあう。

大城が部屋に入ってきたのに一瞬、気がつかなかった。軽い目眩がして目を閉じていたのだ。

「支店長、可及的速やかな便で明日の一〇時のフィリピン航空になります。今日の一七時五五分にもノースウエストがあるんですが、満席でキャンセル待ちもだいぶ入っているようです」

「明日の朝か、遅くなるな。成田にいってキャンセル待ちをしてみようか」

「しかし、今入っているキャンセル待ちもはみ出すということでしたから、骨折り損になりますよ」

そう言われてまで成田にいってみようという気力が湧かなかった。

「そうか、仕方ない、フィリピン航空をとってもらおう。半日、時間を無駄にするな」

私がそう言うと、大城は何か言いたそうに口を開きかけたが、何も言わなかった。しかし、私には大城が何を言いたいのか分かった。その時、たぶん私も彼と同じことを思っていたのだから。

時間を無駄にすればするほど、三嶋は探しにくいところに潜りこんでしまうし、金も余計、使われてしまう。だから、すぐにでも事件を警察と本部に知らせ、なるべく早く現地で三嶋を手配してもらわなくてはならない。

支店長としてはそうすべきだろう。しかし、私はその気にはなれなかった。大城もそう提言はしない。

これが私の三友銀行での最後の仕事になるだろう。私を裏切った三嶋を捕まえることを断念して、本部への報告なんかを最後の仕事にはしたくない。

「ビザはいつもの旅行代理店に頼んでくれるかい」

「フィリピンは短期間の観光旅行ならビザはいらないんですよ」

「ああそうかい。海外へのいき方は何も知らなくてね。よろしく頼むよ」

と言って、私は右腕を大城の方に伸ばした。この頃なにかと握手をする癖がついた。大城は差し出した手をしっかりと握った。

「あれっ、支店長、いやに手が熱いですよ」

大城が驚いたように言った。そういえば、大城の手はひんやりと冷たく感じられる。

「フィリピン往きで興奮しているのだろう。情けないことに外国はこれが二度目だからな」

私は笑って見せたが、その時はっきりと自分の体の不調に気がついた。

熱っぽいだけではなく体が小刻みに震えている。もちろんフィリピンにいくことに興奮しているのではない。悪寒がするのだ。

今朝、起きられなかったというのも体調のせいなのかもしれない。

大城が出ていった後、私はクーラーを停めた。

成田エクスプレス

車がわが家の近くまできたとき、私はとうとうシートに倒れこんでしまった。体に力が入らない。

「支店長、大丈夫ですか」

運転手は車を道の端に寄せて停車してから、後ろを覗きこんで言った。

「大丈夫だよ。こんなところで停めないで……」

そう言いかけた私は大きく咳きこみ、話し続けることができなくなってしまった。咳きこむたびに胸が熱く痛む。

「どこか医者に寄りますか」

運転手は途方に暮れたように言った。昨日は三嶋の家、今日はわが家と定時をすっかりすぎているのに、ハンドルを握らされている運転手が、ちょっと気の毒な気がした。

「とにかくもうすぐ家だから、止まっていないで動かしてくれよ。もう少しいくと左手に消防署が見えてくる。それを左に折れてくれ。そこまでいったら起きあがるから」

　私は辛うじてそう言った。一刻も早くわが家で横になりたかった。

　運転手があまりに慌ただしくチャイムのボタンを押したものだから、かおりが驚いて玄関に飛びだしてきた。まだ八時前、まさか私とは思わなかったろう。

　私が運転手の肩にもたれるように、車から出るのを見て、

「あら、史郎さんどうしたの」

　と、かん高い声を上げた。私は頭をクラクラさせながら、

（馬鹿野郎、他人の前でくらい、あなた、どうなさったのと言えないのか）

　と、その場に不似合いなことを思い浮かべた。この一〇年は史郎さんなどと呼ばれた記憶がない。

「あなたどうしちゃったの？　大丈夫」

　と、くり返すかおりの肩に体重をかけ、私は二階の私の部屋までようやく辿（たど）りついた。そこでバタンと畳の上に倒れた。自分から立っている力を抜いたのだ。

その私からかおりはスーツを脱がしワイシャツをはぎとり靴下を脱がせた。自分でやる気力がなかった。なんだか子供に返ったような気がした。それから私は下着姿のまま布団の中に転がりこんだ。


気がつくと枕元にかおりが座っていた。

「大丈夫、あなた」

目を開けた私を見てにこりと笑った。

「往診を頼もうと思ったけど、この辺そんなお医者さんいないのよ。でもあなたにはよく眠るのが一番の薬かと思って……無茶ばかりしているからよ。もう若くはないんですからね」

「ああ」

声が喉にひっかかり、我ながらぞっとする響きになった。

「いま何時だ」

「もうじき一〇時になるわ。あなた二時間もの間こんこんと寝ていたのよ」

「明日、一〇時のフィリピン航空に乗る。フィリピンにいかなくてはならない」

「何、言っているの。こんな体でいけるわけないわ」

「いかなきゃならないんだ。どうせ二日ばかりだが、いく支度をしておいてくれ」

「ダメですよ。ダメに決まっているでしょう」

かおりはまったく本気にしない。無理もないが、それなら自分で準備をしなくてはならない。

私は毛布をはねのけ、上体を起こして布団の上に胡坐（あぐら）をかいた。車の中にいたときよりずっと体に力がある。

「寝てなきゃ、ダメですよ」

かおりは私の肩に手をかけ布団の上に寝かせようとした。それを躱（かわ）して私は立ちあがり、洋服ダンスから必要なものを出そうと思った。布団を踏みしめた瞬間、体がぐらっとしたが、それほど参っているような気はしなかった。

「ほらそんなにふらふらしているじゃない。フィリピンなんて無理に決まっているわよ。だいいち、何しにいくの」

私は黙ってタンスの引出しを開け、下着や靴下、ハンカチなどをとりだした。

「ねえあなた、本当に無理よ。自殺行為だわ」

かおりは私が手にしていたハンカチをひったくるように奪って、引出しに戻そうとした。

「昨日、言ったことな」

　そこで私は口ごもった。

「何のこと？」

「一六億円の話したろう」

「ああ」

「君は冗談にしてしまったけれど、本当なんだ」

「ええっ」

「本当に、一六億円、騙しとられた」

「どういうこと？」

「詐欺にあったんだ」

「まさか！」

　かおりの声が悲鳴のようになった。私はその手からかおりが奪ったハンカチをとり戻した。

「ねえっ」

「その犯人が今フィリピンにいる。ボクはそれをとり返しにいかなきゃならないんだ」

「でも」

と言ったきり、かおりは呆然として次の言葉が出てこないでいる。

私の方はタンスから出したものを机の上で畳んでいるうちに、少しずつ足もとがしっかりしてきた。この分なら、フィリピンいきは大丈夫だろう。

かおりは机の前に座りこんだ。私よりよっぽど具合が悪いように見える。

「どうして、そんなことになったの。あなたに限ってそんなこと……」

「うまくやられた。何から何まですっかり偽造された」

「だって、そんな」

かおりはまだ呆然としている。その口からこぼれる言葉は、しっかりした意志に支えられていない。

「それで警察には届けたの？」

「まだだよ。その前にやることがある。犯人を捕まえるんだ」

「だけどもうあなたの仕事じゃないでしょう」

「オレの仕事だよ」

そう言ってから、かおりを睨みつけ、

「オレの三友銀行での最後の仕事だ」

と、言った。

かおりは小さく口を開きかけ、そのまま何も言わず私を見返した。昔、私の方から追いかけ回していたときに眩しく見えた瞳の印象は今でも残っている。

「こんなことを引き起こしては銀行に居られっこないからな」

「…………」

不意に私は咳きこんだ。胸郭の真ん中から強烈な咳の衝動がつぎつぎと湧き、いつまでも止まらなかった。私は体を丸め、胸を両手で抱えこんでその衝動に耐えた。肺が焼けつくように痛んだ。

「あなた、寝てなきゃダメよ」

かおりが私の肩に手をかけたが、そうでなくとももう一度、布団の上に倒れこむところだった。

明日何としても起きなくては、という思いが頭の中でぐるぐると回っていた。

いったい、どんな目に見えない力が、私をその時間に起こしてくれたのだろうか？

目を覚まし、寝すごしたのではないかとドキリとして枕元を探ると、外しておいた腕時計が手に触れた。六時半をわずかに回ったばかりだった。七時に家を出ると八時少し前に新宿に着き、そこから成田エクスプレスで九時には空港に到着できる。

首をひねって隣の布団のかおりの様子をうかがったが、よく寝ている。かすかに規則的な寝息が聞こえる。

私はそっと起きあがり体の具合を確かめようと、頭を左右に振ってみた。相変わらずクラクラして少し痛むが、外出できないことはなさそうだ。

かおりに気づかれないように出てしまおうと思っていた。気づかれればまた昨夜のようなやりとりをしなくてはならない。いや今度はもっと修羅場になるだろう。洋服ダンスの中からいつもの出勤用の服装や小物類を一揃いとりだした。机の上に出したはずのシャツやハンカチなどは、かおりがしまったのだろう、なくなっている。

私は、自分の体とパスポートとキャッシュカードを入れた財布と航空券さえ持っていけばいい、と思った。後はどこでも買えばいいのだ。ここでもたもたしていて、かおりに目を覚まされると、ことである。

昨日着ていたスーツのポケットにそれらのものは全て入っている。私は静かに今日のスーツを着て、そのポケットにそれらのものを移した。

昨日、書いた「進退伺い」も出てきた。どうしようかと考えたが、留守中にかおりが見たら動揺するだろうと、持っていくことにした。三嶋夫妻の写真も財布の中に移し変えてある。

ズボンをはこうとして片足になった時、足もとがふらついて布団の上に倒れたが、うまく両手を使って音も振動も立たないようにした。思わずかおりを見たが相変わらず寝息が続いている。

かおりの枕元の襖をそっと開けるときは息を殺した。それでもかおりは寝返り一つ打たなかった。

廊下に出て階段を降り始めたときから心臓の鼓動が大きくなり始めた。息も荒くなってきた。緊張したからではない。このていど動くだけでも体が負担に感じているのだ。

(ちょっとやばいな)

と思った。かなり熱もあるに違いない。しかし、ただの熱なら二年に一度くらいの風邪の時で知っている。今回のは熱だけでなく、きっと体幹のどこか大事なところがやられているのだ。

ゆっくりと階段を降りたが、一足踏み出すたびに腰の蝶番が外れているような頼りない感じがあった。また、

（やばいな）

と思った。遠いフィリピンのことを思い弱気が湧いた。

しかし、たかが二泊三日が持たないはずはないと自分に言い聞かせた。支店長としての最後の三日間だ。

足音をしのばせ、階段を降り切ったところでほっと溜息をついた。その時、後ろから、

「お父さん」

と、呼ばれどきっとした。

「やっぱりいくつもりなんだ」

ひろみだった。パジャマではなく普通の服装をしている。

「お前何だって……」

「お父さん、すっごい病気なんでしょう」

「そんなことはないよ」

「嘘っ、お母さんが言ってたもの」

「もう大丈夫だ」

「嘘っ、顔がすっごくはれているよ」

「ちょっと寝不足なだけだ」

「ダメだよ。お父さんそんな体で」

「大事な用事なんだ、どうしてもいかないとならないんだ」

なんだかひろみの登校拒否を、当てこすっているような台詞になってしまった。

「体が一番大事だよ」

ひろみは大きな目を見開いて私を見詰めている。なんだか愛しい気がした。

いつか木田に聞いたことはかおりに話してある。ひろみはいつになったら学校にいけるほどの強さを獲得してくれるのだろうか。オレの目の前ではこんなに偉そうに振る舞うのに。

「大丈夫だよ、ひろみが心配することはないんだ」

私が言うのをしまいまで聞かず、ひろみは二階にかけ上がっていった。すぐに、

(お母さん、お母さん、お父さんがでかけるよ)

と、家中を響かせるような大きな声がした。

その言葉で、かおりが昼と夜の逆転しているひろみに、私の見張りを言いつけたこ

とに気づいた。

私は慌てて玄関に降り、靴をつっかけてドアを開けた。その途端、

「あなた、あなた」

というかおりの金切り声が二階から降ってきたが、そのまま走りだした。

一分ほど走って角を一つ曲がるところで振り向いたが、誰の姿もなかった。少し速度をゆるめたがまだ走りつづけ、次の角を曲がってようやく普通の歩調に戻した。

肺がゼイゼイ言いだした。肺炎になりかかっているのかもしれないという気がした。弱気がさっきよりもう少し膨らんだ。

駅までいって、タクシーを捕まえることにした。電車に乗るよりはいいだろう。

ゆっくり歩いているのに体中から汗が吹き出してきた。一足ごとに息が荒くなるのが分かった。

駅前広場に出るとタクシー乗り場はさすがに空いていた。空車が一つ待っている。

上半身全体をつかって呼吸しながら、私はそのタクシーをめがけて進んだ。あの中に入れれば、横になって休むことができる。

そのとき視界をよぎったものがあった。自転車だった。前後に二台が続いていた。

「あなた」

聞き覚えのある声がした。かおりだった。もう一台にはひろみが乗っている。

「あなた、そんな体でいっちゃダメですよ」

かおりは私のいくてを遮るように自転車を止めた。ひろみは素早く自転車から降りた。ひろみの顔が久しぶりに生きいきと見える。

「大丈夫だ。もう具合よくなった」

私は自転車をよけて、さっさとタクシー乗り場に向かった。かおりとひろみの出現は、私の体にかえって反発の力を与えたようだ。

「あなた、死んじゃうわよ」

かおりが辺り構わない大声で言った。通りすがりの数人が怪訝な顔でこちらを見た。

(馬鹿な)

と言ったが、口の中の小さな呟きにしかならなかった。

「ダメだよ、お父さん」

声とともにひろみの華奢(きゃしゃ)な掌が私の腕をつかんだ。振りほどこうとしたが、意外な力で摑(つか)み返してくる。

これを振りほどくには、よほど荒っぽい力を入れなくてはならない。ひろみの手を痛めるかもしれない。私は後ろを向き、ひろみの目を見ながら、

「ひろみ、いい子だから放しておくれ。父さん、死んでもいきたいんだ」

と、言った。

その時私を見ていたひろみの瞳が何か強い光りを放った。私と対等な大人の決意とでも言うようなものをその光りの中に見た。急にひろみの手から力がなくなった。私がタクシーの前に立つとドアが開けられた。私は二人の方を見ないで座席に乗りこんだ。

「お父さん」

ひろみがかん高い声を上げた。登校拒否のくせにこんな時には元気をだしやがる、と複雑な気がした。

(あいつ学校にいくな)

と、不意に思った。さっきのあの目、あれは登校拒否なんかする子の目じゃない。

「どちらにいくんですか」

運転手が急かせた。

「ああ、新宿駅の西口にやってくれるかい」

車の中ではほとんど横になっていた。

「ちょっと寝不足なんで、寝させてもらうよ」

と、一応言いわけをしたが、駅でかおりとひろみが騒いでいたのを見ていた運転手は、時おりバックミラー越しに気味悪そうに私を見た。

道は空いているらしく、車は快調に走った。その振動が私に吐き気を催させた。途中で停めてもらって吐こうかと思ったが、飛行機に遅れてはなるまいとじっとこらえた。もうダメだと思ったときに、西口に着いた。

降りたとたん胃の奥から吐き気が突き上げ、柱の陰にしゃがみこんでしまった。グエーという音を立てたが、口からは薄黄色い粘液がにじみでるだけで、固形物は何も出なかった。

そう言えば、昨日の夕方に牛乳を一本飲んでから後は何も胃に入れていない。

しばらくしゃがみこんでいるうちに、吐き気が治まり楽になった。

立ちあがると、OLらしい若い女が不気味なものでも見るように私を見ているのと視線があった。

私は改札に向かい、大城が買ってくれた乗車券で自動改札を通り、もう混み始めている地下通路を早足で歩いた。人の波に歩調を合わせていると体は意外に持つものだ。

14番線の方から歩き始め、４番線の所から右に折れて、成田エクスプレスのプラットホームへの階段を昇った。

体のどこがどうなったのか、胃液を吐いてから体にしゃんとした力が戻っている。指定券の番号を確かめ、プラットホームの上に掲げてある車両番号を見ながら今度はゆっくりと歩いた。

出発までまだ三〇分以上も時間がある。ひろみに見つかったので予定より早く家を飛びだしてしまった。

売店で週刊誌を二冊買ってからホームのベンチに腰を下ろした。少しでも体力を貯えておかなくてはならない。

三嶋がフィリピンにいってからほぼ二昼夜が経っている。あいつはたぶん、いま頃どこかマニラの中心街の豪勢なホテルに陣取って、札束でも数えているだろう。いったい、一六億円のうちいくらとり返すことができるだろうか。

その大半を取り戻したとしても、もちろん三友銀行に居続けることはできないだろう。もし銀行がそれを許してくれると言っても、私の方でその気にならない。一六億円も詐取された男が三友銀行に居残ってはならないのだ。

詐取された金を少しでも余計に取り戻すことが、私の飯田橋支店長としての最後の仕事である。

(それにしても、よくもまあ、三嶋の家に忍びこめたものだ)

ふふ、と失笑した。

突如、咳が出た。掌で胸を擦ったがなかなか止まらなかった。上半身をエビのように丸め咳きこんでいる間、体中のエネルギーが空しく消費されているような気がした。肺の痛みが鋭くなり、血でも吹き出してくるのではないかと心配になったころようやく治まった。

治まって上体を起こし、涙だらけになった目を開けたとき、視界に一つの影があった。

「支店長、無茶をしますね」

真山だった。いつも銀行で見かけるのと同じようにきちっとスーツを身につけている。

「君、どうして……?」

私はびっくりして言った。なぜここにいるのか見当がつかなかった。

「昨夜、心配になってお宅に電話したんですよ。支店長はもうお休みになっていました。奥様が出られて、支店長がひどく具合が悪いのにどうしてもフィリピンにいくと言われていることを聞きました。奥さんはなんとか止めてみるとおっしゃっていましたが、私は支店長のことだから強行突破するかもしれないと言ったんです。そこで、もし無理に出発したらご連絡をいただくことにしました。そしたらここで私が支店長を止めようということにしていたんです」

「馬鹿だな。昨日も言ったろう、私は大丈夫だよ。フィリピンにいくさ。君には止められない。さあ、業務命令だ。君は今から飯田橋支店にいって、昨日の打合わせどおり太田の行方を探してくれ……業務命令だ」

「私があんなに逆らったのに、支店長はこれまで一度も業務命令を出さなかった……でも今日は出すかもしれないと思っていました」

「…………」

「覚悟がいつもと違いますから……」

真山は隣に座り、私の額に手を当てた。頭を振って避けようとしたが、真山はそうさせなかった。真山の掌は冷たくいい気持だった。

「すごい熱ですよ。たぶん九度近いでしょう……支店長、こんな体でフィリピンなんかにいったら本当に命に障(さわ)りますよ」

「まさか」

と、言った時、また咳きこんだ。真山が私の背中を擦ってくれたが、この咳もしばらく治まらなかった。

「支店長、私に同行させて下さい」

「…………」

私は始め真山の言葉をよく理解できなかった。

「その体で支店長一人をフィリピンまでいかせるわけにはいきません。私はマニラにいったことがありますから、向こうで支店長のご案内ができると思います」

「しかし、真山君……チケットがあるまい」

「それも確認してあります。キャンセル待ちで十分いけるということですから」

「……二人とも飯田橋支店を離れてはまずいだろう」

「昨夜のうちに大城君には、もし支店長が決心を変えなかったら私も一緒にいくと言ってあります」

無茶な奴だな、と言いかけたとき、私はまた咳きこんだ。

「やはり一人ではとうてい無理ですよ。さあ、支店長、一緒にいきましょう」

マニラ

ニノイ・アキノ空港に着いたのは、マニラ時間の午後三時すぎだった。

飛行機の中にいる間中、私は毛布を被り隣りの真山に寄りかかるようにして寝ていた。時どき体に火が着いたように熱くなるかと思うと、一転してぞくぞくするほど寒気を感じた。

しかし、そんなことはほとんど気にならなかった。私の頭の中には三嶋のあさ黒い顔がたえず浮かんでいた。三嶋は白い歯を見せて笑ったり、鋭い目で睨んだりした。

(お前、何だってこんな馬鹿なことをしたんだ)

入国審査のカウンターの前には、日本でたんまり稼いできたと覚しきフィリピーナが長い行列を作っていた。彼女たちはひっきりなしに威勢のいいタガログ語で何事か話しており、その甲高い響きが私の頭をガンガンさせた。

審査官の前を通り抜けるときは、気力を奮い起こし平然たる笑顔を浮かべた。ここではねられ、日本に帰されては今までの苦労が水の泡と消える。

「観光デスカ」

浅黒い肌の女性の審査官が、片言の日本語で私にそう聞いた。ほかの誰もそんなことは聞かれずほとんどフリーパスである。私の健康状態が見抜かれたのかと思った。

「イエス、オブコース」

私は開き直って英語で答えた。

「何日、滞在スルノデスカ」

「メイビー、スリーデイズ」

「オオ、ソレハ短イデスネ」

「ジャパニーズ、イズ、オールウエイズ、トゥー、ビジー」

審査官は、フフと笑っただけで、それ以上は何も聞かなかった。私はほっとして気づかれないよう小さな溜息を洩らした。

税関のカウンターに向かいながら、

「何の積りだろう？」

と、真山に聞いた。

「さあ、日本語の練習でもしたかったんじゃないですか」

もう少し体の調子がよかったら、私は吹きだしていたろう。真山がこんな冗談を言うとは。

空港の出口を一足踏み出すと、マニラの日差しはまだ強烈だった。私はうっかり穴から空を見上げたモグラのように、日差しに全身を打ちのめされる思いがした。

急いでエアポート・タクシーサービスの車を頼みマニラ市内に向かった。

エアコンつきの大型車は今の私にピッタリだった。私は車に乗るとすぐにそのシートに横になった。

気がつくと車はクリームのように白い大きな建物の前に止まっていた。

「支店長、着きました。ロイヤル・フィリピン・ホテルです。マニラで一番の高級ホテルですよ」

勝手知ったるホテルなのだろうか。真山はいかにもてきぱきと振るまった。高級であろうと低級であろうと、今の私はゆっくりと横になれるところならどこでもよかった。

だだっ広いロビーをやっとの思いで横切り、フロントに出た。真山が話している間、私は惚（ほう）けたようにソファに座っていた。全身に脱力感があったが、それを見抜かれてはならない。

真山についてきてもらって本当によかったと思った。私一人ではフィリピンに入国することさえできなかったかもしれない。

エレベータの押しボタンは12まであった。真山はその10を押した。

真山より先に部屋の中に入り、直ぐの部屋を通りぬけ、ベッドルームに直行して、ベッドの上に倒れこんだ。

体がそのままベッドにめりこみそうな気がした。そのまま少しの時間眠っていたようだ。

気がつくと部屋の中は茜色(あかねいろ)に染まっていた。

「ああ、支店長」

バルコニーから、真山が顔を見せた。

「大丈夫ですか」

私はベッドの上に上半身を起こしてみた。ここに倒れこんだ時とは較(くら)べ物にならないくらい体に力が入る。

私は立ち上がって、足元を確かめ、バルコニーに出た。そのとたんあまりの眺望の美しさに息を飲んだ。

目の前に黄金色に輝くマニラ湾が拡がっていた。そして深紅と言ったら大げさであろうか、ルビーを日の光に透かしてみたときのあの赤さが、西の水平線から中天にかけての空を被っていた。

「おい、すげえな」

「ええ、びっくりしました」

「日本じゃ見られない眺めだな」

思わずそう口にして、ふと悟郎のことを思い浮かべた。外国ばかりを誉める悟郎を白い目で見ていた私も、外国にくれば同じことを言いたくなる、と自嘲(じちょう)する気分になった。

夕日の見物は早々に切りあげて、二人で手分けをして三嶋を探すことにした。

真山は私が携えてきた三嶋夫婦の写真を持って、マニラの夜の盛り場を尋ね回り、私はホテルの部屋で片端から市内のホテルに電話をかけ、三嶋夫妻が泊まっていないかを、調べることにした。外国ではパスポートを提示しないと泊まれないので、偽名を使われる気遣いはまずないだろう。

「それじゃ支店長、私、いってきますので」

「金はいくら使ってくれてもいいからな。軍資金は用意してある」

私は成田空港の自動支払機で二〇〇万円の金を下ろしてある。

真山は緊張した表情でうなずき、部屋から出ていった。

私は窓際のデスクの上の洒落た電話機の前に腰を降ろした。

空港で買った観光案内の本に、マニラの主だったホテルの一覧表が出ていた。

私はその表の一番上の五つ星印のホテルから順番に電話をすることにした。

いの一番がセンチュリーパークヒルトンである。

「ハロー、ミスター、カズオ、ミシマ、プリーズ」

用意していた英語を言ったが、先方は何やら早口で言っており、私にはよく聞きとれない。

「パードン？」

学生時代から滅多に思いだしたことのない英語を使ってみた。確かこれで（もう一度言ってくれ）という意味になるはずだ。

また早口だ。今度は単語の一部が聞きとれた。ミシマがどうのこうのと言っている。私は、パードン、とくり返した。向こうは沈黙した。何か言わなくてはと思いながら、言葉が浮かんでこない。脇に冷や汗が滲み出てくるのが分かった。

突然、声が変わり、受話器から日本語が飛び出してきた。

「ミシマサン、ココニ、トマッテイナイデス」

一覧表に沿って次々と電話をかけまくり、同じことを何度もくり返した。何度くり返しても、私の英語を聞きとる能力は高くならなかった。一本一本が神経をすり減らすようなやりとりとなった。

七本目の電話をかけ終わると、体ががっくり疲れているのを感じた。三嶋はどこにも影も形もない。

（偽名を使っているのかもしれない）

ふと、そう思った。それはありえないはずなのである。しかし、なんらかの方法を講じたのかもしれないと不安に駆られた。

まだ一覧表の二割程度しか電話をかけてはいない。その疑問を追及するのは全部かけ終えてからにしよう。

さらに三本の電話をしてから、私はベッドルームによろけるように入り、ベッドの上に倒れこんだ。

しばらく頭の中は空白だった。

それから真山のことを思った。真山がうまく三嶋を見つけてくれることを、痛切に願った。

その時、枕元の電話が鳴った。驚いて受話器に手を伸ばした。交換手の声が私の名前を確認したので、イエスと言うと、

「あなた！」

かおりの声が飛びこんできた。

「どうしてここが、分かったんだ」

「マニラのホテルに片端から電話したのよ」

私と同じことをやっていたのだ。

「何本目でボクがつかまった？」

「四本目よ」

(運のいい奴だ)

「ねえ、体の方は大丈夫」

「ああ、大丈夫さ。真山君も一緒なんだ」

「ええ、知っているわ、昨夜ウチに電話があって」

「彼が僕の体力をカバーしてくれている」

「気をつけてよ。そこのホテルでお医者さんに見てもらうっていうわけにはいかないのかしら」

「大丈夫だよ。昨夜と較べてすっかり元気になっている」

と言いながら、それはうまい方法かもしれないと思った。

「明後日、必ず帰るのね」

「ああ、あいつを見つけるまで居続けたいが、そんなことをしたら飯田橋支店がめちゃくちゃになってしまう。ボクに残されている時間はそれだけだ」

「ちょっと待って、今ひろみに替わるわ」

「いいよ、そんな必要ないさ」

「あなたの声を聞きたいって」

短い間があって、ひろみの声になった。

「お父さん」

「ああ」

「大丈夫」

「ああ」

「頑張ってね」

(ばかやろう、お前は人のことを心配している場合か)

と言いたかったが、「ああ」とだけ言った。

電話が切れた後、私の胸の中にひろみの声の余韻が残った。弱虫のくせにオレにばかり強い、ふとそう思った。

それから私はフロントに電話をした。

「エニイワン、フー、キャン、スピーク、ジャパニーズ」

これで日本語をしゃべれる人が出てくれるだろうか。

受話器の向う側で小声で何か言うのが聞こえ、それから、

「何デスカ」

片言で日本語を話す女性の声がした。

「ちょっと熱があるようなんですが、ドクターが呼べるでしょうか」

「熱？　何デスカ」

「私、病気なんです。ドクターを呼んでくれますか」

一〇分後、ドアがノックされた。

開けると、一組の若い男女が姿を現わした。

「ドコ痛イデスカ」

女の方が日本語で聞いた。

「頭です。熱があると思います」

「熱？」

「アイ、アム、ツー、ホット」

文法的に間違っているのは気づいていたが、正しい言い方が分からなかった。

「ユー、アー、ツー、ホット。ライク、ファイヤー」

ニヤリとして男の方が私の額に手の平を置いた。

「オオ、ツー、ホット」

男はそう言って、大げさに首を振った。それから私を椅子に座らせ、胸をはだけて聴診器を当てた。器具は日本のものと変わらないように見えた。

「オーケー、オーケー」

男は持ってきていた鞄を開け、中から注射器をとりだした。それを見て私は不安感に襲われた。フィリピンの医療の水準に信頼感は持てなかった。

アスピリンでも飲ましてくれるならいいが、得体のしれない注射は射たれたくなかった。

「この注射は何ですか」

私は女に聞いた。女は早口で男と話し、

「アナタ重イ風邪ネ。コノ注射デ風邪治ルヨ」

と言った。

風邪？　そんな生易しいものではあるまいと思ったが、風邪と思われているのなら、せいぜい解熱剤を射つのだろう、それなら大変なことにはなるまいと安心もした。

注射を射って、すぐに二人は引き上げていった。

私は針の刺さった腕の筋肉をもみながら、ベッドの上に横たわった。そして深い眠りに引きずりこまれていった。


枕元で大きな声がして目が覚めた。

「支店長、大丈夫ですか」

真山が私の顔を心配そうに覗きこんでいた。

ああ、と言いながら、私は上体をベッドの上に起こした。

「今何時だい」

「もう一二時になります」

「なに！　何で起こしてくれなかったんだ」

「死んだようによく寝ていましたから」

私はベッドから慌てて降りた。四時間も寝ていたことになる。貴重な時間をすっかり空費してしまった。

「すごい汗ですよ」

そう言って、真山は私の額に手を伸ばした。

「あれっ、支店長。熱が下がっていますよ」

確かに自分でもかなり体が楽になっているのが分かった。こうして立っていても体がふらつかない。

私はホテルの医者にきてもらって、注射を射たれたことを手短に話した。

それから真山の首尾を聞いた。

「さっぱりです。ホテルの前のタクシーを雇って日本人のいきそうなところは、片っ端から尋ねてみたのですが、見つかりませんでした」

「そうか」

私の声は溜息混じりとなった。

「しかし、わが同胞の買春は聞きしに勝るものがありますね」

「君も買いにいってきたのか」

「まさか、日本人がいきそうなところへいってくれとタクシーの運転手に言ったら、案内されたのはそんなところばかりなんです」

「ふーん」

「日本人がアジアで嫌われるわけですよ」

真山が若者のような生真面目な表情になった。

「しかし、強姦をしているわけでもあるまい。売る奴がいるから買う奴もいる」

「それだっていい気持ちはしないですよ」

真山の意見に反対ではない。しかし、こんなに唇を尖らせることもあるまい。

「その話はまたにしよう。それより三嶋だ。今日いったところはこの地図に書きこんでくれるかな。私はこれから残りのホテルに電話を入れる」

「大丈夫ですか」

「フィリピンの医療を見くびっていたようだ。すっかり体が楽になった」

私は窓際のデスクの前に戻った。開け放った窓から満天の星が見えた。日頃見なれたものとまったく違う星空がなんだか不気味に感じられた。

それからほぼ一時間ほどをかけて、真山と交代しながら、フィリピンガイドに載っていたホテルの、残りの全てに電話をかけた。そしてことごとく無駄であった。

中に三つばかり電話がつながらないところがあったが、これは明日改めて連絡し直すことにした。

「私はフィリピンなんかさっぱり知らないんだけれど、どんなところにいってみたんだい」

「いわゆる盛り場はかなりいってみました。ロハス大通りやマビニ通り沿いのナイトクラブ、ディスコ、バー、日本料理の店。どこでもマネジャーに一万円ずつ金を掴ませて、隅々まで探させてもらいました」

「そうか……どこに潜ってしまったのかな。一昨日、きたばかりだからまだ油断していると思うんだ。われわれが、こんなに早くあいつのフィリピンいきを掴んだとは、とうてい想像できまい」

「私もそう思います。それでも予め、どこか郊外にでも隠れ処を用意していて、そこに直行することだって考えられます」

真山は冷静な口調で言った。その可能性はある。この詐欺はかなり周到な計画的犯行なのだから、ここでの隠れ処も絶対に見つからないような所を用意してあるかもしれない。そうだとしたらわれわれは、全く無駄なことをしていることになる。

「しかし、私はマニラは暫定的だと思うんだ」

「……？」

「三嶋はこの後ヨーロッパに飛んで、ヨーロッパのどこかに住みつくのじゃないかな。もともとあいつはあっちに土地勘があるんだ。フィリピンじゃ日本にあまり近くて、三友銀行の目から逃れきったという気になれまい」

「そうかもしれません」

「だとすれば、マニラには特別の隠れ処は用意していないだろう」

そんなことは保証の限りではないと自分でも分かっていた。しかし、そう思いこむしかないのだ。

翌日の予定を確認して、二組の貸切りタクシーと日本語の通訳をフロントに頼んだ。それから真山は隣りの自分の部屋に引き上げ、私はすぐにベッドに横になった。


翌朝、私は八時に起きた。

時計のアラーム音で目を覚ましたのだが、私は目覚めた途端、一度追いやった病気がまた体に戻ってきているのに気づいた。

体の奥に微熱の気配がある。

しかし、もうあの注射を頼むわけにはいかない。今日は四時間も寝ている暇はないのだ。

私はすぐに身支度をして真山の部屋をノックした。

真山も、もう身支度を終えていた。

「今そちらにいこうと思っていたんです」

私は二つの一〇〇万円の袋の一つを、真山に渡した。もっとも片方は福沢諭吉をかなり抜きとって、袋も薄くなっている。もう五〇万円くらいしかないだろう。

私たちはその日の午前中は、マニラ市内の主だった観光地を手分けして訪ね回ることにしていた。

気持ははやったが、早くとも九時をすぎなくては三嶋たちが行動に移らないだろうと思った。

予約したタクシーを待たせたまま、昨夜、連絡がとれなかった三つのホテルに電話を入れてみた。一つは相変わらず電話がつながらず、残りの二つの方には三嶋はいなかった。

「まさか、このつながらないところにいるんじゃないだろうな」

私はイライラした声で言った。

「ホテル、エルミタですか。ランクはその他一般、となっていますね。こういうのが危ないかもしれない」

「おい、脅かすなよ」

「聞いてみればいいんですよ」

そう言って真山は受話器をとった。フロントにかけたらしい。

「アイ、ウオント、テレフォンナンバー、オブ、ホテル、エルミタ……」

ホテル・エルミタの電話番号を教えて欲しいと言っているのだ。

「支店長、心配ないです。エルミタは去年つぶれたそうです」


九時ちょうどに、われわれは真山の部屋を出た。

エレベータの中に、ほっそりとしたフィリピーナの肩を抱きかかえた日本人が二人もいた。日本じゃとてももてそうもない脂ぎった中年だ。昨夜ホテルに泊めたのだろうか。真山が私の方に顔をしかめて見せた。

われわれの泊まったロイヤル・フィリピン・ホテルより北側を私の守備範囲とし、南側を真山に任せることにした。

「片岡さんですか？」

ロビーでそう声をかけてきた女性は、発音も容貌も明らかに日本人だった。頼んでおいた通訳だろう。

「あなたは……？」

「ええ、日本人です。マニラに暮らすようになって五年ほど経ちます。二年ほど前から通訳やガイドをやっています」

長い髪を首筋の辺りで束ね、涼しげな白いワンピースを着た女は三〇歳くらいだろうか。色が白く目が大きく鼻も口も温和しげで、日本人形のようであった。

「私は村上と申します。こちらはサントトーマス大学の日本経済を学んでいるジョシーです……日本語は私の方がもちろん上手ですが、市内のことをよく知っているのはもちろんジョシーです」

村上の隣りでニコニコしている若い女性は、黒目がちな目も、ちょっと先のしゃくれた鼻もいかにもここの女性だった。

「私はやはり日本語がよく分かった方がいいな」

タクシーに乗りこんでから、私は事情を簡単に村上に話した。

三日前マニラに着いたばかりの日本人夫妻を探していること、その夫妻は日本で悪いことをしてきたので人目を忍ばなくてはならないこと、現在はたぶん一時的な隠れ処にいて、数日以内に本当の潜伏先にいくだろうこと、もしかすると小切手とか貴金属のようなものをどこかの闇市場で、換金するかもしれないことなどを伝えた。

「ギャングですか」

「まあそんなものさ」

「すると片岡さんは刑事さん？」

「そう見えるかい」

村上は首を横に振った。

「それならその人たちは観光名所なんかにいかないんじゃないですか」

「そうかもしれない……そうじゃないかもしれない」

私にも三嶋がここでどういう行動をとるか、さっぱり見当がつかなかった。

そもそも一六億円の半分を、あいつがどういう形でもっているかが分からない。現金にした部分はせいぜい数千万円だろう。後は闇の金融市場で小口の小切手や、預金にしているに違いない。そうでなくては日本の外に運び出せないのだ。

「旦那一人なら、隠れ処に落ち着くまで、ホテルでじっとしているだろうが、女房を連れているからね。こっそり観光地を回るのではないかと思うんだ。追っ手がマニラにきているとは知らないんだし」

私がそう言うと村上はにっこりした。そんな観測をした私がフェミニストに見えたのだろうか。

最初に案内されたのはリサール公園だった。周囲に官庁などの高層ビルが建っているから、日本でいえば都心の日比谷公園にあたる。その中央に日本式庭園と中国式庭園とが奇妙な対照をなしていた。もっとも日本式庭園といっても、そんなことに造詣の深くない私にもかなり好い加減なものであることが分かる。

リサール公園にはフィリピン独立の英雄ホセ・リサールの像が立てられていて……と村上は解説してくれたが、私は道往く人の顔に気をとられていて、解説の言葉は右の耳から左の耳に抜けた。

村上もすぐにそれに気がついて何も言わなくなった。

「私も見つけますから、その方の写真でもありませんか……あっ、その方なんて丁寧に言う必要はないんだ」

村上は照れたように笑った。

写真は真山に渡してある。できたらどこかで焼き増しをしてくれるように言っておいたが、マニラにそんなことができるところはあるのだろうか。

その後、ロハス自由公園、サンチャゴ要塞、私も名前だけはよく知っているマラカニアン宮殿、マラカニアン公園と休むことなく回った後、キアポ教会に向かう通りで、私はがっくりと疲れを感じた。腰をかけ直すつもりでシートからずり落ちた。

「どうかしましたか」

「ちょっと風邪をこじらせているらしい」

「それはいけないですわ。お薬は？」

「昨夜ホテルで医者に何やら注射をしてもらいましたが……」

「アスピリンは持っていますが、お飲みになりますか」

「それはありがたい」

私は白い錠剤を口に含み、村上が用意してくれた水筒の水でそれを飲みこんだ。

キアポ教会は、観光の目的だったら、わざわざ見にいくこともないような安手の建築だが、そこに向かう通りの賑(にぎ)わいはびっくりするほどのものだった。小さな屋台がたくさん建ち並び、その回りを様々な人種の人々がひしめきあっていた。

「これは何ですか？」

「もともとキアポ教会の門前市のようなものだったんですよ。それが今ではマニラ市民の台所になってしまいました」

「降りて歩きますか」

「普通の観光客はここには降りませんよ」

「あいつら普通じゃないからな」

「降りてみます？」

村上に言われて、私はためらった。

三嶋探しの本命は今夜歩きまわる夜の盛り場だったから、昼の内は体力を温存しておきたいという気持ちが働いた。アスピリンが効いてきたのか体が汗ばんでいる。

「止めときましょう」


何の収穫も得ることができず、真山と打ち合わせておいた三時にロイヤル・フィリピン・ホテルに戻った。

「何かご用があればいつでも呼んで下さい」

村上嬢はそう言って私に名刺をよこして、帰っていった。なんだって会ったばかりのときに渡さなかったんだろうと、思ったが口にしなかった。

私は部屋に入り、真山の帰還を待ってベッドに横になっていた。間もなくドアにノックがあり、真山が入ってきた。

「いかがでした」

「ダメだよ。くたびれただけだ」

しかし、アスピリンのせいか、体は小康を保っている。

「君の方はどうだい」

無駄と分かりつつ聞いた。

「支店長と一緒ですよ」

真山はあっさりと首を振った。

私はその言葉に適当な応対をするだけの気力が残っていなかった。

(馬鹿な一人相撲をとりにこんなところにまできたのかもしれない)

「このままじゃ、どうにもなりませんな」

「…………」

「人探しは人海戦術です。われわれ二人きりじゃ、うまくいくわけがない」

「そうは言っても……」

「今の通訳の人たちに人集めしてもらいましょうよ。写真は十枚焼き増ししてもらうことができました。この枚数分だけ人を雇って、日当出して、探させたらうまくいくかもしれないですよ」

それはいい、と思った。それしか方法はない。

ロイヤル・フィリピン・ホテルの私の部屋に六人のフィリピン人が集まり、ざわめいていた。すぐに十人もの人を駆り集めることはできなかった。

フィリピン人といってもその容貌には、スペイン系の目鼻ぱっちりの男前から、つぶれたじゃがいものような低い鼻を持つマレー系まで、いろんなタイプがある。その中にさっき私のガイドをしてくれた村上智子（ともこ）の顔もあった。村上の顔を見ながら、こけしのように温和しい日本女性の顔立ちも悪くないと思った。

私はベッドに腰かけていた。

真山が彼らに仕事の目的を話し、村上がそれを通訳した。

「皆さんに渡した写真の男は日本で詐欺をして、三日前マニラに入りました。二、三日、マニラ市の周辺に潜伏しているのではないかと思います。この男を何としても捕まえたいのです。日当は一人一万円、この男を見つけた人にはさらに一〇万円を払います」

フィリピン人たちはひゅうっと口を鳴らし、顔を見あわせて喜びあった。その様を見ながら、私は彼らを本当に喜ばせたいと思った。いや、彼らが喜ぶ事態が起きてほしいと思った。しかし、そう思えば思うほど、もしかしたら三嶋夫妻はもうすでにマニラからいなくなっているかもしれないという、不安感も募った。

真山が声を張りあげて言った。

「そういう日本人が隠れていそうな場所、あるいは出没しそうな場所を重点的に探してみて下さい……詐欺犯ですから、身の危険はありませんが、見つけたらすぐにこの部屋まで連絡して下さい。ここにはいつもミスター片岡と私が待機しています。いいですか、その場で捕まえようとしたりせず、必ず連絡して下さい」

そこで私が口を挟んだ。

「真山君は皆と一緒に探しにいってくれていいさ。私一人で待機している」

「そうしたら連絡があっても、捕まえにいけないじゃないですか」

「僕は出られるよ。そのために……」

「無理ですよ」

「大丈夫だよ」

「ちょっと待って下さい」

と言って真山は私とのやり取りを中断して、村上に話しかけた。

「この六人に市内の担当地区を割りふってくれますか」

「真山さんの分はどうしますか？」

「どっちにしろ私は勘定に入れないで、この六人で全地区をカバーして下さい」

六人が出ていった後、その広い部屋に私と真山と村上の三人が残っていた。私はベッドに横たわり、真山はその傍らの椅子に、村上は窓際の電話の前に腰を下ろしていた。時間は五時を少し回っている。

真山は私がいくら勧めても、

「自分がいっても、彼らの十分の一しか役に立ちませんから」

と言って動こうとはしなかった。私も根負けした。

私はベッドの上で目を閉じ、神経を弛緩させ、ほとんどピクリともしなかった。きたるべき時、フィリピン人の誰かが三嶋を探しだした時に備えて、体力を可能な限り温存しておきたかった。しかし、体力を温存しておくことが役に立つだろうか？

それからの私は、夢か現か、自分でも分からない意識の状態にあった。形にならない思いが次々と心の中を横切っていった。

遠い昔、風邪で高熱を発し、学校を休んで家に寝ていた日のことを思い出した。私は一人布団の中に横たわり、母は台所で立ち働いていた。喉が渇いたといえば白湯が、お腹が空いたといえばお粥が現われ、退屈になって母を呼べば、たちまち枕元に笑顔を運んできた。

幼い頃の私はいつも何か安らかなものに包まれていた。高熱を発していてさえ私には何の不安も葛藤もなかった。

いったいいつその安らかな日々に別れを告げてしまったのだろう。それらの日々から長い年月を経、長い距離を移動し、私はいま遠い異郷の地で、絶体絶命の身を病いの床に横たえている。

「きれい」

不意に声がした。村上の声だった。私は目を開けた。部屋が淡い紅いの霞に満たされていた。マニラ湾に日が沈もうとしている。

「支店長、よく眠っていましたよ」

真山が言った。真山の顔も、村上の顔も紅を差したように赤く染まっている。その紅いが吸う息とともに私の体の中に入ってくるような気がした。

私はまた目を閉じた。

時間はゆっくりと流れている。いや、翔ぶように早いのかもしれない。

その間、私の弛緩した意識は三度覚醒させられた。

一度は、真山が、「食事はどうしますか」と私にかけた声だった。私はごく小さく首をヨコに振った。

後の二回は、部屋にかかってきた電話だった。

三嶋探しに雇ったフィリピン人からだったが、三嶋が見つかったのではなく、担当地区の確認だった。

いつの間にか眠っていた。呼吸が苦しくなるような夢を見ていたが、その声で目が覚めたとたん中身はきれいさっぱり忘れてしまった。

村上の声だった。

「リアリー？」

不意に声が大きくなった。それから送話口を手でふさぎ真山に言った。

「三嶋らしい男が見つかったっていうんですが」

「どこですか」

真山が聞いた。

「マカティ・コマーシャル・センターの近くです」

「三嶋だけですか。それとも夫婦で……」

「男一人です」

「すぐいくから、落ち合う場所をはっきりさせておいて下さい。見失わないように
と」

その真山の言葉を合図のように、私はベッドの上に起きあがった。村上の後ろの壁
にかかっている時計は、九時を少し回った時刻を示している。

「支店長！」

真山が大きな声で言った。

「ダメですよ、起きちゃ」

私は真山の方に顔を向けず、パジャマを脱ぎスーツに着替えた。ズボンに足を通す
間も少しもふらつかなかったし、頭も痛くならず、熱も感じなかった。（よし、逃す
ものか）と、はやる気持ちが体中を膨れあがらせんばかりだった。

「支店長」

「早くいかないと三嶋が逃げてしまうぞ」

「知りませんよ、そんな体で」

「そんな体はくる前からだ」

「誤報かもしれませんよ」

私もそういう不安を抱かないわけではなかった。

「仕方あるまい。第一報に賭けるしかないだろう」

「ここに連絡役を一人残しておかないと」

「村上さんに頼めばいいじゃないか」

「……フロントを使えばいい、村上さんそいつにそう言って下さい」

「村上さんを連れていかなかったら、彼らと話せる人がいなくなってしまいます」


もう電話を切りかけていた村上に私は慌てて言った。


ホテルの前に待たせていたタクシーに、私が先に乗りこんだ。

「あんなにぐったりしていたのに、無茶ですよ」

そう言いながら、真山が続いた。

「ぐったりしていたんじゃないさ。この時に備えて体力を温存していたんだ」

真山は何か言いかけて口を閉じた。

「どっちにしろあと二四時間しかない。好きにさせてくれ」

「最初から、あなたの好きなようにやってきました……」

おやっと思った。真山が私のことをあなたと呼んだ。

車は、ライトレール（高架鉄道）に沿った、道幅の広いタフト通りをしばらくいき、やがて左に折れた。

「ここですよ」

車が止まったのはマニラとも思えない近代的な高層ビルの建ち並んだ辺りだった。電話がきてから一五分と経っていなかったろう。

「オフィス街じゃないですか」

真山が言った。

「オフィスだけじゃなく、劇場もデパートもクラブやレストランもありますわ」

「奴はこんなところで、飯でも食っているんですか」

「いいえ、もう少し先に行くと、日本人向けの小さなクラブがいくつかあるんですが、その一つにいます」

村上に先導されて私たちは大きな通りから細い道に入った。急に暗くなった。日本でいえば歌舞伎町の場末のさらに外れという印象があった。

入り口に女の立っている建物があった。女はわれわれに声を掛けようとして、村上に気づき、とっ拍子もない声で笑った。フィリピンの女性はどうしてこんなに明るいのだろう。

その時、前方から慌ただしい足音が近づいてきた。足音の主は三嶋を探しにいった

フィリピン人の一人だった。通りすぎそうになってわれわれに気づき、

「ヒイ、ハズ、ゴーン」

両腕を拡げ、大げさなしぐさで言った。三嶋がどこかにいなくなってしまったと言うのだ。

「気づかれたのか」

私が言って、村上が相手に伝えた。

「ノー。ヒイ、ハズ、ゴーン、メイビー、ネクスト、プレイス」

次のところへいっただと？

「どこでいなくなったんですか」

村上が聞いて、男が答えた。

「前の店を出た三嶋を、この先までつけてきて見失ったと言うのですが……」

「いつごろだ」

「三分しか経っていないと言っています」

「よおし、分かれて、探そう」

私は男がきた道の方に走りだした。まだ体の不調は感じていなかった。

両脇の店から洩れる薄暗い明かりに、舗道が浮かび上がる。真山も村上も途中まで

一緒にきたが、脇道へとそれた。

私は走るのをやめた。この辺りの店に入ったかもしれない。

「シャチョウサーン」

今度は男が声をかけてきた。日本人は皆社長なのだ。

「エニイ、ジャパニーズ」

と、言ったきり次の言葉が出てこなかった。誰か日本人が通りかからなかったかと、聞きたかったのだ。

「OK、OK」

男は失語症にいらだつ私の腕を抱え、ドアの中に引き入れようとした。私はその店を覗いてみようと思った。この辺りの店を片端から調べてみるしかない。

男の背に押されドアが少し開いた。中から大きな音が溢れ出てきた。

ドアの内側はそう広くはなかったが、薄暗い明かりの中に大勢の客がいた。どうやら大半が日本人らしい。

ディスコクラブなのだろうか。店内前方にステージのようなところがあり、何人ものフィリピン女が、音楽に合わせて体をくねらせていた。どの女も挑発的な笑顔と、腰のくびれたセクシーな曲線とを持っていた。中の二人が向き合わせになり、腰の部分を重ねて卑猥な動きを見せ、仲間たちの嬌声を誘っていた。客席からも歓声とも罵声ともつかぬ声が上がる。

売春を幹旋(あっせん)するバーのようだ。

それを見極めると、私はフロアに背を向けその店を出ることにした。いくら何でも妻を連れてきている三嶋が女を買うようなことはすまい。

「シャチョウサーン」

一人の女が引き止めようとしたが強引に、

「また今度ね」

と、言ってドアを閉めた。

その路地の両脇に並んでいるいくつかの店を順番に覗いたが、みな同じような造りとシステムに見えた。どの店でも下卑(げび)た笑みを浮かべた日本人の客たちが、争って女の子を指名している。昨夜の真山の言葉が尤(もっと)もなものに思えた。

先ほどから、薬で体の奥に抑えこんでいたあの感覚が、少しずつ強くなっているのに気がついていた。一つの店を覗き、三嶋の姿がないことを確認するたびにそれが体に拡がった。息が荒くなり、ぜいぜいと肺が鳴っているのが分かった。

私はしばらく立ちどまっていた。肩が大きく上下する。そこいらに腰を下ろしたかった。しかし、一度休んだらもう三嶋を探す気力はなくなってしまうだろう。また歩き始めた。

次の店のドアを開けると、突然馬鹿デカい音が飛び出してきて、私の全身に強い衝撃を与えた。ボクシングのサンドバッグのように、その音で体中を殴られている気がした。あの感覚が一気に体中に拡がった。

その騒音の中に入るのがためらわれた。頭の中にこんな囁き(ささや)が聞こえた。

(もういい、お前はよくやったよ、探偵ごっこはもうおしまいだ。三嶋はもうこの辺りにはいないのだろう)

ふとひろみのことが頭をかすめた。ひろみにとっての学校はこんなけたたましい、身をすり減らすような騒音を発し続けている場所なのだろうか。

しかし、私は店の中に足を踏み入れていた。

カラオケクラブだった。正面のスポットライトの中で、両脇に女を抱えた男が歌っていた。そう混んではいなかった。女を売らない店なのだろう。広くもない店内の客の顔を素早く眺め回し、三嶋のいないのを確認した。一刻も早く騒音からのがれたい気になっていた。女が私にすがりつき席に連れていこうとしたが、私はそれをのがれて後ろを向いた。

くるりと体を回す瞬間、フロアの片端から突然現われた男が、私の目の中に残像となって残った。私の体はその場で凍りついた。

(三嶋だ)

一瞬の後に私は振り向いた。

振り向いた私を、席に座ろうとしていた三嶋が中腰のまま見上げていた。顔に、信じられないものを見たといった驚きの表情があった。三嶋もそこで凍りついたようだ。

(三嶋、ふざけるな)

私は三嶋にそう言ったのだろうか。つかつかと彼に近づいた。いやそのつもりだった。しかし、足に力が入らず、一足踏み出すたびに膝ががくがくした。

三嶋は凍りついた姿勢から勢いよく立ちあがった。ボックスシート一つを隔てて私を迂回し、出口目がけて走り出した。

「オウー」

女の子の悲鳴がいくつも上がった。三嶋が金を払わずに逃げだすと思ったのだろう。女の子の一人が三嶋の腕にしがみついたが、三嶋はそれを乱暴に振り払った。女の子はかなきり声を上げてのけぞった。

私は横っ飛びに三嶋に飛びついた。間の席にいた客と女の子にぶつかったが、三嶋には躱(かわ)された。目から火花がとんだ。

つんのめる私の目の前に三嶋の足があった。あの長い足である。私はそれを両手で抱くように掴んだ。

「何だってこんなところまで追いかけてきたんだ」

三嶋は足を振り回した。革靴の底が顔に当たった。強い衝撃。痛みはなかったが鼻の奥にヌルリとする感触がした。それがすぐに鼻腔からこぼれた。

私がひるんだ隙(すき)に三嶋は出口に走った。その一瞬、私は思いきり手を伸ばした。掌が靴の先にひっかかった。三嶋がつまずいてよろめき、入り口近くのボックスシートに突き当たった。キャーという悲鳴がまた上がった。

私は両手を床につき体を起こしながら、スタートダッシュのような格好で三嶋の方に突進した。三嶋の腰の辺りにしがみついた。三嶋は体を私の方に向けなおし、肘打ちを頭に食らわした。強烈な破壊力だった。意識が朦朧(もうろう)とした。しかし、手を放さなかった。

「おい、怪我をするぞ」

私を引きずったまま三嶋は出口を通り抜けた。凄い馬力だった。急に涼しい風を頬に感じた。私はしがみついた腕に力をこめた。しかし、少しずつ三嶋の体から振り離されていくのが分かった。腕力が圧倒的に違う。

スーツの裾を握っていた私の指を、一本ずつ三嶋が引き離そうとした。太い指だ。私にはそれを阻止するだけの力がない。こんちくしょうっ、私は指に噛みついた。

痛っ。

三嶋は反射的に手を引いた。野郎っ！　次の瞬間、両肩を摑み私の体を伸ばしておいて、膝蹴りを腹に入れた。一つ、二つ、三つ。三つ目で息が止まった。私の体から全ての力が抜けた。

(ダメだ、おしまいだ、オレはもうおしまいだ)

頭の中から何もなくなっていく。気が遠くなっていく。


「支店長、支店長」

そう呼ぶ声で気がついた。

目を開けると真山の顔があった。その後ろから村上も痛ましそうな顔で見ている。

「真山君、三嶋がいたぞ」

「分かっています。捕まえました」

「本当か、真山君よくやった……」

言いかけたが声にならない。

「今、救急車を頼んでいますから、じっとしていて下さい……三嶋を捕まえたのは私ではありません。ここの従業員です。従業員と三嶋がとっ組み合いをやっているところに私が通りかかったのです」

私は路上に寝ているのだ。背中がヒヤリとする。体を動かそうとしても全く力が入らない。

「三嶋はどこに……？」

蚊の鳴くような声が出た。

「あそこです。間もなく警官がきます」

言いながら、真山は私の首の下に手を入れ、わずかに首を回してくれた。

私の視野の中に三嶋の姿が入った。三嶋は大柄なフィリピン人に両側から腕を抱えられている。あの颯爽とした風貌がいかにも悪人らしく見える。

ああ確かに三嶋を捕えた、と思った。病いの身をマニラまで運んできた甲斐があった。これで心おきなくあの「進退伺い」を五十嵐に提出することができる。

三嶋は私が自分を見ているのに気がついた。一度ひるんだ表情になってから、ニヤリと笑った。そして私に声をかけた。

「支店長、よくやるよ。大したものだ」

「馬鹿野郎」

とまでは声が出た。

(詐欺なんてけちなことをやりやがって)

は、頭の中で言っただけだった。

エピローグ

白い人、黒い人、黄色い人、茶色い人。首一つ飛び出したのっぽ、巨大なカボチャのようなでぶ。英語が飛び交い、韓国語がさざめき、たぶんアフリカの言葉が甲高く響く。出発ロビーは人で溢れかえっていた。

その中に我が家の四人が一塊りになって立っていた。

「大丈夫よね、大介」

新調の青いスーツを着て、口紅も白粉もしっかりとつけたかおりが、何度目かの同じ言葉を口にした。

「まかせておけって……それよりアクアスキュータムのコート忘れないでよ」

大介もまた同じことを言った。大介の口振りにはかおりの心配性をからかっているような節がある。

「そのくらい何着でも買ってきてあげるから、お兄ちゃん、独りで寂しいなんて泣かないでね」

ひろみがふざけたように言った。ひろみもなにやら私の見たことのない洒落た服を着ている。

「そんなこと言わないの」

とかおりはたしなめたが、大介は気にもせず、

「オレは来春に修学旅行でアメリカ一周だからね。ヤングはアメリカよ、ヨーロッパなんてじじばばのいくところだ」

「馬鹿ね、アメリカなんてダサイじゃない。歴史あるヨーロッパこそヤング必見の場所なの」

ひろみは少しも負けていない。

私もこの短いヨーロッパ旅行に期するものがあった。私はスーツこそ新調はしていないが、心も体も新調してここに立っているような気がした。

「兄さん」

雑踏の中から一つの声が私の耳に飛び込んできた。声の方を見ると、悟郎が見えた。思いきり嬉しそうな顔になっている。その後ろに知子さんの姿もあった。

「どうしたんだ」

思わずそう言った。

「どうしたんだ、はないだろう。わざわざ見送りにきたのに」

「仕事があるって言っていたじゃないか」

「時間を変えてもらったんだ」

「だってお前、たった二週間の旅行だぜ。見送りなんて大げさな」

「もしかしたら、義姉(ねえ)さんか誰か、スペイン辺りを気に入ってもう帰るのいやだなんて思うようになるかもしれない。そしたら永の別れだからな」

「そうね、意外にも史郎さんが言い出したりして」

と、かおりは愉快そうな顔で悟郎の軽口につきあっている。

「そしたら大介はずっとお前の家で預かってくれるかい」

私も軽口の仲間に加わることにした。

「そうはいかないよ、あの三ＤＫじゃ大ちゃんも二週間が限度だろう」

これは悟郎の失言だった。私の頭に閃(ひらめ)いたものがある。

「悟郎、お前、家を持たなくちゃならないな」

「うん？」

「オレが外国旅行をしたら家のことを考えるって言っていたじゃないか」

「本当ですか」

悟郎より先に知子さんの方が声を上げた。

「ええ。なあ悟郎、そう言ったよな」

悟郎は唇を固くむすび、苦笑いを浮かべている。

「忘れたとは言わせないよ」

「まずかったよ」

と、悟郎は言った。

「まさかこんなに早く兄さんが海外にいくとは思っていなかったからな」

「オレだって、そうさ。こんなに早く自由になるとは」

私の口調は、まだすっかりふっ切れたものではなかった。

三友銀行を辞めて二月しか経っていない。あの後、私は命からがら日本に引き返し二週間も入院していた。案の定、肺炎だった。退院してから私は毎日家に引き籠もっていた。散歩にさえ出なかった。時々真山や大城がやってきて、事件の経過を教えてくれた。入院中にマスコミも大きく報道したようだが、私はそのほとんどを見ていない。目に触れた中には私自身が主人公となるようなものはなかった。三嶋も太田も間もなく捕まり、詐取された金の大半はとり戻すことができた。

そうした日々を鬱々(うつうつ)とすごしていたつもりもなかったが、かおりが見かねて、私を強引にヨーロッパ旅行に誘ったのだ。

ひろみはまだ学校にいけないでいる。しかし、私はあの日ひろみの目の中に見た可能性を信じている。ひろみの内側で、何か本当に強いものが育ちつつあるのが目に見えるような気がする。もう一つのきっかけがありさえすれば、ひろみはニコニコしながら学校にいくようになるだろう。そこで悟郎とオーストラリアにいかせるかわりに、ひろみをこっちに一緒に連れていくことにした。大介は悟郎の家に預かってもらう。

知子さんが言った。

「ねえ、あなた。本当にそのつもり」

「そう言ったって、ボクにはそんな甲斐性はないよ」

「ローンならオレが何とかするよ。無理のきく友人が一杯いる」

私が言った。

「今までに一度も何とかしたことなんてないんだろう」

「オレはもう支店長じゃないからな。オレの権限でどうにかするわけじゃない」

「それならいいのか」

「おかしいか」

その問いに答えず、

「役員になり損ねたな」

「ああ……おい、約束は約束だ」

「残念だったな」

「いいか、絶対に家を建てるんだぞ」

「ボクは兄さんが……」

とまで言って、悟郎は少し言葉をとぎらせてから、

「ロンドンはいいぞ」

「愛しのオーストラリアよりいいか？」

「今日のところはそうしておくよ。とにかく凄い、経済大国ニッポンなんてのが阿呆(あほう)に見えてくる」

あなた、とかおりが二人の話に割って入った。

「もう搭乗ロビーにいかないと」

入口を入っていく人の姿がまばらになっている。

「ああ、本当だ」

大介が言った。

「知子さん、大介のことよろしくお願いします」

とかおりが言うのに、お気をつけて、と知子さんが胸の辺りで手をヒラヒラとさせた。それから悟郎が言った。

「兄さん、命の洗濯をしてこいよ」

「ああ」

と、私は素直に言って、歩き始めた。かおりとひろみは先を歩いていく。

金属探知機の前でわれわれは一度、後ろを振り向き、二人に手を振った。それからかおりが通り抜け、ひろみが通り抜け、向こうで私を待った。私も足を踏みだした。

私はなんだか探知機が鳴りだすような気がして心臓がドキドキした。三友銀行でも、もう一歩のところまできながら、私は探知機にひっかかってしまったのだ。

鳴らなかった。

無事、通り抜け、搭乗ロビーの人となった時、私の頭に一つの思いがよぎった。その思いはたちまち私の体中を占領した。

（この旅行から帰ったらオレはもう一度、挑戦する。時代遅れでも何でも構うもの

か。寝る時間を削ってでも、とり組みたい仕事を見つけて、とことん打ちこんでやるんだ）

解説

高任和夫

江波戸哲夫は、いまこの時代にあって、仕事を持った人間を描ける稀有な作家である。

何が稀有かというと、まず江波戸は、特異な仕事や異常な人物を設定することを、努めて避けようとしているように見える。普通の人間が、仕事と向き合わざるを得なくなったとき、どのように振舞うかを描こうとしている。だが、これには、かなりの力と技がいる。

この小説は、主人公の銀行支店長が、合併したばかりの大昭和信用金庫の本丸とでもいうべき支店に転勤を命じられるところから始まる。言うまでもなくやりにくい支店で、前任の同期の支店長は挫折し、辞表を出したのだ。

ここのところで、まずなるほどと唸らされた。江波戸は、しょっぱなにおいて、ありきたりの構図では物語を展開させないと読者に宣言するのである。加害者対被害者のような安普請の小説は書かない。企業社会の人間関係のさまざまなことは熟知しているが、恨み節だけでとらえるほど企業社会は単層的ではない。それが江波戸の認識であり決意である。

私は勤めを持った人間で、だから通勤電車での往復は貴重な読書の時間だが、この本は最寄り駅に着いたにもかかわらず、駅のベンチで最後の数十ページを読ませられた。熱い思いが訴えかけてきて、帰宅までの時間を待てなかったからだ。思うに江波戸は、仕事を愛する人が好きなのだろう。それが、ひしひしと伝わって来る。

「この旅行から帰ったらオレはもう一度、挑戦する。時代遅れでも何でも構うものか。寝る時間を削ってでも、とり組みたい仕事を見つけて、とことん打ち込んでやるんだ」

主人公の最後の決意は、仕事人（びと）への江波戸のメッセージに他ならない。仕事ができるうちは、精一杯仕事に打ち込む。そうできることに感謝して、精一杯やろうじゃないかと江波戸は囁きかけてくる。

だが、この小説の基軸には一筋縄ではいかない部分があって、仕事への執着と会社への忠誠とが、さりげなく切り離されている。つまり、仕事は愛しつつも、会社にはこだわらないとするスタイルが、そっと提示されているのだ。

そして、もうひとつ。この小説に限らず江波戸の作品には、仕事人のまわりで苦しみ悩む家族の姿が描かれているのも見過ごせない。ある妻は夫の不実を疑って蒸発し（『ヘッドハンター』ちくま文庫）、またある妻は神経症に陥り（『テレビキャスター』潮出版社）、この小説の主人公の娘は登校拒否になる。

江波戸は多分いまの時代や会社のありように対して極めて懐疑的になっておりながら、なお仕事に打ち込もうとする人々を渾身の力を込めて描く。


この時代、ビジネスマンの物語を紡ぐのは、たいそう難儀なことである。右肩上りの成長期なら、サクセスストーリーも書けないではないが、高度経済成長の時代はとうに終わり、バブル景気は崩壊し、中高年のリストラや学生の就職難の記事が連日新聞紙上をにぎわしている時なのである。おまけに天災があり、小説を超える事件が続発する。企業小説の作家たちが直面している環境とはそのようなものである。途方に暮れるひとも多いに違いない。

そのなかにあって、江波戸の時代認識や職業観とは果たしてどのようなものなのか。前掲の『テレビキャスター』の人物の言葉を引くのが分かりやすい。

「戦後が終わったんだよ。おれたちがなにを追いかけてきたのか、みんなわからなくなってる」

「日本中どこに行っても空しくない仕事がなくなってしまった」

しかし、次のような言葉もある。

「おれの中にあいつの青臭さに呼応する何かがあったのだ」

そう、江波戸は、戦後という時代、経済主義一辺倒の時代が終わってしまったことを、遥か昔に知ってしまった作家なのだ。

思えばわれわれ中年の世代は、多かれ少なかれ、学生運動とか実存主義文学の波を浴びてから社会に入ってきたものである。その世代の職業観が、いま激しく揺らいでいる。これはなにやら四半世紀まえ、いったん思考を停止したときのツケが回ってきたように感じるひとも少なくないだろう。江波戸はどうも、そのことを言いたがっている節がある。

しかし、社会の構造が変化し、組織にとらわれない人間関係が、もっと多面的になる兆しがないではない。小説とはもともと、この世の哀しみを写すものなのかもしれないが、江波戸は会社ではなく仕事を愛する人間を哀調を込めて描き続けることによって、企業小説の新たな分野を切り拓こうとしている。プロのサラリーマンの熟読に耐えうる力作だ。

本書は小社より、一九九二年九月に単行本として刊行（単行本時の書名は『支店長、最後の仕事』）され、一九九五年十一月に文庫版として刊行された作品の新装版です。

|著者| 江波戸哲夫　1946年東京都生まれ。東京大学経済学部卒業。都市銀行、出版社を経て、1983年作家活動を本格的に始める。政治、経済などを題材にしたフィクション、ノンフィクション両方で旺盛な作家活動を展開している。近著に『起業の砦』『新天地』（講談社）、『定年待合室』（潮文庫）などがある。

新装版　銀行支店長

江波戸哲夫

2019年1月16日第1刷発行
2019年3月27日第5刷発行

発行者――渡瀬昌彦
発行所――株式会社　講談社
東京都文京区音羽2-12-21　〒112-8001
電話　出版（03）5395-3510
　　　販売（03）5395-5817
　　　業務（03）5395-3615

Printed in Japan

定価はカバーに
表示してあります

デザイン―菊地信義
本文データ制作―講談社デジタル製作
印刷――凸版印刷株式会社
製本――株式会社国宝社

ISBN978-4-06-513627-0

講談社文庫刊行の辞

二十一世紀の到来を目睫に望みながら、われわれはいま、人類史上かつて例を見ない巨大な転換期をむかえようとしている。

世界も、日本も、激動の予兆に対する期待とおののきを内に蔵して、未知の時代に歩み入ろうとしている。このときにあたり、創業の人野間清治の「ナショナル・エデュケイター」への志を現代に甦らせようと意図して、われわれはここに古今の文芸作品はいうまでもなく、ひろく人文・社会・自然の諸科学から東西の名著を網羅する、新しい綜合文庫の発刊を決意した。

激動の転換期はまた断絶の時代である。われわれは戦後二十五年間の出版文化のありかたへの深い反省をこめて、この断絶の時代にあえて人間的な持続を求めようとする。いたずらに浮薄な商業主義のあだ花を追い求めることなく、長期にわたって良書に生命をあたえようとつとめるところにしか、今後の出版文化の真の繁栄はあり得ないと信じるからである。

同時にわれわれはこの綜合文庫の刊行を通じて、人文・社会・自然の諸科学が、結局人間の学にほかならないことを立証しようと願っている。かつて知識とは、「汝自身を知る」ことにつきていた。現代社会の瑣末な情報の氾濫のなかから、力強い知識の源泉を掘り起し、技術文明のただなかに、生きた人間の姿を復活させること。それこそわれわれの切なる希求である。

われわれは権威に盲従せず、俗流に媚びることなく、渾然一体となって日本の「草の根」をかたちづくる若く新しい世代の人々に、心をこめてこの新しい綜合文庫をおくり届けたい。それは知識の泉であるとともに感受性のふるさとであり、もっとも有機的に組織され、社会に開かれた万人のための大学をめざしている。大方の支援と協力を衷心より切望してやまない。

一九七一年七月

野間省一

芥川龍之介　藪の中
有吉佐和子　新装版 和宮様御留
阿川弘之　春風落月
阿川弘之　亡き母や
阿刀田高　ナポレオン狂
阿刀田高　新装版 ブラック・ジョーク大全
阿刀田高　新装版 食べられた男
阿刀田高　新装版 妖しいクレヨン箱
阿刀田高　新装版 奇妙な昼さがり
阿刀田高編　ショートショートの花束1
阿刀田高編　ショートショートの花束2
阿刀田高編　ショートショートの花束3
阿刀田高編　ショートショートの花束4
阿刀田高編　ショートショートの花束5
阿刀田高編　ショートショートの花束6
阿刀田高編　ショートショートの花束7
阿刀田高編　ショートショートの花束8
阿刀田高編　ショートショートの花束9
安房直子　南の島の魔法の話

相沢忠洋　「岩宿」の発見〈幻の旧石器を求めて〉
安西篤子　花あざ伝奇
赤川次郎　真夜中のための組曲
赤川次郎　東西南北殺人事件
赤川次郎　起承転結殺人事件
赤川次郎　冠婚葬祭殺人事件
赤川次郎　人畜無害殺人事件
赤川次郎　純情可憐殺人事件
赤川次郎　結婚記念殺人事件
赤川次郎　豪華絢爛殺人事件
赤川次郎　妖怪変化殺人事件
赤川次郎　流行作家殺人事件
赤川次郎　ABCD殺人事件
赤川次郎　狂気乱舞殺人事件
赤川次郎　女優志願殺人事件
赤川次郎　輪廻転生殺人事件
赤川次郎　百鬼夜行殺人事件
赤川次郎　偶像崇拝殺人事件
赤川次郎　四字熟語殺人事件〈ベスト・セレクション〉

赤川次郎　三姉妹探偵団
赤川次郎　三姉妹探偵団2〈キャンパス篇〉
赤川次郎　三姉妹探偵団3〈珠美・初恋篇〉
赤川次郎　三姉妹探偵団4〈怪奇篇〉
赤川次郎　三姉妹探偵団5〈復讐篇〉
赤川次郎　三姉妹探偵団6〈危機一髪篇〉
赤川次郎　三姉妹探偵団7〈駆け落ち篇〉
赤川次郎　三姉妹探偵団8〈人質篇〉
赤川次郎　三姉妹探偵団9〈青ひげ篇〉
赤川次郎　三姉妹探偵団10〈父恋し篇〉
赤川次郎　死が小径をやってくる〈三姉妹探偵団11〉
赤川次郎　死神のお気に入り〈三姉妹探偵団12〉
赤川次郎　次女と野獣〈三姉妹探偵団13〉
赤川次郎　心地よい悪夢〈三姉妹探偵団14〉
赤川次郎　ふるえて眠れ、三姉妹〈三姉妹探偵団15〉
赤川次郎　三姉妹、呪いの道行〈三姉妹探偵団16〉
赤川次郎　三姉妹、初めてのおつかい〈三姉妹探偵団17〉
赤川次郎　恋の花咲く三姉妹〈三姉妹探偵団18〉

講談社文庫　目録

有栖川有栖　ブラジル蝶の謎
有栖川有栖　英国庭園の謎
有栖川有栖　ペルシャ猫の謎
有栖川有栖　幻想運河
有栖川有栖　幽霊刑事(デカ)
有栖川有栖　マレー鉄道の謎
有栖川有栖　スイス時計の謎
有栖川有栖　モロッコ水晶の謎
有栖川有栖　新装版 マジックミラー
有栖川有栖　新装版 46番目の密室
有栖川有栖　虹果て村の秘密
有栖川有栖　闇の喇叭(らっぱ)
有栖川有栖　真夜中の探偵
有栖川有栖　論理爆弾
有栖川有栖　名探偵傑作短篇集 火村英生篇
有栖川有栖 篠田真由美 二階堂黎人 法月綸太郎　「Y」の悲劇
有栖川有栖／恩田陸 加納朋子／貫井徳郎 法月綸太郎　「ABC」殺人事件
姉小路 祐　刑事(デカ)長(チョウ)
姉小路 祐　刑事長(デカチョウ)四の告発
姉小路 祐　署長刑事(デカ)〈大阪中央署人情捜査録〉
姉小路 祐　署長刑事(デカ) 時効廃止
姉小路 祐　署長刑事(デカ) 指名手配
姉小路 祐　署長刑事(デカ) 徹底抗戦
姉小路 祐　監察特任刑事(デカ)
姉小路 祐　影のクロス〈監察特任刑事(デカ)〉
姉小路 祐　緘殺(かんさつ)のファイル〈監察特任刑事(デカ)〉
秋元 康　伝染歌
浅田次郎　日輪の遺産
浅田次郎　勇気凜凜ルリの色
浅田次郎　勇気凜凜ルリの色 四十肩と恋愛
浅田次郎　地下鉄(メトロ)に乗って
浅田次郎　霞町物語
浅田次郎　勇気凜凜ルリの色 福音について
浅田次郎　勇気凜凜ルリの色 満天の星
浅田次郎　ひとは情熱がなければ生きていけない〈勇気凜凜ルリの色〉
浅田次郎　シェエラザード(上)(下)
浅田次郎　歩兵の本領
浅田次郎　蒼穹の昴 全四巻
浅田次郎　珍妃の井戸
浅田次郎　中原の虹 全四巻
浅田次郎　マンチュリアン・リポート
浅田次郎　天国までの百マイル
浅田次郎 原作 ながやす巧 漫画　鉄道員(ぽっぽや)／ラブ・レター
青木 玉　小石川の家
青木 玉　底のない袋
青木 玉　記憶の中の幸田一族〈青木玉対談集〉
阿部和重　アメリカの夜
阿部和重　グランド・フィナーレ
阿部和重　A B C〈阿部和重初期作品集〉
阿部和重　ミステリアスセッティング
阿部和重　IP／NN 阿部和重傑作集
阿部和重　シンセミア(上)(下)
阿部和重　ピストルズ(上)(下)
阿部和重　クエーサーと13番目の柱
阿川佐和子　マチルデの肖像〈恋する音楽小説2〉
麻生 幾　加筆完全版 宣戦布告(上)(下)
麻生 幾　奪還

講談社文庫　目録

- 赤坂真理　ヴァイブレータ 新装版
- 安野モヨコ　美人画報
- 安野モヨコ　美人画報ハイパー
- 安野モヨコ　美人画報ワンダー
- 有吉玉青　恋するフェルメール〈37作品への旅〉
- 有吉玉青　風の牧場
- 有吉玉青　美しき一日(いちじつ)の終わり
- 甘糟りり子　産む、産まない、産めない
- 赤井三尋　翳(かげ)りゆく夏
- 赤井三尋　月と詐欺師(上)(下)
- 赤井三尋　面影はこの胸に
- あさのあつこ　NO.6〔ナンバーシックス〕#1
- あさのあつこ　NO.6〔ナンバーシックス〕#2
- あさのあつこ　NO.6〔ナンバーシックス〕#3
- あさのあつこ　NO.6〔ナンバーシックス〕#4
- あさのあつこ　NO.6〔ナンバーシックス〕#5
- あさのあつこ　NO.6〔ナンバーシックス〕#6
- あさのあつこ　NO.6〔ナンバーシックス〕#7
- あさのあつこ　NO.6〔ナンバーシックス〕#8
- あさのあつこ　NO.6〔ナンバーシックス〕#9
- あさのあつこ　NO.6 beyond〔ナンバーシックス・ビヨンド〕
- あさのあつこ　待ってる〈橘屋草子〉
- あさのあつこ　さいとう市立さいとう高校野球部(上)(下)
- あさのあつこ　甲子園でエースしちゃいました〈さいとう市立さいとう高校野球部〉
- 赤城毅　虹のつばさ
- 赤城毅　麝香(じゃこう)姫(ひめ)の恋文
- 赤城毅　書物狩人(ル・シャスール)
- 赤城毅　書物法廷(ル・トリビュナル)
- 阿部夏丸　泣けない魚たち
- 阿部夏丸　父のようにはなりたくない
- 青山潤　アフリカにょろり旅
- 青山潤　うなドン〈南の楽園にょろり旅〉
- 梓河人　ぼくとアナン
- 朝倉かすみ　ともしびマーケット
- 朝倉かすみ　感応連鎖
- 朝比奈あすか　憂鬱なハスビーン
- 朝比奈あすか　あの子が欲しい
- 荒山徹　柳生大戦争
- 荒山徹　柳生大作戦(上)(下)
- 荒山徹　友を選ばば柳生十兵衛
- 天野作市　気高き昼寝
- 天野作市　みんなの旅行
- 青柳碧人　浜村渚の計算ノート
- 青柳碧人　浜村渚の計算ノート 2さつめ〈ふしぎの国の期末テスト〉
- 青柳碧人　浜村渚の計算ノート 3さつめ〈水色コンパスと恋する幾何学〉
- 青柳碧人　浜村渚の計算ノート 3と1/2さつめ〈ふえるま島の最終定理〉
- 青柳碧人　浜村渚の計算ノート 4さつめ〈方程式は歌声に乗って〉
- 青柳碧人　浜村渚の計算ノート 5さつめ〈鳴くよウグイス、平面上〉
- 青柳碧人　浜村渚の計算ノート 6さつめ〈パピルスよ、永遠に〉
- 青柳碧人　浜村渚の計算ノート 7さつめ〈悪魔とポタージュスープ〉
- 青柳碧人　浜村渚の計算ノート 8さつめ〈虚数じかけの夏みかん〉
- 青柳碧人　浜村渚の計算ノート 8と2分の1さつめ〈つるかめ家の一族〉
- 青柳碧人　双月高校、クイズ日和
- 青柳碧人　東京湾 海中(かいちゅう)高校
- 青柳碧人　希土類(レアアース)・少女(ガール)
- 朝井まかて　花(はな)競(くら)べ〈向嶋なずな屋繁盛記〉
- 朝井まかて　ちゃんちゃら

講談社文庫　目録

朝井まかて　すかたん
朝井まかて　ぬけまいる
朝井まかて　恋歌
朝井まかて　阿蘭陀西鶴
朝井まかて　藪医ふらここ堂
歩りえこ　ブラを捨て旅に出よう〈貧乏乙女の"世界一周"旅行記〉
アダム徳永　スローセックスのすすめ
安藤祐介　営業零課接待班
安藤祐介　被取締役新入社員
安藤祐介　おい！山田〈大翔製菓広報宣伝部〉
安藤祐介　宝くじが当たったら
安藤祐介　一〇〇〇ヘクトパスカル
安藤祐介　テノヒラ幕府株式会社
青木理　絞首刑
天祢涼　キョウカンカク　美しき夜に
天祢涼　議員探偵・漆原翔太郎〈セシューズ・ハイ〉
天祢涼　都知事探偵・漆原翔太郎〈セシューズ・ハイ〉
麻見和史　石の繭〈警視庁殺人分析班〉
麻見和史　蟻の階段〈警視庁殺人分析班〉

麻見和史　水晶の鼓動〈警視庁殺人分析班〉
麻見和史　虚空の糸〈警視庁殺人分析班〉
麻見和史　聖者の凶数〈警視庁殺人分析班〉
麻見和史　女神の骨格〈警視庁殺人分析班〉
麻見和史　蝶の力学〈警視庁殺人分析班〉
麻見和史　深紅の断片〈警防課救命チーム〉
赤坂憲雄　岡本太郎という思想
有川浩　三匹のおっさん
有川浩　三匹のおっさん　ふたたび
有川浩　ヒア・カムズ・ザ・サン
有川浩　旅猫リポート
青山七恵　わたしの彼氏
青山七恵　快楽
荒崎一海　無流心月剣〈宗元寺隼人密命帖㈠〉
荒崎一海　幽霊の足〈宗元寺隼人密命帖㈡〉
荒崎一海　名花散る〈宗元寺隼人密命帖㈢〉
荒崎一海　江都落涙〈宗元寺隼人密命帖㈣〉
荒崎一海　門前仲町〈九頭竜覚山　浮世綴㈠〉
荒崎一海　蓬莱橋雨景〈九頭竜覚山　浮世綴㈡〉

浅野里沙子　花篝　御探し物請負屋
朱野帰子　駅物語
朱野帰子　超聴覚者七川小春〈真実への潜入〉
東浩紀　一般意志2・0〈ルソー、フロイト、グーグル〉
朝倉宏景　白球アフロ
朝倉宏景　野球部ひとり
朝倉宏景　つよく結べ、ポニーテール
安達瑶　奈落の花〈堕ちたエリート〉
朝井リョウ　スペードの3
朝井リョウ　世にも奇妙な君物語
足立紳　弱虫日記
有沢ゆう希　ムサヲ原作　恋と嘘〈映画ノベライズ〉
有沢ゆう希　末次由紀原作　ちはやふる　上の句〈小説〉
有沢ゆう希　末次由紀原作　ちはやふる　下の句〈小説〉
有沢ゆう希　末次由紀原作　ちはやふる　結び〈小説〉
有沢ゆう希　ろびこ原作　となりの怪物くん〈小説〉
有沢ゆう希　小説　パーフェクトワールド〈君といる奇跡〉
蒼井凜花　女唇の伝言
秋川滝美　幸腹な百貨店

講談社文庫　目録

東 芙美子 原作 雲田はるこ 脚本 羽原大介　小説 昭和元禄落語心中
赤神 諒　神遊の城
五木寛之　ソフィアの秋
五木寛之　狼のブルース
五木寛之　海峡物語
五木寛之　風花のひと
五木寛之　鳥の歌(上)(下)
五木寛之　燃える秋
五木寛之　真夜中の望遠鏡〈流されゆく日々'78〉
五木寛之　ナホトカ青春航路〈流されゆく日々'79〉
五木寛之　旅の幻燈
五木寛之　他力
五木寛之　こころの天気図
五木寛之　新装版 恋歌
五木寛之　百寺巡礼 第一巻 奈良
五木寛之　百寺巡礼 第二巻 北陸
五木寛之　百寺巡礼 第三巻 京都I
五木寛之　百寺巡礼 第四巻 滋賀・東海
五木寛之　百寺巡礼 第五巻 関東・信州
五木寛之　百寺巡礼 第六巻 関西
五木寛之　百寺巡礼 第七巻 東北
五木寛之　百寺巡礼 第八巻 山陰・山陽
五木寛之　百寺巡礼 第九巻 京都II
五木寛之　百寺巡礼 第十巻 四国・九州
五木寛之　海外版 百寺巡礼 インド1
五木寛之　海外版 百寺巡礼 インド2
五木寛之　海外版 百寺巡礼 朝鮮半島
五木寛之　海外版 百寺巡礼 中国
五木寛之　海外版 百寺巡礼 ブータン
五木寛之　海外版 百寺巡礼 日本・アメリカ
五木寛之　青春の門 第七部 挑戦篇
五木寛之　青春の門 第八部 風雲篇
五木寛之　親鸞 青春篇(上)(下)
五木寛之　親鸞 激動篇(上)(下)
五木寛之　親鸞 完結篇(上)(下)
井上ひさし　モッキンポット師の後始末
井上ひさし　ナイン
井上ひさし　四千万歩の男 全五冊
井上ひさし　四千万歩の男 忠敬の生き方
井上ひさし　ふふふ
井上ひさし　ふふふふ
井上ひさし　黄金(きん)の騎士団(上)(下)
井上ひさし　一分ノ一(上)(中)(下)
井上ひさし 司馬遼太郎　新装版 国家・宗教・日本人
池波正太郎　私の歳月
池波正太郎　よい匂いのする一夜
池波正太郎　梅安料理ごよみ
池波正太郎　新 私の歳月
池波正太郎　おおげさがきらい
池波正太郎　わたくしの旅
池波正太郎　わが家の夕めし
池波正太郎　新しいもの古いもの
池波正太郎　作家の四季
池波正太郎　新装版 緑のオリンピア
池波正太郎　新装版 殺しの四人〈仕掛人・藤枝梅安(一)〉
池波正太郎　新装版 梅安蟻地獄〈仕掛人・藤枝梅安(二)〉
池波正太郎　新装版 梅安最合傘〈仕掛人・藤枝梅安(三)〉

講談社文庫　目録

池波正太郎　新装版 梅安針供養〈仕掛人・藤枝梅安(四)〉
池波正太郎　新装版 梅安乱れ雲〈仕掛人・藤枝梅安(五)〉
池波正太郎　新装版 梅安影法師〈仕掛人・藤枝梅安(六)〉
池波正太郎　新装版 梅安冬時雨〈仕掛人・藤枝梅安(七)〉
池波正太郎　新装版 忍びの女(上)(下)
池波正太郎　新装版 まぼろしの城
池波正太郎　新装版 殺しの掟
池波正太郎　新装版 抜討ち半九郎
池波正太郎　新装版 剣法一羽流
池波正太郎　新装版 若き獅子
池波正太郎　新装版 娼婦の眼
池波正太郎　近藤勇白書(上)(下)〈レジェンド歴史時代小説〉
井上　靖　楊貴妃伝
石牟礼道子　新装版 苦海浄土〈わが水俣病〉
今西祐行　肥後の石工
いわさきちひろ　ちひろのことば
松本　猛 いわさきちひろ　いわさきちひろの絵と心
絵本美術館編 いわさきちひろ　ちひろ・子どもの情景〈文庫ギャラリー〉
いわさきちひろ 絵本美術館編　ちひろ・紫のメッセージ〈文庫ギャラリー〉
いわさきちひろ 絵本美術館編　ちひろの花ことば〈文庫ギャラリー〉
いわさきちひろ 絵本美術館編　ちひろのアンデルセン〈文庫ギャラリー〉
いわさきちひろ 絵本美術館編　ちひろ・平和への願い〈文庫ギャラリー〉
石野径一郎　新装版 ひめゆりの塔
今西錦司　生物の世界
井沢元彦　義経幻殺録
井沢元彦　光と影の武蔵〈切支丹秘録〉
井沢元彦　新装版 猿丸幻視行
一ノ瀬泰造　地雷を踏んだらサヨウナラ
泉　麻人　大東京23区散歩
伊井直行　ポケットの中のレワニワ
伊集院　静　乳房
伊集院　静　遠い昨日
伊集院　静　夢は枯野を〈競輪躁鬱旅行〉
伊集院　静　野球で学んだこと ヒデキ君に教わったこと
伊集院　静　峠の声
伊集院　静　白秋
伊集院　静　潮流
伊集院　静　機関車先生
伊集院　静　冬の蜻蛉(とんぼ)
伊集院　静　オルゴール
伊集院　静　昨日スケッチ
伊集院　静　アフリカの王(上)(下)〈『アフリカの絵本』改題〉
伊集院　静　あづま橋
伊集院　静　ぼくのボールが君に届けば
伊集院　静　駅までの道をおしえて
伊集院　静　受け月
伊集院　静　坂の上のμ〈野球小説アンソロジー〉
伊集院　静　ねむりねこ
伊集院　静　新装版 三年坂
伊集院　静　お父やんとオジさん(上)(下)
伊集院　静　ノボさん(上)(下)〈小説 正岡子規と夏目漱石〉
いとうせいこう　存在しない小説
井上夢人　おかしな二人〈岡嶋二人盛衰記〉
井上夢人　メドゥサ、鏡をごらん
井上夢人　ダレカガナカニイル…
井上夢人　プラスティック
井上夢人　オルファクトグラム(上)(下)

井上夢人　もつれっぱなし
井上夢人　あわせ鏡に飛び込んで
井上夢人　魔法使いの弟子たち(上)(下)
井上夢人　ラバー・ソウル
池宮彰一郎　高杉晋作(上)(下)〈レジェンド歴史時代小説〉
池井戸　潤　果つる底なき
池井戸　潤　架空通貨
池井戸　潤　銀行狐
池井戸　潤　仇敵
池井戸　潤　BT'63(上)(下)
池井戸　潤　空飛ぶタイヤ(上)(下)
池井戸　潤　鉄の骨
池井戸　潤　新装版 銀行総務特命
池井戸　潤　新装版 不祥事
池井戸　潤　ルーズヴェルト・ゲーム
岩瀬達哉　新聞が面白くない理由
岩瀬達哉　完全版 年金大崩壊
乾くるみ　匣の中
乾くるみ　新装版 塔の断章

石月正広　糸のさだめ〈結わえ師・紋重郎始末記〉
糸井重里　ほぼ日刊イトイ新聞の本
岩井志麻子　私小説
乾　荘次郎　妻敵討ち〈鴉道場日月抄〉
乾　荘次郎　夜襲〈鴉道場日月抄〉
乾　荘次郎　介錯〈鴉道場日月抄〉
石田衣良　LAST［ラスト］
石田衣良　東京DOLL
石田衣良　てのひらの迷路
石田衣良　40 翼ふたたび
石田衣良　sex
石田衣良　逆島断雄〈進駐官養成高校の決闘編1〉
石田衣良　逆島断雄〈進駐官養成高校の決闘編2〉
井上荒野　ひどい感じ―父・井上光晴
井上荒野　不恰好な朝の馬
飯田譲治・梓河人　黒帯
稲葉　稔　隠密拝命〈八丁堀手控え帖〉
稲葉　稔　囮同心〈八丁堀手控え帖〉
稲葉　稔　椋鳥の影〈八丁堀手控え帖〉

稲葉　稔　奉行の杞憂〈八丁堀手控え帖〉
池永　陽　緋色の空
池永　陽　風を断つ
池永　陽　炎を薙ぐ
井川香四郎　冬の蝶〈梟与力吟味帳〉
井川香四郎　日照り草〈梟与力吟味帳〉
井川香四郎　忍冬〈梟与力吟味帳〉
井川香四郎　花詞〈梟与力吟味帳〉
井川香四郎　雪の花火〈梟与力吟味帳〉
井川香四郎　鬼雨〈梟与力吟味帳〉
井川香四郎　科戸の風〈梟与力吟味帳〉
井川香四郎　紅の露〈梟与力吟味帳〉
井川香四郎　惻隠の灯〈梟与力吟味帳〉
井川香四郎　三人羽織〈梟与力吟味帳〉
井川香四郎　闇夜の梅〈梟与力吟味帳〉
井川香四郎　吹花の風〈梟与力吟味帳〉
井川香四郎　ホトガラ彦馬〈写真探偵開化帳〉
井川香四郎　飯盛り侍
井川香四郎　飯盛り侍 鯛評定

2018年12月15日現在